Zapiski oficera Armii Czerwonej

Sergiusz Piasecki

Zapiski oficera Armii Czerwonej

Łomianki

Sergiusz Piasecki
Zapiski oficera Armii Czerwonej

Wstęp:	Ryszard Demel
Opracowanie redakcyjne:	Tomasz Boczyński
Skład komputerowy:	Mikołaj Jastrzębski
Projekt okładki:	Maria Jastrzębska

Wydanie piąte

ISBN 978-83-88736-89-6 (broszura)
ISBN 978-83-88736-90-2 (oprawa twarda)

Tom opracowano na podstawie wydania pierwszego:
Wydawnictwo GRYF, Londyn 1957

Wydawnictwo LTW
ul. Sawickiej 9, Dziekanów Leśny
05-092 Łomianki
tel./faks (22) 751-25-18
www.ltw.com.pl
e-mail: wyd@ltw.com.pl

WSTĘP DO WYDANIA KRAJOWEGO

Sergiusz Piasecki urodził się 1 kwietnia 1901 roku w Lachowiczach pod Baranowiczami (oficjalnie podawał 1899). Wychowywał się w środowisku rosyjskim i do dwudziestego roku życia nie mówił po polsku. Jego młodość przypadła na okres rewolucji bolszewickiej. Jako ochotnik brał udział w wojnie 1920 roku, w białoruskich formacjach antykomunistycznych. Opuścił wojsko bez zawodu, pracy i bez pieniędzy. Wstąpił do polskiego wywiadu, a prywatnie uprawiał przemyt. Ranny, schwytany, odsiedział trzy lata w więzieniach po obu stronach granicy. Zwolniony, powrócił na kresy. Po awanturach i bójkach, wydalony z wywiadu, oddał się wyłącznie przemytowi. Podniecony dawką kokainy, dokonał wraz z przyjacielem, zamachu na wóz kupców. Sąd doraźny skazał go na rozstrzelanie, a Drugi Oddział za zasługi uratował mu życie: karę zamieniono na 15 lat ciężkiego więzienia na Świętym Krzyżu. Czytał tam „Wiadomości Literackie" i Biblię oraz uczył się pilnie języka polskiego. Z czasem obudziło się w nim powołanie literackie. W skupieniu i z pasją pisał opowieść o swej przeszłości szpiegowskiej – *Piąty etap* (1934). Cenzura skonfiskowała rękopis. W jedenastym roku kary słabł, a gruźliczy kaszel męczył go dniem i nocą. W zatłoczonej celi pisał nową powieść – *Droga pod mur*. Cenzura i tę zatrzymała. Dopiero *Kochanek Wielkiej Niedźwiedzicy* (1935) wywołał sensację i rodzaj plebiscytu w prasie i kołach rządowych. Ułaskawiony (1937), osiadł po leczeniu w Warszawie i Zakopanem, w majątku Rohotna w Nowogródzkiem. Okres okupacji spędził na Wileńszczyźnie, gdzie walczył w szeregach ZWZ, a potem AK. W roku 1945 dotarł do Włoch, przyjęty do II Korpusu Polskiego został na emigracji. Wraz z wojskiem został przeniesiony do Anglii, gdzie zmarł na raka 12 września 1964 roku.

Wielką popularność jako pisarz zdobył w drugiej połowie lat trzydziestych. Jego książki, tłumaczone na liczne języki, wydawano w wielotysięcznych nakładach. Z uwagi na swoje nieprzejednane stanowisko wobec PRL objęty był tu całkowitym zakazem druku.

Poza *Kochankiem Wielkiej Niedźwiedzicy* przed wrześniem 1939 roku opublikował też *Bogom nocy równi* i *Piąty etap*. Na emigracji wydał m.in.: trylogię *Jabłuszko, Spojrzę ja w okno... i Nikt nie da nam zbawienia* (Rzym 1947, Instytut Literacki); z projektowanej trylogii *Wieża Babel*, omawiającej działalność AK na Wileńszczyźnie, ukazały się tylko dwa tomy: *Dla honoru organizacji* i *Człowiek przemieniony w wilka* (Londyn 1964, Polska Fundacja Kulturalna). Autor odtworzył z pamięci i notatek powieści *Żywot człowieka rozbrojonego* (Londyn 1962, B. Świderski) i prezentowane właśnie *Zapiski oficera Armii Czerwonej* (Londyn 1957, Gryf).

O napisaniu tej groteski autor myślał już w 1940 r. w okupowanej Polsce. Poznał wtedy rosyjskiego lejtnanta, syna wyższego oficera, wychowanego w Leningradzie. W rozmowach z nim doznał wrażenia, że ma do czynienia z człowiekiem o zmechanizowanym mózgu, który nie umie zejść z toru pojęć narzuconych mu przez szkołę sowiecką i rozumować swobodnie, chociaż uważał się za wykształconego. Kiedy Rosjanin mówił o Stalinie, uwielbiał go aż do łez. Drugim typem podobnego Rosjanina, którego Piasecki spotkał, był kapitan czołgista, trzecim młody podoficer kompanii karabinów maszynowych. Rozmowy z tymi ludźmi przyniosły mu tylko rozczarowania.

Autor zabierał się do pisania satyry już w maju 1946, lecz rozpoczął komponowanie całości w 1948 r. Przekonał się wtedy, że będzie to praca trudna. Mimo iż znał z doświadczenia tło akcji, trudno mu było wcielić się w postać czerwonego oficera – myśleć jego kategoriami, pisać jego językiem, używać budowy zdań i zwrotów rosyjskich. Stworzyły one ciasne ramy, których musiał się trzymać, aby prawdę jak najdokładniej i artystycznie odtworzyć, chociaż – jak sam mówił – nie miał na celu napisania wypracowania propagandowego czy kpienia z Rosji, chodziło raczej o ukazanie mentalności i poziomu inteligencji oficera wychowanego w systemie stalinowskim.

Dziennik oficera jest poświęcony zależnie od rozwoju sytuacji politycznej: Stalinowi, Hitlerowi, Churchillowi, Sikorskiemu i znowu Stalinowi. Autorowi, jak to sam oświadczył, zależało na prawdzie psychologicznej, na próbie zgłębienia duszy komsomolca, młodego oficera na ślepo posłusznego w służbie nie tyle narodu, ile jego zwierzchników. W jego sercu nie ma miejsca na jakiekolwiek uczucia ludzkie, nauczono go bowiem zawsze i wszędzie węszyć wrogów ludu.

Pierwsze wydanie cieszyło się wielką popularnością na emigracji. Opinie czytelników zebrane w bibliotekach i czytelniach na obczyźnie bardzo korzystnie oceniały styl i język tej książki jako najlepszej po *Kochanku Wielkiej Niedźwiedzicy*. Sposób myślenia i zachowania krasnoarmiejców – według opinii czytelników – ściśle odpowiadał „wzorom" zapamiętanym przez mieszkańców kresów wschodnich RP. Akcja książki odzwierciedla także polską tragedię – tak ludzką, jak i kultury – pod zmieniającymi się okupacjami, na tle których ten czerwony bohater zmieniał kolor zależnie od sytuacji, co znacznie mu ułatwił jego zmechanizowany system myślenia i brak wysubtelnionych uczuć.

Ryszard Demel

Towarzyszowi J.W. Stalinowi

22 września 1939 roku
Vilnius

Noc była czarna jak sumienie faszysty, jak zamiary polskiego pana, jak polityka angielskiego ministra. Lecz nie ma siły na świecie, która by powstrzymała żołnierzy niezwyciężonej Armii Czerwonej, idących dumnie i radośnie wyzwalać z burżuazyjnego jarzma swych braci: chłopów i robotników całego świata.

Zaskoczyliśmy nieprzyjaciela całkowicie. Ja szedłem pierwszy z pistoletem w pogotowiu. Za mną bojcy. Na granicy nie spotkaliśmy nikogo. Przyszliśmy ku polskiej strażnicy. Otoczyliśmy ją wzorowo i idziemy do środka. Drogę zastąpił nam jakiś zezwierzęcony żołnierz faszystowski. Przystawiłem mu pistolet do piersi, a bojcy bagnety.

– Ręce do góry, pachołku!

Rozbroiliśmy go i szorujemy do środka. Prawie wszyscy tam spali. Nikt nie stawiał oporu. Zabraliśmy broń ze stojaków i wyłączyli telefon. Spytałem jednego z żołnierzy:

– Gdzie wasz dowódca?

– Ten – wskazał palcem.

Patrzę ja: zupełnie chudy pan. Może nawet z robotników wygrzebał się, swych braci sprzedając. Tacy są najgorsi. Pytam ja go:

– Ty tu dowódca?

– Ja – powiada. – O co chodzi?

Złość mnie porwała, ale nie miałem czasu porządnie z nim rozprawić się. Tylko powiedziałem:

– Skończyło się twoje panowanie i koniec waszej pańskiej Polsce! Napiliście się dużo ludzkiej krwi! Teraz trzeba będzie i swoją wyrzygać!

Należałoby się, według sprawiedliwości, i jego, i tych wszystkich otumanionych pachołków kapitalistycznych powystrzelać, chociaż kul szkoda na takie burżujskie ścierwo. Ale rozkaz mieliśmy jasny: „Jeńców odsyłać na tyły". Więc zostawiliśmy eskortę i poszli dalej. Nasze orły z NKWD tam z nimi rozprawią się. A nam szkoda czasu. Mamy do wykonania ważne bojowe zadanie.

Poszliśmy dalej wprost drogą. Kierunek na Mołodeczno. Cicho... Nigdzie ani światła, ani człowieka. Zdziwiło to mnie nawet. Tyle czytałem o przebiegłości polskich panów. A tymczasem myśmy ich przechytrzyli. Jak śnieg na głowę im spadliśmy.

Ech, żeby moja Dunia zobaczyła: jak dumnie i śmiało kroczyłem na czele całej Armii Czerwonej, jako obrońca proletariatu i jego wybawiciel! Ale pewnie spała i nie śniło się jej nawet, że ja, Miszka Zubow, stałem się tamtej nocy bohaterem Związku Radzieckiego. Nie wiedziała tego, że aby ona mogła spokojnie, radośnie i w dobrobycie żyć i pracować, ja szedłem w krwawą paszczę burżuazyjnego zwierza. Lecz jestem z tego nie tylko dumny. Rozumiem, że przyniosłem do Polski, dla moich uciemiężonych przez panów braci i sióstr, światło nieznanej im wolności i naszą wielką, jedyną na świecie, prawdziwą, sowiecką kulturę. Właśnie o to chodzi: o kulturę, psiakrew! Niech się przekonają, że bez panów i kapitalistów staną się wolnymi, szczęśliwymi ludźmi i budowniczymi wspólnej, socjalistycznej ojczyzny proletariatu. Niech odetchną wolnością! Niech zobaczą nasze osiągnięcia! Niech zrozumieją, że tylko Rosja, wielka MATKA ludów uciemiężonych, może wybawić ludzkość od głodu, niewoli i wyzysku! Tak.

Dopiero po siedmiu kilometrach od granicy spotkał nas zwierzęcy opór krwawych kapitalistów. Zapewne ktoś ze strażnicy polskiej zdołał uciec, wykorzystując ciemność, i powiadomił burżuazję, że idzie niezwyciężona armia proletariatu. Ktoś krzyknął do nas coś w sobaczym polskim języku. Nie zrozumiałem: co, tylko odpowiedziałem głośno i groźnie, aż echo poszło lasem:

– Poddaj się, faszysto, bo zniszczymy!

Przed nami zadudniło tylko. Więc my po krzakach, po rowach: jak wojskowa taktyka nakazuje – osłony szukać. Potem podciągnęliśmy maszynki i dawaj sypać po nich seriami. Tylko las jęczał. Ze dwie godziny tak biliśmy z kulomitów. Nikt nie odezwał się. Ale zawsze trzeba ostrożnie. Wróg chytry: może zaczaił się i czeka.

Tymczasem rozwidniło się. Patrzymy: na drodze przed nami naładowany sianem wóz stoi, a przy nim zabity koń leży. Więcej nikogo... Wtedy ruszyliśmy ostrożnie naprzód, aby w zasadzkę nie trafić. Ale wszystko skończyło się szczęśliwie. Widocznie wróg zrozumiał, z jaką potęgą ma do czynienia i haniebnie uciekł.

Takim to sposobem ja, młodszy lejtnant niezwyciężonej Armii Czerwonej, wkroczyłem na czele mego plutonu do burżuazyjnej Polski. A stało się to nocą 17 września 1939 roku. Hura! hura! hura!

Zapiski te zaczynam w mieście Vilniusie. Piszę je na chwałę naszej potężnej Armii Czerwonej i – przede wszystkim – jej WIELKIEGO wodza, towarzysza Stalina. Jemu też, naturalnie, zadedykowałem je. Rozumiem dobrze, że pióro moje jest bezsilne, gdy chce opisać wielkość naszego wodza i moją miłość dla niego. Na to trzeba pióra Puszkina lub Majakowskiego. Ja zaś mogę tylko dokładnie zanotować to, co widzę i słyszę w tych wielkich, historycznych dniach, które wyzwoliły kilka uciśnionych narodów z kapitalistycznej niewoli.

Gdy myślę o naszym wielkim WODZU i NAUCZYCIELU, to czuję, że do oczu mi napływają łzy. Kim bym ja był bez niego? Carskim niewolnikiem, gnębionym i eksploatowanym nieludzko. A teraz ja, którego ojciec był zwykłym robotnikiem, jestem oficerem. Mam zaszczyt należeć do Komsomołu. Ukończyłem dziesięciolatkę. Umiem czytać i pisać prawie bez omyłek. Potrafię też rozmawiać telefonicznie. Znam politgramotę. Jem codziennie prawdziwy chleb. Chodzę w butach ze skóry. Jestem człowiekiem oświeconym i kulturalnym. Poza tym korzystam z największych wolności, jakie może mieć człowiek na ziemi. Wolno mi nawet nazywać GO – naszego wodza – towarzyszem. Pomyślcie sobie tylko uczciwie: ja mam prawo swobodnie i wszędzie nazywać GO towarzyszem! Towarzysz Stalin! TOWARZYSZ STALIN!... Otóż to jest moją największą dumą i radością!... Czy może obywatel państwa kapitalistycznego nazwać swego prezydenta lub króla towarzyszem? Nigdy! Chyba tylko inny krwiożerczy prezydent albo zezwierzęcony król. A ja... Czuję, że łzy radości i dumy napływają mi do oczu... Muszę przerwać pisanie i zapalić, bo nie wytrzymam nadmiaru szczęścia i serce mi pęknie.

23 września 1939 roku
Vilnius

Jestem obecnie w Vilniusie. Skierowano nas tu z Mołodeczna. Przyjechaliśmy pociągiem, bo nasi tankiści wyprzedzili piechotę i pierwsi zajęli miasto. Lecz uważam, że nieprzyjaciela zwyciężyliśmy właśnie my – piechota ze mną na czele, bo pierwsi przekroczyliśmy granicę i napędzili takiego strachu panom, że tylko piętami błysnęli.

Batalion nasz stoi w koszarach przy ulicy Wilkomierskiej. Nam, oficerom, Komendantura dała pozwolenie na zamieszkanie prywatnie w pobliżu koszar. Ja się ulokowałem przy ulicy Kalwaryjskiej w domu numer cztery. Przyszedłem tam wczoraj rano z orderem z Komendantury i pytam o prezesa Domkomu. A mnie powiedzieli, że żadnego domowego komitetu u nich nie ma i nie było. Splunąłem ja:

– Też porządki! Jakżeście tu żyli?

Powiadają:

– Normalnie. A sprawy meldunkowe załatwiał dozorca domu.

Poszedłem ja do dozorcy. Pokazali mi jego suterenę. Schodzę ja w dół i tak sobie myślę: „Nareszcie zobaczę chociaż jednego eksploatowanego proletariusza". Ale gdzie tam! Widzę ja, w dużym pokoju siedzi tłusty, pięknie ubrany pan. Ja tylko na nogi jego spojrzałem i od razu zobaczyłem: buty z cholewami! A on nic. Siedzi i kawę pije. Na stole prawdziwy chleb leży i cukier w bańce stoi. Nawet kiełbasę na talerzu zauważyłem. Wielka mnie złość ogarnęła, że taki kapitalista dozorcę udaje. Ale nic nie powiedziałem, tylko tak sobie pomyślałem: „Przyjdzie i na ciebie czas! Skończy się twoje kiełbasiane życie i o butach też zapomnisz!". Tymczasem mówię:

– Dzień dobry!

– Dzień dobry! – powiedział i na krzesło ręką pokazał. – Siadajcie – dodał.

Usiadłem ja i jemu „order" z Komendantury na stole kładę.

– To – mówię – dotyczy mieszkania dla mnie w tym domu.

Wziął on papierek do ręki. Okulary na nos wsadził. Popatrzył na papier i tak, i owak. A potem gada:

– Ja po rosyjsku mówić umiem, ale liter waszych nie znam. Sami mnie przeczytajcie, co tam stoi.

Przeczytałem ja jemu. A on powiada:

– Mieszkań wolnych mam aż trzy. Pięć pokojów i kuchnia. To jedno. A dwa są po trzy pokoje z kuchnią. Bierzcie, które chcecie.

Ale ja jemu mówię, że mnie tylko jeden pokój potrzebny. Lecz chciałbym u uczciwych ludzi zamieszkać, żeby nie okradli. A za pokój będzie płacić Komendantura według „normy".

On zastanowił się i mówi:

– Chyba najlepiej wam będzie u nauczycielek. Kobiety spokojne, na emeryturze. Chcą wydać dwa pokoje, ale możecie wziąć jeden.

To mi się podobało. Zawsze kobiety są mniej niebezpieczne. Może nie napadną niespodzianie, nie zarżną. Muszą być trochę kulturalniejszym elementem.

Poszliśmy razem do nauczycielek. Wszystkie były w domu. Jedna z nich dobrze po rosyjsku mówi.

– Chętnie – powiada – was na mieszkanie wezmę. Dla nas za drogie. A tak to nam komorne obniżą.

– A gdzie gospodarz? – pytam. – Pewnie z innymi kapitalistami uciekł.

– Tu gospodarza nie ma. Dom magistracki. Był rządca, ale powołali go do wojska. Na niemiecki front poszedł. A komorne zawsze wpłacamy do magistrackiej kasy.

Pokazują mnie one swoje pokoje. Nigdy w życiu ja takiej rozkoszy nie widziałem. Po prostu rozpusta! Dywany nawet na podłodze leżą. I kwiaty różne. I żywy ptaszek, podobny do wróbla, ale żółty całkiem w klatce poświstuje. I rozmaite tam: stoły, stoliki, półki, półeczki, szafy, szafeczki, krzesła, fotele... Takie tam rzeczy są, że czort wie, jak je i nazwać! Ale nic. Udaję, że to wszystko wcale mnie nie dziwi i że nie rozumiem tego, iż do kapitalistycznej jaskini eksploatatorów ludu pracującego trafiłem. W samo gniazdo burżujskiej żmii.

Okazało się, że te trzy baby w trzech pokojach mieszkały! Nauczycielki!!!... Ale nic: sowiecka władza je rozszyfruje. I „dozorcę" tego tak samo. Niech zaczekają troszkę. Dla wszystkich znajdzie się odpowiednie miejsce.

Umówiłem się ja z „nauczycielkami", że wieczorem wprowadzę się. Oddały mi narożny pokój z balkonem. Zapytały: czy dużo mam rzeczy? Ale rzekłem im: „Jakie oficer bojowy może mieć rzeczy? Nic nie mam. To przecież wojna". Powiedziały, że dadzą mi pościel. Zgodziłem się na to, ale pomyślałem sobie: na jakiego czorta to mi jest potrzebne?

Pożegnaliśmy się bardzo spokojnie i kulturalnie, i poszedłem ja miasto oglądać. Idę ja ulicami i widzę, że w prawdziwą burżujską jaskinię trafiłem. Publika na ulicach ubrana jak na bal. Każdy w skórzanych trzewikach, a niekiedy to nawet i w butach. Krawaty i kołnierzyki też u wielu zauważyłem. I prawie wszyscy są w kapeluszach. Ot, pasożyty!... A najdziwniejsze to są kobiety. Włosy każda ma uczesane jak aktorka filmowa. Na nogach cienkie pończochy, pewnie w Paryżu kupowane: gładkie, brązowe. Sukienki lekkie, kolorowe... jak kwiaty. W życiu swoim takich nie widziałem. Pięknie burżujskie ścierwo poubierane. Ja tak sobie idę i tak sobie myślę: „Chyba tu z całej Polski kapitaliści z żonami i córkami zjechali się? Takie bogactwa!".

Trochę mnie nawet strasznie zrobiło się. Tyle tych krwiopijców dookoła szwenda się! Ale widzę, że i naszych chłopaków jest sporo. Chodzą ulicami i też fason trzymają. Każdy naperfumowany tak, że z daleka czuć. Niech burżuje przekonają się: jaka u nas kultura! Szkoda, że i ja nie naperfumowałem się. Nie było czasu. Innym razem.

W jednym miejscu patrzę ja: piekarnia. W oknie sklepu chleb i bułki zauważyłem. Nawet ciastka były. Nigdy w życiu czegoś takiego nie widziałem. Myślę sobie: albo to jest burżujska propaganda, albo specjalny sklep polskiego „Inturistu". Stanąłem ja przy oknie i obserwuję. Ludzie wchodzą, kupują, wychodzą. A ja tylko staram się zauważyć: czy specjalne stachanowskie „bony" mają, czy zwykłe kartki? Ale trudno było to zrozumieć. Myślę ja sobie: „Spróbuję i ja. A nuż sprzedadzą?". Wchodzę ja do środka, odkaszlnąłem i mówię, niby spokojnie:

– Proszę mi odważyć pół kilograma chleba.

Panienka, ładna taka i cycata, pyta:

– Jakiego?

Ja palcem pokazałem na najbielszy... jak bułka. I nic. Odważyła, nawet w papierek zawinęła i podaje mnie.

– Proszę pana – powiedziała.

Ja aż zdrętwiałem: panem mnie nazwała! Nie rozeznała się. Chyba tylko dlatego mi chleb i sprzedała. A może ślepawa trochę. Pytam:

– Wiele płacę?

Mówi:

– Dziesięć groszy.

Dałem ja jej rubla, a ona mi całą kupę pańskich, kapitalistycznych pieniędzy reszty wydała. I o żadne „bony", kwity, czy „ordery" nie pytała nawet.

Wyszedłem ja ze sklepu. Chleb ciepły, biały, aż pachnie. Chciałem od razu zjeść, ale spostrzegłem, że na ulicy nikt nie je, tylko nasi chłopaki chodzą i pestki słonecznikowe gryzą. Wsadziłem ja chleb do kieszeni. Szkoda – myślę – że kilograma nie poprosiłem. Może by sprzedała. A sam liczę: toż wychodzi, że za naszego rubla mógłbym pięć kilo chleba kupić! Słodko żyło się burżujom, w tej dawnej Polsce, na krzywdzie roboczego narodu!

Idę ja dalej i widzę: znów piekarnia. Ludzie wchodzą, wychodzą, każdy coś tam kupuje. Więc i ja się wziąłem na odwagę i jazda do środka. Tym razem już o kilo chleba poprosiłem. Palcem też na biały pokazałem. I nic: odważyli, wzięli dwadzieścia groszy i chleb mi podali. Szkoda – myślę – że dwóch kilogramów nie poprosiłem. Może by też sprzedali? Ale kto to wie? Lecz trochę dalej znów piekarnię dostrzegłem. Więc szoruję ja do środka i mówię... jakby całkiem nawet spokojnie i obojętnie:

– Proszę o dwa kilogramy białego chleba.

A kapitalista, który chleb sprzedawał (nawet kołnierzyka i krawata nie zdjął, żeby swoje klasowe pochodzenie ukryć), spytał:

– Może cały bochenek weźmiecie? Trzy kilo waży.

– Dawaj! – powiedziałem.

Zapłaciłem ja 60 groszy, zabrałem chleb i wychodzę na ulicę. Idę ja i tak sobie rachuję: toż ja za dziewięćdziesiąt groszy, to znaczy mniej jak za rubla, kupiłem cztery i pół kilograma chleba i nawet w kolejce nie stałem. Nie mogę ja tego zrozumieć. Nie inaczej: kapitalistyczna propaganda. Tę sprawę będę ja musiał wyjaśnić.

Ponieważ niewygodnie było mi z chlebem po mieście łazić, poszedłem ja do koszar. Tam ruch wielki. Chłopaków pełno. Niektórzy z miasta poprzychodzili i cuda o głupocie polskich panów opowiadają. Okazało się, że tu nie tylko chleba, ale i słoniny, i kiełbasy można kupić ile kto chce. Niektórzy mówią, że tu zawsze tak było. Nie mogę ja w to uwierzyć. Rzecz jasna, że jeśli sprzedawać ile kto chce, to kilku wykupi wszystko, inni zaś będą z głodu zdychać.

Wieczorem wprowadziłem się ja do swego pokoju. Nauczycielka (ta co po rosyjsku mówi) drzwi mnie otworzyła i pokój pokazała.

– Możecie być pewni, że tu czysto – powiedziała. – A myć się można w łazience.

Zaprowadziła mnie do pokoju obok kuchni. Tam jest piękna umywalka i duża wanna. Popatrzyłem ja na to wszystko i tak sobie pomyślałem: „Zabić by ciebie trzeba na miejscu za to wszystko! Iluż naszych braci, chłopów i robotników, z głodu pozdychało, abyś ty, pasożytko, mogła w takiej wannie rozkoszować się!". Lecz nie powiedziałem jej tego. A ona trajkocze, krany kręci i pokazuje mnie: jak to działa. To jej wtedy powiedziałem:

– W porządku. Karabin maszynowy więcej ma chytrości i to dajemy sobie radę. A wasza wanna to głupstwo!

Poszedłem ja do swego pokoju i oglądam wszystko. Ale chodzić było niewygodnie, bo dywany przeszkadzają. Wyszedłem ja na balkon. A tam pełno kwiatów w donicach. Patrzę ja na miasto. Wieczór się zrobił. Słyszę: nasi bojcy *Katiuszę* śpiewają. To i ja za nimi podciągnąłem. A potem jak zaświstałem, to tak mi smutno zrobiło się. I Duniaszka się przypomniała. Jaka była, taka była, ale zawsze baba i swoją przyjemność z nią miałem. Postanowiłem, że list do niej napiszę. Poszedłem ja do pokoju, światło zapaliłem i do mojej sympatii takie oto pismo wyszykowałem:

„23 września, 1939 roku
Miasto Vilnius

Najukochańsza Duniaszka!

Piszę do Ciebie ten list z samego centrum polskiej, burżuazyjnej jaskini. Potężnym ciosem naszej żelaznej, czerwonej pięści zmiażdżyliśmy polskich, faszystowsko-kapitalistycznych generałów i wyzwoliliśmy z ucisku burżuazyjnego jęczący w szponach tyranów polski, robotniczo-włościański naród i wszystkie inne narodowości, nielitościwie gnębione i eksploatowane przez krwiożerczych panów.

Ja szedłem na czele całej Armii Czerwonej i biłem faszystów i ich pachołków, dopóki nie uciekli w popłochu. Mieszkam ja w pięknym domu, którego właściciel-kapitalista uciekł. Tutejsze burżujki naznosiły mi kwiatów i zasłały cały pokój dywanami. A to wszystko ze strachu. Codziennie pływam w wannie. Wanna to są duże niecki, zrobione z żelaza, do których nalewa się wody, i cały człowiek, nawet z nogami, może w nich się zmieścić.

Możesz być dumna ze swego Miszki, który hardo krocząc pod sztandarem Lenina-Stalina, zmiótł na wieki zwierzęcy opór polskich zaborców i wyzwolił wszystkie, jęczące w kajdanach, narody.

Pisać do mnie możesz na Vilnius, bo pewnie przez jakiś czas tu jeszcze będziemy. Dokładny mój adres jest na kopercie.

Ściskam mocno twoją dłoń i łączę komsomolskie pozdrowienie.

Lejtnant bohaterskiej Armii Czerwonej,
Michaił Zubow"

Skończyłem ja list, zdjąłem buty, żeby za dywan nie czepiać się, i spaceruję sobie. *Trzech tankistów* nagwizduję. Aż tu słyszę: ktoś do drzwi puka.

– Wejść – powiedziałem.

Do pokoju weszła dziewczynka lat dziesięciu. Sprytna taka. Widać od razu: burżujskie nasienie. Oczy po kątach latają. Pewnie na przeszpiegi ją przysłali, żeby zobaczyła, co ja robię.

– Mamusia – powiada – na herbatę was prosi.

Myślę ja sobie: iść, nie iść? Ale poszedłem. Byłem ciekaw zobaczyć, jak burżujki herbatę piją. Otóż przychodzę ja do ich stołowego pokoju. Widzę: biały obrus na stole leży, a na nim pełno różnych drogocennych naczyń. Ser na talerzu położony, mleko w dzbanku, wędlina jakaś, cukier w cukiernicy. Tylko chleba było mało. Więc ja powiedziałem: „Zaczekajcie chwileczkę". I wyszedłem. Wróciłem do swego pokoju i myślę: „Czy kilo chleba wziąć, czy cały bochenek?". Ale może dużo zeżrą? I mnie też jeść się zachciało. Wziąłem ja duży bochenek, przyniosłem do nich i położyłem na stole. „To – powiedziałem – do wspólnego użytku”.

– Ale na co to? – mówi jedna. – Chleba u nas dużo, tylko nie krajamy wszystkiego, żeby nie sechł.

– Nic – powiedziałem. – Proszę się nie krępować i jeść, ile tylko która chce. Mnie stać na to, żeby i dwa takie bochenki kupić!

Popatrzyły one po sobie. Widocznie zadziwiająca była moja hojność. Herbaty mnie nalały... No, nic, rozmawiamy. Ta, co rosyjskim dobrze włada (Maria Aleksandrowna się nazywa), częstuje mnie: „Proszę sera! Proszę wędliny! A czemu masła na chleb nie smarujecie?”

– Gdzie masło? – spytałem.

Podsunęła ona mnie taki specjalny spodek z przykrywką, a w nim coś żółtego jak wosk. Więc ja powiedziałem:

– A, tak to i jest masło! Mnie mama opowiadała, że kiedyś u nich też z mleka masło robili.

Zacząłem ja to ich masło na chleb smarować. Ale niewygodnie. Wałkuje się tylko. To trzeba by łyżką jeść, a nie smarować. Wtedy ja sobie kawałek wędliny wziąłem. Ale cienko burżujki nakrajały. Widać, że skąpe są.

No, nic. Rozmawiamy. Pytam ja je: jak która się nazywa? Więc Maria Aleksandrowna na jedną pokazuje i mówi: „Pani Zofia”. A druga okazała się panią Stefanią.

– A jak mała się nazywa? – spytałem.

– Andzia.

– Czemu nie pani Andzia?

– Bo dzieci u nas się woła tylko po imieniu. Gdy dorośnie, to będzie panna Andzia.

„Naturalnie – pomyślałem – dopiero ją muszą na faszystkę i wroga ludu pracującego wyuczyć. Też dobrą gadzinę by z niej zrobili, jeśliby nie nasza radziecka władza przyszła! Teraz skończą się te pańskie sztuczki!”.

No, nic. Siedzimy sobie i rozmawiamy dość kulturalnie, to o pogodzie, to o urodzaju. Widzę, że i ja ich sobaczy język trochę rozumiem. A czego nie rozumiem, to mi zaraz Maria Aleksandrowna tłumaczy. I wszystko byłoby dobrze, ale jedna z nich (ta starsza: pani Zofia) mówi do mnie łamanym rosyjskim językiem:

– Panie lejtnancie, czy długo będziecie u nas w Wilnie?

Bardzo mi to pytanie nie podobało się. Od razu zrozumiałem, że chciała sprytnym sposobem, od czerwonego oficera, strategicznych zamiarów wyższego dowództwa dowiedzieć się. Ale ja w lot ją rozgryzłem. Znamy się na faszystowskich wybiegach! Więc odpowiedziałem bardzo grzecznie i spokojnie, chociaż, właściwie, w mordę z miejsca bić należało się.

– Ile nam będzie chciało się, tyle tu i będziemy.

A ona znów:

– Panie lejtnancie, czy podoba się panu nasze Wilno?

Zgrzytnąłem ja zębami. Kpi, cholera, ze mnie, czerwonego oficera i uczciwego bolszewika. Drugi raz już mnie „panem" nazwała. Ale zacisnąłem ja pod stołem pięści i staram się wytrzymać.

– Po pierwsze – powiadam – nie Wilno, lecz Vilnius. Ot co. Po drugie: nie wasze, ale nasze. Po trzecie: nie podoba mi się wcale, bo żadnej kultury nie ma. Nawet na dworcu woszebijki nie zauważyłem. Cóż to za życie! Cóż to za higiena! Cóż to za kultura!

Tu wtrąciła się Maria Aleksandrowna i mówi tak czysto po rosyjsku... bardzo to jest podejrzane i trzeba będzie o tym do NKWD zameldować. Więc powiada:

– Woszebijek u nas istotnie nie ma. Ale to dlatego, że wszy nie mamy. Więc po co woszebijki?

Same wy wszy jesteście – pomyślałem i powiadam:

– Woszebijki są potrzebne jako urządzenia sanitarne i higieniczne. Myszy też może nie być, a ot, kotów u nas wszędzie mnóstwo. Ot co.

A tamta pierwsza (pani Zofia) znów do mnie zwraca się i widzę ja: morda chytra, chytra, chytra!

– Panie lejtnancie...

Ale ja tym razem dokończyć jej nie dałem. Rzuciłem nóż na stół i ryknąłem:

– Stul pysk, stara małpo! Żaden ja ci pan nie jestem, lecz obrońca proletariatu! Jestem od tego właśnie, żeby taką zarazę faszystowską jak ty niszczyć! Rozumiesz?! A jak nie rozumiesz, to ja ci zaraz to ręcznie wytłumaczę!

Jak machnę ja pięścią w stół, tak szklanki po nim i zaskakały. Dziewczynka płakać zaczęła. A Maria Aleksandrowna błaga mnie i omal też nie płacze.

– Michaile Nikołajewiczu – powiada. – Nie gniewajcie się. Ona to nieumyślnie. U nas do każdego mówi się: pan. Nawet do żebraka. To tak samo jak we Francji „monsieur" albo w Anglii „mister".

Ale ja nie dałem się ułagodzić takim chamkom.

– Zaczekajcie trochę – powiedziałem. – Zrobimy porządek i z panami, i z musjami, i z mistrami! Na wszystkich czas przyjdzie i dla każdego odpowiednie miejsce się znajdzie! A mnie, uczciwemu człowiekowi, w waszym pańskim towarzystwie siedzieć i herbatę spijać nie wypada! Do widzenia!

Wstałem ja. Naturalnie: splunąłem. I dumnie wyszedłem. Nawet chleba swego ze stołu nie zabrałem. Niech uduszą się nim podłe faszystki!

Poszedłem ja spać. Łóżko, widzę, wysoko nasłane. Kołdra duża, lekka, miękka, w białą powłokę wsunięta. A na powłoce też różne tam kwiatki, listki i motylki powyszywane. Dwie poduszki są... też w powłoczkach z kwiatami. No i prześcieradło. A wszystko to takie białe, jakby białą farbą pomalowane. Ja nawet palec pośliniłem i spróbowałem: czy maże?

Wlazłem ja w to ich łóżko i cały w nim utonąłem. Tylko nos na wierzchu. Kręciłem się ja, kręciłem i nic: sen nie bierze. Nie dla mnie, porządnego bolszewika, takie burżujskie wynalazki! Jak oni w takim czymś z babami śpią?... Wylazłem ja z łóżka, poduszkę pod ścianą położyłem, kołdrą owinąłem się i w dwa momenty usnąłem.

Rano wstaję. Widzę: słońce świeci. Pięknie.

Wyszedłem ja na balkon. Duży kawał miasta widać i rzeka też płynie... Westchnąłem ja: cudnie!... Niebo błękitne, błękitne, błękitne... Ot, myślę ja sobie, uszyłbym ja z takiego błękitu dla siebie koszulę, a dla Duni spódnicę.

8 października 1939 roku
Vilnius

Wczoraj otrzymałem ja miesięczną pensję: 700 rubli. Prowiant też wydali na cały tydzień naprzód: chleb, krupa, cukier, ryba, słonina, herbata i paczka tytoniu. Ot – pomyślałem ja sobie – żeby robotnicy państw kapitalistycznych zobaczyli jak dba Związek Radziecki o swego obrońcę! Chleb, co prawda, był spleśniały; rybę trochę czuć, ale jeszcze jeść można; krupy potarły się na mąkę i jakby stęchły; słonina, naturalnie, zjełczała – pewnie dalekiego transportu nie wytrzymuje; połowę tytoniu jakiś drań z paczki wyciągnął i trocin dosypał; cukier mokry – dla wagi. Ale to nieważne. Ważna jest troska o nas i pamięć. Otóż to właśnie.

A 700 rubli bardzo mi się przydało. Okazało się, że tu można za te pieniądze mnóstwo różnych dobrych rzeczy kupić. Ale trzeba spieszyć, póki burżuje nie opamiętali się i nie pochowali. Nasze władze taki kurs ustanowiły: 1 rubel jest równy 1 złotemu... Za 700 rubli co by ja u nas kupił? Nawet na lepsze buty nie wystarczyłoby. A tu: para trzewików 20 rubli, kilo cukru 1 rubel. I wszystkiego ile chcesz. Nawet w kolejce stać nie trzeba. Dobrze żyło się tu burżujom na krzywdzie proletariatu. Ale teraz i my pożyjemy rozkosznie zawdzięczając to władzy radzieckiej. Ja już trzy dni tylko kiełbasę jem. A na biały chleb to i patrzeć nie chcę, jedynie bułki różne wcinam.

Dziś rano wstąpiłem ja do zegarmistrza. Blisko mnie mieszka. W oknie u niego duży zegar jest, więc zawsze, gdy chciałem wiedzieć, która jest godzina, na dół schodziłem popatrzeć. W bardzo wygodnym punkcie mieszkanie otrzymałem i dlatego ceniłem je nadzwyczajnie. Otóż wstępuję ja do zegarmistrza i pytam, czy nie ma czasem zegarka na sprzedaż.

– Jaki chcecie? – spytał on mnie.

– Najlepszy, jaki może być. Wiele by taki kosztował?

– Mam ja – powiada – doskonały zegarek słynnej firmy „Omega". Ale cena duża. Nie wiem, czy kupicie.

– Ile?

– 120 rubli.

– Pokaż.

Rzeczywiście zegarek piękny, ale czy dobry: czort go wie. Może chce oszukać pachołek imperialistyczny. Wtedy ja jemu powiadam dorzecznie:

– Twoja „Omega" bardzo mi podejrzaną wydaje się. Ot żebyś miał „Kirowski" zegarek, to bym chętnie kupił. To nasza sowiecka firma i oszustwa żadnego nie może być.

A on zaraz szufladkę u stolika otworzył i „Kirowski" zegarek wyjął. U naszego dowódcy pułku widziałem taki. Wszyscy oficerowie zegarka mu zazdrościli. A on go otrzymał od rządu, jako „praktyczną nagrodę" za wyróżniającą się służbę.

– Sprzedajesz? – pytam.

– Naturalnie. Z tego żyję.

– Wiele kosztuje?

– 30 rubli.

– A czy dobry?

– Zupełnie dobry. Gwarancję na rok ode mnie otrzymasz.

– Ale czemu taka różnica: burżujska „Omega" 120 rubli, a nasz sowiecki zegarek 30 rubli.

– Taka już – powiedział on – i różnica. Trudno mi wam to wytłumaczyć.

Pomyślałem ja sobie: co tu robić? Różnica w cenie wielka. Ale „Kirowski" zegarek jest kieszonkowy. Na rękę, żeby ludzie widzieli podziwiali i zazdrościli, nie włożysz. A w kieszeni nosić też niezbyt wygodnie. Duży drań i ciężki. No i na łańcuszku musiałbym go uwiązać, aby któryś z kolegów nie skradł. Pomyślałem ja sobie: „Ech, było nie było: kupię »Omegę«. U nas w Związku pewnie z 50 razy tyle otrzymam, jeśli zechcę sprzedać". No i kupiłem. Włożyłem ja go na rękę i poszedłem na spacer. Rękaw wysoko w górę podciągnąłem, żeby ludzie widzieli iż jestem przy zegarku. Przyjemne takie samopoczucie. Chcę wiedzieć, która godzina: tylko rękę w górę podniosę, spojrzę i już wiem. Tak samo: zapyta ktoś o godzinę, to mu zaraz odpowiem: „Proszę bardzo: trzecia dziesięć. Dokładny czas. Możecie być pewni, bo zegarek mój najlepszy, światowej firmy. »Omega« się nazywa". Tak, przyjemnie bardzo. A wszystko to zawdzięczam ja naszej radzieckiej władzy i WIELKIEMU Stalinowi.

Kupiłem ja jeszcze kilogram kiełbasy i szoruję do domu. Myślę sobie: trzeba do dozorcy wstąpić. Niewyraźny on jakiś. Te jego buty z cholewami najwięcej podejrzane są. Jednakowoż proletariacki obowiązek spełnia teraz. A buty może on i w uczciwy sposób zdobył. Mógł, na przykład, gdzieś jakiegoś kapitalistę przycisnąć, gardło mu poderżnąć i buty z nóg ściągnąć. Więc idę ja do sutereny i pukam.

– Proszę – posłyszałem.

Wchodzę ja. Cała rodzina za stołem siedzi i obiad żrą. Smażone mięso pachnie.

– Dzień dobry! – powiadam. – Przepraszam, że przeszkadzam.

– Nic... Proszę siadać – powiadają.

Usiadłem ja i patrzę. Słodko dranie żyją! Wszyscy czysto ubrani, dobrze obuci, mięso żrą, herbatę z cukrem piją i to ich masło na stole zauważyłem. A robotnicy i chłopi pewnie z głodu zdychają! Ale nie mówię im tego, tylko powiadam:

– Zegarek ja dzisiaj kupiłem. Najlepszy światowej firmy. „Omega" się nazywa.

Rękę pokazuję. Dozorca okulary włożył i patrzy.

– Tak – powiedział. – Istotnie „Omega". Ja też miałem kiedyś „Omegę" na rękę. Ale niewygodnie mnie było przy robocie. To węgiel z piwnicy noszę, to drzewo rąbię. Można łatwo uszkodzić. To ja sobie kieszonkową „Cymę" kupiłem, a „Omegę" starszemu synowi oddałem. Do szkoły chodził. Też musiał czas widzieć... Wiele zapłaciliście?

– 120 rubli.

– Cena odpowiednia. A zegarek niczego sobie: dobry.

Posiedziałem ja u nich trochę i poszedłem. Nie wypada mnie, bolszewikowi, z burżujami zadawać się. Cała rodzina przy zegarkach. A jeszcze jeden, duży, na ścianie wisi. A drugi, okrągły z dzwonkami, w kącie na stoliku stoi. Dozorca!...

9 października 1939 roku
Vilnius

Wstaję ja dziś rano i pierwsza rzecz na zegarek patrzę. A on drugą pokazuje. Co za czort? – myślę. Posłuchałem ja: nie chodzi. Potrząsłem go: też nic – nie funkcjonuje. Ot i orżnął mnie burżujski zegarmistrz! Trzeba było „Kirowski" kupić. Bardzo ja zdenerwowałem się i nawet na kiełbasę apetyt straciłem. Tylko ubrałem się jak najprędzej, pistolet załadowałem i od razu do zegarmistrza walę. Przychodzę i nie witając się z miejsca mu powiadam:

– Cóż to za kpiny? Za taką hecę ja mam prawo tobie zaraz w łeb palnąć! Gwarancję dawałeś mi na rok, a zegarek na drugi dzień zepsuł się.

– Może uderzyliście go albo spadł?

– Jestem oficer i kulturalny obywatel Związku Radzieckiego. Wiem, że zegarka na ziemię nie rzuca się. Tylko ty mnie zepsuty zegarek sprzedałeś. Ale to ci łatwo nie ujdzie!

– Proszę mi pokazać zegarek – powiedział zegarmistrz.

Dałem ja mu „Omegę". On szkiełko w oko wsadził, zegarek otworzył i patrzy. Potem uśmiechnął się tak jadowicie i zegarek zamknął. Później główkę przy zegarku palcami uchwycił i zaczął ją kręcić. Potem posłuchał i podaje mi „Omegę".

– Zegarek – powiada – jest w porządku, tylko trzeba raz dziennie go nakręcać, bo mechanizm jest poruszany sprężyną.

Ale ja to już i sam zmiarkowałem. Lecz żeby drań się nie cieszył, że niby taki mądry jest, to ja jemu powiedziałem:

– U nas w Związku Radzieckim, lepsze zegarki nakręca się elektrycznością.

I z zachowaniem mojej komsomolskiej godności dumnie wyszedłem. Nawet nie pożegnałem się. Niech nosa do góry nie zadziera!

Dziś list od Duniaszki otrzymałem. Zdziwiłem się ja bardzo: jeszcze trzech tygodni nie minęło jak ja list do niej napisałem, a już odpowiedź mam! Dobrze pracuje nasza radziecka poczta. Możemy być wzorem dla całego świata. I koperta nie uszkodzona. Widocznie cenzura listem moim nawet nie zainteresowała się... Ale potem okazało się, że list ten przez okazję otrzymałem. Kolejarz znajomy do Vilniusa jechał, więc Duniaszka mu list dała. A on wprost tu przyniósł. Szkoda, że nie zastał mnie w domu. Ale może to i lepiej. Zawsze bezpieczniej z obcym człowiekiem nie gadać. Bardzo mi list Duni spodobał się, więc przepisuję go dosłownie:

„Kochany mój Miszeczka!

Bardzo jesteśmy z ciebie dumni, że tak dzielnie spełniasz swój bolszewicki obowiązek i gromisz bandy polskich, faszystowskich generałów. Niech nie znęcają się, bandyci, nad roboczym kłasem i nie mordują proletariatu. Ja bym do ciebie, mój bohaterze kochany, na skrzydłach jak jaskółka poleciała i im by te pańskie, tłuste brzuchy widłami do gnoju pruła.

Tylko pewnie tobie, biedaku mój, tam głodno? Wiem dobrze z książek i gazet, że w Polsce zawsze był wielki głód, taki że ludzie koński nawóz, korę z drzew i ziemię jedli. Tylko kapitaliści tam obżerali się dowoli chlebem i słoniną. Poza tym widziałam ja na dworcu eszelon towarowych wagonów, a na każdym wagonie był plakat duży: «CHLEB DLA GŁODUJĄCEJ POLSKI». Posłałabym ci, mój mileńki, sucharów, ale od dwóch miesięcy sama chleba nie jadłam. Ale mogę ci posłać suszonych jagód. Dużo w tym roku ich było. Poza tym mogę dodać trochę kartofli. Ty napisz otwarcie. Jeśli trzeba, to ja zaraz ci wyślę.

A tak w ogóle u nas wszystko w porządku, tylko aresztowali i wysłali do łagru sąsiada naszego, Wasyla Morgałowa, za to, że szerzył angielską, imperialistyczną propagandę. Powiedział, podlec, po pijanemu, że niedługo Związek Radziecki będzie żyć w przyjaźni z Niemcami i że będzie z nimi wojna. Chociaż to nasz daleki krewny, ale wcale go nie żałujemy. Niech takich głupich rzeczy nie gada.

Posyłam ci ukłony od całej rodziny.

Kochająca ciebie na wieki,

Dunia".

Szkoda mi trochę Morgałowa, bo wiadomo, cała jego rodzina będzie za tę zbrodnię odpowiadać też. I co mu się stało! Chyba gazet nie czyta albo radia nie słucha. Przecież codziennie piszą i mówią, że towarzysz Stalin i kanclerz Hitler to są dwaj najwięksi przyjaciele, Anglia zaś jest jaskinią eksploatatorów i podżegaczy wojennych. Niech tylko Hitler uporządkuje Polskę, to zabierze się do tej przeklętej faszystowskiej Anglii, a towarzysz Stalin, naturalnie, dopomoże mu. Jakaż może być wojna między Związkiem Radzieckim a bratnim narodem niemieckim?! To nawet pomyśleć nie da się, a on, dureń, gada takie głupstwa. Gdyby po trzeźwemu to mi powiedział, to bym sam go w mordę zajechał!... Wiem, że agentem angielskim to on chyba i nie jest, ale po pijanemu nie umie trzymać języka za zębami. Nauczą go w łagrze rozumu! Tak mu i trzeba!

15 października 1939 roku
Vilnius

Wczoraj zauważyłem ja w mieście i nasze sowieckie sklepy. A jakże: od razu dwa otworzyli. Niech burżuje nie myślą, że tylko u nich handel kwitnie! Wstąpiłem do jednego z nich. Pięknie tam: portrety Stalina, Lenina i różne takie proletariackie hasła wiszą. Nasze sowieckie panienki targują. Książki sprzedają. To znaczy: kulturę szerzą. Porozmawiałem ja z nimi przyjemnie. Jedna nawet mi się podobała, więc spytałem jej, czy mogłaby do mnie na noc przyjść przespać się. Ale powiedziała, że bardzo żałuje, ale wszystkie najbliższe noce ma zajęte. Szkoda. Ale trudno: kobiet naszych mało, chłopaków zaś dużo, więc nie nadążają... Kupiłem ja broszurę: WIELKI WÓDZ WIELKIEGO NARODU NIEMIECKIEGO, i poszedłem. W drugim sklepie zauważyłem ja, we wszystkich oknach, duże portrety towarzysza Stalina. Pięknie bardzo to wygląda. Wstąpiłem ja do środka i o cenę zapytałem.

– Bez ram – powiadają – trzy ruble. Z ramami, pod szkłem, 25 rubli.

Myślę ja sobie: „Trzeba kupić. Może czasem ktoś do mnie wstąpi, to od razu zobaczy, że kulturalny człowiek mieszka". Spytałem ja też o portret Hitlera. Warto by ich, kochanych towarzyszy, razem powiesić. Bo przecież wielcy są przyjaciele i wodzowie socjalistycznych narodów. Ale powiedziano mi, że jeszcze nie nadesłali. Kazali dowiadywać się.

Poszedłem ja do domu. Portret Stalina niosę tak, żeby każdy widział. Niech burżuazja dygocze przed obliczem naszego WIELKIEGO wodza. Przychodzę ja do domu i tak sobie myślę: „Gdzie by GO, kochanego OJCA, powiesić?". Widzę w kącie, w najlepszym, można powiedzieć, miejscu, jakaś madama wisi. A jakże: w złotej sukience i w koronie na głowie. Ehe, myślę ja sobie, toż to ich burżujski święty obrazek. Dopiero teraz domyśliłem się. Wołam ja Marię Aleksandrownę i z oburzeniem wielkim pokazuję na obraz:

– Proszę mi to natychmiast stąd zabrać! Jestem kulturalnym człowiekiem i nie chcę czegoś podobnego w pokoju trzymać! Lampka niech zostanie, bo jest w czerwonym, proletariackim kolorze. Ale waszej propagandy faszystowskiej i zabobonów mnie nie trzeba!

Zabrała ona swój obraz i wyniosła, a ja zaraz na jego miejscu naszego kochanego WODZA I NAUCZYCIELA powiesiłem. Wieczorem zapaliłem ja przed portretem lampkę. Pięknie wyszło. Czerwone światło pełza po portrecie naszego czerwonego wodza proletariatu, a ja sobie siedzę w miękkim fotelu i czytam biografię Hitlera. Bardzo ucieszyłem się, gdy dowiedziałem się, że on był kiedyś malarzem pokojowym. To znaczy też proletariackiego pochodzenia jest – jak i nasz kochany towarzysz Stalin. A dalej dowiedziałem się, że i on także u siebie w Germanii socjalizm wprowadził... Tak: życie jest piękne! Jak ten, kochany, malarz Hitler i nasz OJCIEC Stalin razem wymalują świat na czerwono, toż to będzie cudnie!

W październiku 1939 roku
Vilnius

Dziś chłopaki namówili mnie pójść do fotografa. Znaleźli tu takiego, co dobrze mówi po rosyjsku i wyśmienicie fotografuje w sposób bohaterski. A przecież warto mieć pamiątkę z bojowych dni. I Duniaszce tak samo posłać można. Niech zobaczy, jak wygląda waleczny oficer sowiecki. No i bratu poślę też, żeby wiedział, iż wielką obecnie figurą jestem.

No, poszliśmy. Kapitan Jegorow prowadzi. Każdy z nas na całą ulicę wspaniale perfumami pachnie. Wszyscy przechodnie oglądają się i podziwiają nas. Ja sam, dzisiaj rano, wylałem na głowę sobie ćwierć flaszki najlepszych na świecie perfum sowieckiej produkcji. „Stalinowski Oddech" nazywają się i pachną najmniej na pięć metrów. Słyszę ja: lejtnant Dubin krzyczy:

– Chłopaki, patrzcie! Przecież im odpoczywać wolno!

Stanęliśmy i patrzymy. Artel robotników ulicę reperuje. Wylewali ją asfaltem. Widać od razu, że proletariusze. Jedni w kombinezonach, inni w bluzach. Ale istotnie pracują powoli. Jeden siedzi na taczce. Inny pali. Trzeci papierosa kręci. A niektórzy pracują sobie powoli. I rzeczywiście nikt ich nie popędza ani batem lub kijem nie bije, jak to, nam wiadomo, zwyczajnie się dzieje we wszystkich państwach kapitalistycznych. Przecież wiemy dokładnie: jak burżuje katują swych robotników, aby większe normy pracy z nich wydobyć.

Rzeczywiście zagadka była wielka. Ale zaraz kapitan Jegorow nam tę sprawę dokładnie wytłumaczył:

– To, rozumiecie, są już wolni robotnicy. Władza sowiecka ich wyzwoliła i pozwala na razie pracować powoli, żeby nabrali sił do przyszłej stachanowskiej pracy na korzyść Związku Radzieckiego.

Zrozumieliśmy tę sprawę i poszli dalej. Zawsze mądry człowiek potrafi wszystko mądrze wytłumaczyć.

Otóż przychodzimy do fotografa. Było nas pięciu. Fotograf pokazał nam różne zdjęcia, żebyśmy wybrali sobie pozy. Potem lejtnant Dubin pierwszy usiadł w fotelu. Daliśmy jemu wszystkie nasze medale. Razem było ich dwanaście. No i zegarki, dla uwidocznienia ich na zdjęciu, pożyczyli. Okazało się, że już wszyscy zegarki posiadamy, zawdzięczając władzy radzieckiej. A kapitan Jegorow nawet dwa sobie zdobył.

Pięknie!

Za dwa dni zdjęcia ja zabrałem. Trudno było uwierzyć własnym oczom. Medali pełna pierś. Z lewej kieszeni gimnaściorki łańcuszek od zegarka widać wyraźnie. Z kieszonki u spodni tak samo dewizka wisi zachwycająco. A na rękach po dwa zegarki... Kazałem ja fotografowi jeszcze tuzin tych portretów mi wykonać. Ważna będzie to pamiątka i dokument historyczny wielkiej wagi.

A przed tym miałem ja cholerny kłopot z tamtą przeklętą, burżuazyjną wanną. Pomyślałem sobie tak: „Przed pójściem do fotografa trzeba wykąpać się, aby lepiej wyjść na zdjęciu, bo z braku czasu i chęci ja ze dwa miesiące w łaźni nie byłem. Akurat nauczycielka, Maria Aleksandrowna, powiedziała mi rano, że jest gorąca woda, więc może chcę skorzystać ze sposobności. Coś ona za często mi tę kąpiel przypomina! Prawie każdego tygodnia. A może zauważyła, że trochę „żywego srebra" mam? Ale rzecz wiadoma: woszebijek nie ma, więc i wesz musi być. Chociaż, prawdę powiedziawszy, na to i woszebijki nie pomagają. Ona, wesz, również swój rozum i spryt ma. Wie, jak się chronić. Ale jest to drobiazg mało znaczący.

No, przychodzę ja do tej ich wanny. Rozebrałem się i kocioł pomacałem: gorący jak czort! Więc kran otwieram. A stamtąd jak lunie wrzątek! Ani mi w głowie do takiego czegoś leźć. Skóry by na mnie nie zostało. Zakręciłem ja kran. Wrzątek do cholery spuściłem z wanny. Potem drugi kran zauważyłem. Otwieram go, a stamtąd zupełnie zimna woda wali. Też, człowieku, nie wleziesz, bo choroby dostaniesz. Zakręciłem ja kran, do wanny naplułem, włosy zimną wodą namoczyłem, żeby wiedziały, zarazy, że kąpałem się. A tamta żmija burżujska, Maria Aleksandrowna, jak przez ich pokój na korytarz przechodziłem, zapytała:

– Przyjemna kąpiel była?

– Bardzo – powiedziałem. – Żebym dużo wolnego czasu miał, to nawet co miesiąc korzystałbym. My w Związku Radzieckim też higienę uwielbiamy nadzwyczajnie.

A swoją drogą ciekawe: jak te babcie taką gorącą wodę wytrzymują, bo chyba w zimnej nie kąpią się? Przypuszczam, że od dzieciństwa są przyzwyczajone we wrzątku pluskać się. Też przyjemność!

Wróciłem ja do pokoju zły jak czort i myślę sobie tak: trzeba list do Duniaszki napisać, żeby naprawdę cebuli i kartofli mnie nie wysyłała. Śmiechu by ze mnie chłopaki narobili. Więc zaraz taki list do niej wysłałem:

„Październik 1939 roku
Vilnius

Miła Duniaszko!

List twój bardzo prędko otrzymałem i za ukłony całej twej rodzinie jestem wdzięczny. Co się tyczy posyłki dla mnie, to bardzo ci dziękuję, ale proszę żadnej mi żywności nie wysyłać, bo mam tu wszystko, czego tylko zapragnę. Właśnie nadeszły tamte eszelony, co ty jeden z nich na stacji widziałaś z plakatami: CHLEB DLA GŁODUJĄCEJ POLSKI. Więc mam teraz i chleb, i do chleba. Wdzięczny jestem bezgranicznie władzy radzieckiej i naszemu kochanemu wodzowi, towarzyszowi Stalinowi, za troskę o nas, bohaterów niezwyciężonej Armii Czerwonej. Burżuazja tu aż zębami zgrzyta ze złości, widząc, jak zajadamy się różnymi kiełbasami i inną słoniną.

Posyłam ci moją fotografię, żebyś wiedziała, jak teraz wygląda waleczny bohater i obrońca Związku Radzieckiego, dzień i noc nieustannie stojący na straży naszej świętej Rosji i całego proletariatu. Zegarki te, co widzisz u mnie na rękach, są prawdziwe, i dewizki, które wiszą z kieszonek, też są przy zegarkach. Tak, że można powiedzieć: fason trzymam należycie.

Co się tyczy Morgałowa, to za to, że mówił, iż będzie wojna z Niemcami, należało się nie tylko go – faszystowskiego psa – do łagru wysłać, lecz i skórę z niego – imperialistycznego pachołka – zedrzeć. Ja niedawno czytałem książkę o wielkim niemieckim wodzu i najlepszym przyjacielu naszego kochanego OJCA Stalina, Adolfie Hitlerze. On jest też proletariuszem i buduje socjalistyczną ojczyznę dla swego narodu tak samo i taką samą jak i nasz WIELKI Stalin. I nigdy nie może być wojny między dwoma bratnimi narodami. To jest jasne dla każdego normalnego człowieka. A słuchy o takiej wojnie puszczają polscy panowie i agenci imperialistów angielskich. Ale z nimi wszystkimi wkrótce my, razem z towarzyszem TOWARZYSZA Stalina, Adolfem Hitlerem, rozprawimy się.

Posyłam niskie ukłony dla całej twej rodziny i dla ciebie, Duniaszko. Ja dumnie stoję pod wysoko wzniosłym sztandarem Lenina-STALINA i bohatersko wytrzymuję wściekły napór krwawych pachołków burżuazyjnych.

Twój do grobowej deski,

Miszka Zubow"

Tak: list mi ten do Duniaszki udał się niczego sobie. Widać z niego i twardość bolszewicką, i uczciwą postawę socjalistyczną, i wierność niezłomną dla partii komunistycznej oraz jej przewodnika i nauczyciela, WIELKIEGO towarzysza Stalina. Więc mogę wysłać go spokojnie.

Październik 1939 roku
Vilnius

Piszę te słowa z wielką radością, socjalistyczną dumą, poczuciem dobrze spełnionego obowiązku bolszewickiego. Jestem dumny ze swej spostrzegawczości, przytomności umysłu i odwagi. A wszystkie te przymioty zawdzięczam naszej wielkiej rosyjskiej kulturze, która mnie – tak jak to się śpiewa w „Internacjonale" – z niczego zrobiła wszystkim, i (naturalnie – a nawet przede wszystkim) naszemu WIELKIEMU, genialnemu WODZOWI Stalinowi. Często myślę sobie tak: „Ile stuleci ludzkość musiała czekać, aby przyszedł na świat ON, jej ZBAWICIEL, towarzysz Stalin! I aż strach pomyśleć: co by się stało ze światem, żeby JEGO nie było!".

Otóż: stałem się ja bohaterem całego wileńskiego garnizonu. Nawet nie znający mnie oficerowie z innych pułków przychodzą, aby chociaż tylko na mnie spojrzeć. A major Pietuchow, gdzie tylko mnie spotka, to zaraz ściska rękę i krzyczy.

– Dziękuję, towarzyszu, za uratowanie mnie życia! Jeśliby nie ty, to nasza święta ojczyzna straciłaby jeszcze jednego swego obrońcę!

Ale muszę opowiedzieć to wszystko kolejno. Dowódca pułku wydelegował majora Pietuchowa i mnie do Starej Wilejki. Musieliśmy obejrzeć tam kwatery dla naszego pułku, który prawdopodobnie wkrótce przeprowadzi się tam. Na dworcu, jako oficerowie, zajęliśmy miejsca w miękkim wagonie. W tymże przedziale jechał jakiś brzuchaty kapitalista z żoną i córką. Córeczka nawet niczego sobie: taka różowa i biała jak lalka. Pończochy na nogach u niej leżą jak przyklejone. Cholera wie, jak te burżujki to robią, bo podwiązek przy kolanach nie zauważyłem, chociaż usilnie, w miarę możliwości, zaglądałem. Sukieneczka ef-ef! Wszystko prześwieca. No i włosy falami uczesane. Po prostu aktorka. A może i była aktorką... Bardzo ja nią zainteresowałem się. A i major Pietuchow, chociaż to stary już chrzan, na nią wciąż zerka i co dwie minuty z kieszeni zegarek wyjmuje... niby popatrzeć: która godzina. Kokietuje ją. Więc ja też rękaw do góry podciągnąłem, żeby „Omegę" uwidocznić należycie. I zauważyłem, że panienka na mnie częściej spogląda jak na majora. Więc ja do niej uśmiechać się i pomrugiwać zacząłem, oraz kolanem trącać bardzo znacząco. Ale major Pietuchow widocznie to dostrzegł, bo nagle powiedział do mnie służbowym głosem:

– Towarzyszu lejtnancie, proszę przejść do innego przedziału. Wiecie dobrze, że młodszym oficerom nie wolno spoufalać się ze starszymi!

– Słucham! – powiedziałem i wyszedłem do przedziału po drugiej stronie korytarza.

A tam jakaś starucha z dwojgiem dzieci jechała i silnie podejrzany typ, męskiego rodzaju, w wysokich butach na nogach. Sami rozumiecie: kto może posiadać buty z cholewami z prawdziwej skóry! Znamy się na tym dobrze!... Ale nic. Jadę ja sobie i do tamtego przedziału, gdzie byłem poprzednio, zerkam. Widzę: major Pietuchow na moje miejsce – naprzeciw tamtej burżujeczki – przesiadł się i na całego ją czaruje! To na zegarek popatrzy, to wspaniałą niklową papierośnicę z kieszeni wyjmuje i papierosa zapala... No, nic: może i ja kiedyś do majora dochrapię się. Wówczas też potrafię odpowiednio nosa zadzierać!

Trochę mi smutno było jechać samemu, ale jakoś czas leciał. W pewnym momencie zauważyłem ja, że major Pietuchow proponuje papierosa tamtej burżujce i coś do niej gada. Ale ona popatrzyła na niego i nic nie mówiąc w inny kąt przedziału przesiadła się. Ja za takie coś z miejsca w mordę bym bił! Powinna być dumna, że oficer Armii Czerwonej raczył na nią uwagę zwrócić!... W tym momencie dostrzegłem ja, że jej ojciec – tłusty kapitalista – wstał i zdjął z siatki teczkę. Postawił ją na kolanach i zaczął klapę odpinać. A potem... widzę ja: hiena wyjmuje z teczki pocisk i ku majorowi zerka. Zapalnik u pocisku błysnął, a burżuj go w tył na siedzenie postawił i klapę u teczki zapina. Mnie z początku zimno zrobiło się, a potem gorąco. Odpiąłem ja futerał i pistolet do połowy wyciągnąłem. Czekam: co będzie dalej? A burżuj po stronach rozejrzał się i ręką w tył po pocisk sięga. Postawił go między kolana i zapalnikiem manipuluje. Zrozumiałem ja, że nie ma ani chwili czasu do stracenia, bo nie tylko major Pietuchow może zginąć, lecz – jeśli pocisk silny – i ja nie ocaleję. Więc drzwi z mego przedziału szarpnąłem, na korytarz wyskoczyłem i burżujowi dwie kule między oczy wlepiłem. Ani zipnął. Zaczął na bok osuwać się. A ja pocisk ostrożnie chwyciłem i do majora krzyczę:

– Widzicie, towarzyszu, ten burżujski pies chciał was zgładzić ze świata! Całe szczęście, że ja to zauważyłem i w porę mu przeszkodziłem!

Major Pietuchow zbladł i też za pistolet chwycił się. Kazaliśmy burżujkom w kącie przedziału usiąść. Jedna z nich zaraz zemdlała. A ja z mojego przedziału tamtego, podłego faszystę przychwyciłem i razem ich ulokowałem. Na pewno wspólnikiem ich był.

Na stacji w Mołodecznie zostałem ja w wagonie aresztowanych pilnować, a major Pietuchow przyprowadził milicjonerów z posterunku kolejowego. Zabrano aresztowanych i trupa burżuja. Pocisk zaś ja sam osobiście i własnoręcznie na posterunek odniosłem – jako dowód rzeczowy. Spisano krótki protokół dla NKWD i pojechaliśmy dalej.

Za trzy dni wróciliśmy do Vilniusa. Major Pietuchow opowiedział wszystkim obszernie: jak zrobiono na niego zamach i jak ja jemu życie uratowałem. Wszyscy mówią, że powinienem za to pochwałę i odznaczenie otrzymać, a może nawet i awans jednocześnie.

W taki to sposób uratowałem ja życie mego przełożonego i zniszczyłem jeszcze jedną faszystowską gadzinę. Tak: przyjemnie być pożytecznym członkiem naszej wielkiej, socjalistycznej Rosji.

Październik 1939 roku
Vilnius

Otrzymałem wezwanie do NKWD. Bardzo się tym ucieszyłem. Zrozumiałem od razu, że dotyczy to mego bohaterskiego zachowania się w pociągu. Teraz byłem całkowicie pewien, że nagroda mnie nie minie.

Nazajutrz udałem się do NKWD. Wpisałem się do książki, zostawiłem w wartowni pistolet i skierowałem się na pierwsze piętro. Tam zapukałem do pokoju numer 99.

Przyjął mnie major, zastępca naczelnika NKWD.

– Aha, to ty właśnie jesteś lejtnant Zubow!

– Tak jest. Jestem młodszy lejtnant Michaił Zubow.

– Tamta historia w pociągu do Mołodeczna to była twoja robota?

Dumnie wypiąłem pierś, lecz skromnie powiedziałem:

– Zrobiłem tylko to, co mi mój komunistyczny obowiązek nakazywał!

W tej chwili do drzwi zapukano. Major krzyknął:

– Wejść!

Do gabinetu wszedł jakiś dziwacznie ubrany burżuj. Cały czarny, jakby w faszystowskim uniformie. A u dołu spodni nie widać, tylko niby w spódnicy.

„Co to za magik?” – myślę ja sobie.

A major pyta go:

– W jakiej sprawie?

Czarny pokazał mu wezwanie. Okazało się, że jest to katolicki ksiądz. Pierwszy raz w życiu takie coś zobaczyłem. Dużo słyszałem i czytałem o tych krwiopijcach kapitalistycznych, i tak samo w teatrach komsomolskich widziałem na scenie, jak znęcają się nad proletariatem. Ale osobiście, dzięki Stalinowi, nigdy nie zetknąłem się.

Major kazał mi stanąć przy ścianie.

– Zaczekaj tam! Z tobą będzie specjalna rozmowa. Ja wpierw tego obywatela załatwię.

Potem zwrócił się do Czarnego:

– Więc ty ksiądz?

– Tak.

– A czym ty trudnisz się?

– Służę Bogu.

– Bogu służysz?... Hm, dziwna robota!... No a z czego ty utrzymujesz się? Gdzie pracujesz?

– Zajęcie mam w kościele, a utrzymuję się z tego, co mi parafianie dają.

– Ta-ak... – rzekł major – interesujące zajęcie... A powiedz ty mnie, ksiądz, czy nie wstyd tobie, dorosłemu i zdrowemu człowiekowi, żyć z oszustw i eksploatowania ludzkiej głupoty?

Ksiądz długo milczał, a potem powiedział:

– U nas religia jest prywatną sprawą obywateli. Nikt nikogo do niej nie zmusza. Do kościoła albo do księdza idą ci, którzy chcą. Ja żyję z tego, co mi dobrowolnie dają parafianie, którym służę jako ksiądz. Oni też utrzymują kościół.

– Mądrala! – powiedział major i zaczął przeglądać papiery w teczce, która leżała na stole. Zrozumiałem, że jest to sprawa Czarnego. Mają go już na haku.

Potem major znów zwrócił się do księdza:

– U ciebie naczelnik jest?

– Mój naczelnik to pan Bóg.

– Twój pan Bóg mnie nie interesuje. Nawet jego adresu nie mam, żeby mu wezwanie posłać, aby przyszedł tu na badanie. Ja ciebie pytam o to: kto tobie wydaje rozkazy i kto tobą kieruje?

– Ja podlegam Konsystorzowi, a parafia podlega księdzu dziekanowi.

– A on czym się zajmuje?

– Również Bogu służy...

– … A żyje, również jak i ty, z tego, co parafianie dadzą – powiedział major i zrobił do mnie „oko".

Ja wyprężyłem się i ze zrozumieniem roześmiałem się. Niezbyt głośno ani też cicho. Akurat tak, jak w tym wypadku należało się.

– Tak – powiedział Czarny.

– Więc powiedz ty temu swemu dziekanowi, czy jak on tam nazywa się, żeby w piątek tu u mnie zameldował się. Niech przyjdzie dokładnie o godzinie jedenastej rano, bo ja czekać nie lubię, a żartów robić z siebie nikomu nie pozwalam!

Czarny chciał wyjść, lecz major powiedział:

– Czekaj! Dam dla niego wezwanie, bo jakże tu wejdzie?

Major skreślił kilka słów na blankiecie i dał go Czarnemu.

– Masz i wynoś się. Teraz nie jesteś mi potrzebny. Może innym razem trochę więcej pogadamy.

Major znów łypnął do mnie „oko". A ja znów w śmiech.

Czarny wyszedł, a major zadzwonił do wartowni:

– Zaraz tam polski ksiądz przyjdzie. Oddać mu dokumenty i wypuścić.

Potem major do mnie zwrócił się:

– Tamta historia w pociągu tobie udała się!

– Zawsze i wszędzie staram się, jak mogę, i czujność komunistyczną wykazuję.

– Ale ty, w tym wypadku, trochę przestarałeś się! Ot co.

– Dlaczego?

– Zaraz ja ci to dokładnie wytłumaczę.

Major podszedł do mnie i tak trzasnął w mordę z lewa, że ja aż głową o ścianę walnąłem. Poprawił z prawa jeszcze mocniej i poszedł w kąt pokoju do szafy.

Ja trochę oprzytomniałem. Palcem z nosa krew wycieram i myślę sobie tak: „O co mu poszło? Bije w sposób służbowy, więc powód jest dostateczny. Ale jaki? Może ktoś czegoś na mnie nagadał? Ale kto? A najgorsze jest to, że nawet nie wiem: do czego się przyznać? Do jakiego przewinienia albo niedociągnięcia?".

Tymczasem major wyjął z szafy pocisk, który ja burżujowi w pociągu odebrałem i postawił go na stole.

– Poznajesz to? – spytał mnie.

– Poznaję, towarzyszu majorze.

– Więc chodź tu i przyjrzyj się lepiej.

Zbliżyłem się ja do stołu. Major zaczął w pocisku zapalnik odkręcać. Potem zdjął go. Patrzę: duży korek widać. Wyjął major korek z pocisku i mówi:

– Patrz do środka!... Co tam jest?
– Nic.
– Otóż właśnie, nic... A ty, durniu, za to człowieka zabiłeś!... Mnie tu nie chodzi o człowieka, bo to nie Ruski nawet. Ale chodzi o to, że ty, idioto, nas ośmieszasz. Przez was, takich właśnie durniów jak ty, wszyscy z nas kpią. Czy ty rozumiesz, że to jest termos?
– Rozumiem... termos...
– Otóż to... W takim termosie można długo gorącą wodę albo herbatę trzymać.
– Rozumiem, towarzyszu majorze. Zrobiłem niedociągnięcie i bardzo przepraszam. Chciałem bronić mego dowódcy od zamachu plugawego kapitalisty.
– Jaki on tam kapitalista był! Zwykły stolarz ze Starej Wilejki, z żoną i córką wracali z pogrzebu syna jego. A tymczasem ty i z niego nieboszczyka zrobiłeś. A żona jego ze strachu zwariowała.
– Omyliłem się, towarzyszu majorze. Bardzo przepraszam. I skąd ja mogłem wiedzieć, że taki termos istnieje?... Akurat: pocisk.
Major odniósł termos do szafy, potem usiadł przy biurku. Był widocznie w dobrym humorze, bo więcej w mordę ani razu nie dostałem. Powiedział w końcu tak:
– Sprawy z tego nie będziesz miał. O termosie tym nic nikomu nie gadaj. Był pocisk i już. A następny raz lepiej uważaj i nie rób z siebie takiego durnia. A teraz wynoś się stąd, bydlaku!
– Dziękuję bardzo, towarzyszu majorze. Poproszę o przepustkę z gmachu.
– Zadzwonię do wartowni: wypuszczą.
Wyszedłem ja z gabinetu majora na korytarz. W głowie mi trochę kołowało... Ciężką rękę ma major! Zdawało się, że tak leciutko w mordę bije, a czuję z lewa – jak językiem dotknę – boczne zęby się ruszają. Tak: wprawę ma i robotę dobrze prowadzi. Od razu widać wyższą socspecjalizację!... A jak on tamtego Czarnego obrabiał!... Bardzo przyjemnie było posłuchać.
Takim to sposobem, przez tych przeklętych polskich burżujów, ja zamiast orderu i awansu dostałem dwa razy w mordę. I szczęście mam, że chociaż na tym tylko się skończyło. A zawdzięczać to mogę jedynie brakowi, w tej przeklętej Polsce, najprymitywniejszej kultury!... Toż śmiechu warte! Termosy im potrzebne, żeby gorącą wodę wozić!... U nas, w Związku Radzieckim, na każdej większej stacji, gdzieś z boczku kocioł stoi. I często się zdarza, że i ciepła woda w nim bywa. To ja rozumiem: CYWILIZACJA! A tu nawet wodę

trzeba ze sobą w drogę brać! Kul-tu-ra! Tylko napluć na to wszystko i nogą rozetrzeć!

Listopad 1939 roku
Lida

Jestem w Lidzie. Mieliśmy jechać do Starej Wilejki, a tymczasem przyszedł rozkaz przenieść się do Lidy. Władza radziecka wie, co robi.

Miasto niczego sobie: czyste. Ale i tu pełno burżujów. I skąd ich tylu się bierze?!... Wygląda na to, że cała Polska z samych burżujów się składa. Co spojrzę na którego, to każdy w butach albo w trzewikach ze skóry. Każdy przy zegarku. I tak samo sklepów dużo i sprzedają wszystko każdemu bez żadnych ograniczeń.

Co prawda: to już nie jest Polska, ale Białoruś. Nasza Radziecka Białoruś. Właśnie niedawno były wybory i okazało się, że wszyscy, zgodnie i chętnie, głosowali za przyłączeniem do Związku Radzieckiego. Nikt nie był przeciwny temu. Bardzo to przyjemnie. Zrozumiała jednak burżuazja, że nasz wielki Związek Radziecki i jego OJCIEC, Stalin, potrafią zapewnić wszystkim wolność, pracę i dobrobyt.

Mieszkam ja u montera elektrowni kolejowej. Nazwisko jego: Lipa. Bardzo wartościowy człowiek – wódkę pije szklankami. Nie inaczej. Ja też nie od tego: umiem pociągnąć zdrowo, ale jemu nie dorównam. Myślałem z początku, że to kapitalista wielki, bo i ubrany elegancko, i zegarek ma, i w butach chodzi. Ale przekonałem się później, że rzeczywiście jest robotnikiem. Od razu, jak do niego wprowadziłem się, przyszedł do mnie wieczorem z wódką. Powiada:

– No, czerwony dowódco, trzeba opić twoje wprowadziny do nas. Ale może ty nie chcesz z robotnikiem pić?

– Czemu nie – powiedziałem. – Wódkę i z czortem pić można. Ale ty nie bardzo na robotnika wyglądasz.

– Czemu to tak? – spytał.

– Garniturek twój wełniany, zagranicznego fasonu, i trzewiki chromowe zdradzają twoje klasowe pochodzenie.

A on mi pięść pod nos sadzi.

– Popatrz: jakie mam ręce spracowane. Jak żelazo. Widzisz? To ty jesteś białorączka i robotnikiem pogardzasz. Pokaż no ręce!

Pokazałem mu dłonie. A on śmieje się.

– Rączki jak u panienki masz. Tylko do dłubania palcami w nosie. Widać, że nie sam dla siebie na chleb zarabiasz. Ale mnie wszystko jedno, jakie jest twoje pochodzenie klasowe. Oficer przecież też człowiek, chociaż nieraz gorszy od świni bywa.

Nie bardzo mi się te jego wyrażansy podobały. Ale – myślę ja sobie – człowiek nie uświadomiony, to jak dzieciak: paple byle co. A sprzeciwiać się mu jakoś nie chciałem, bo rzeczywiście pięści miał jak młoty.

Zaczęliśmy wódkę pić. On po pół szklanki nalewa i trzaska raz za razem. Ja widzę: kiepsko – nie poradzę mu. Więc przepuszczam kolejki. No, nic... tak sobie kulturalnie zabawiamy się i rozmawiamy to o tym, to o owym. W pewnej chwili pytam ja go: „Jak po białorusku wódka się nazywa?" A on na to odpowiada:

– Nie mam pojęcia.

– To jaki z ciebie Białorusin?

– Żaden ze mnie Białorusin, tylko Polak.

Pomyślałem ja: „Kłamać ty, widać, nie gorzej umiesz, jak wódkę pić". Potem mówię:

– Jeśli ty nie Białorusin, to dlaczego za przyłączeniem Białorusi do Związku głosowałeś?

A on powiada:

– Czy ty dureń jesteś, czy durnia grasz? Każdy głosował, żeby pieczątkę na dokumencie postawili. Bo inaczej: wróg ludu! A co to znaczy... sam wiesz. Takim sposobem nie tylko za Białorusinami, ale i za Zulusami głosować będziesz.

– Więc niby tu Białorusinów nie ma?

– Dlaczego: nie ma? Są, ale mało. Na wsi jest ich więcej. A tu prawie sami Polacy i Żydzi... Jeśli Ruskim Polska tak bardzo nie podobała się, to powinni byli urządzić głosowanie za przyłączeniem do Palestyny. To już byłoby sprawiedliwiej.

– A tobie Polska podobała się?

– Czemu nie? – powiedział. – Jak kto pracować umiał i chciał, to tu żyć można było. Widzisz sam: czysto chodzę, wódkę piję i rodzinę utrzymuję należycie. Czego więcej jeszcze chcieć?

– A o swobodzie ty zapominasz?

– O jakiej swobodzie? – spytał.

– No, o swobodzie proletariackiej.

– Nie wiem: jaka tam u was w Rosji proletariacka swoboda. Ale u nas każdy żył, jak chciał. Jak były wybory, to mogłem głosować, na jaką chciałem partię. A u was wystawili dwóch kandydatów. Obaj komuniści. O żadnym z nich nigdy nic nie słyszeliśmy. No i wybieraj, obywatelu, kto tobie się podoba: tyfus czy cholera?... To tak wychodzi, jakbym ja powiedział: „Albo wy, kumie, idźcie do miasta, a ja zabawię się z waszą żoną. Albo: ja zabawię się z waszą żoną, a wy, kumie, idźcie do miasta".

Wysłuchałem ja go uważnie i mówię:

– Szkoda mnie ciebie, że będąc robotnikiem tak dałeś się burżujom zbałamucić, że nic na tych sprawach nie znasz się. Ale jestem pewien, że i ty wkrótce zrozumiesz wszystko należycie.

A on mi na to odpowiedział:

– Należycie, to ja rozumiałem wszystko, jak tylko wy tu przyszliście. I ty teraz wszystko rozumiesz należycie, ale po stachanowsku normy bujania wyrabiasz. Ale u was inaczej nie można.

Skończyliśmy wódkę i poszli spać. A nazajutrz rano przypomniałem ja sobie dokładnie naszą wczorajszą rozmowę i aż mi zimno zrobiło się ze strachu. Przecież on wczoraj krytykował wybory i kpił z nich, a ja to słyszałem i nie zameldowałem natychmiast do NKWD. Można by dziś pójść i powiedzieć o wszystkim, ale spytają: „Dlaczego nie doniosłeś o tym wczoraj?".

Bardzo mi głowa rozbolała się ze strachu. I nie wiedziałem: co tu robić? Doniosę o kontrrewolucyjnej rozmowie – wsiąknę razem z nim... albo za rozmowę taką, albo za zwłokę. Nie doniosę, a może on zamelduje, że ja to słyszałem i nie postąpiłem tak, jak powinien postąpić każdy uczciwy oficer i komunista!... Ot, wpadłem ja w nieszczęście przez tę przeklętą wódkę! I po jakiego diabła pytałem ja go o tamtych, cholernych, Białorusinów? Przecież z tego właśnie rozmowa później przeszła na wybory!

Porwałem się ja z łóżka i poszedłem do umywalni. A Lipa mnie wyprzedził. Już tam golił się.

– Jak zdrowie, czerwony dowódco? – spytał.

Patrzę ja jemu w twarz i staram się wymiarkować: pójdzie do NKWD z donosem czy nie pójdzie? Tymczasem odpowiedziałem:

– Głowa mnie bardzo boli.

A on mówi:

– Marna głowa od wódki dwa lata boli.

Co by to mogło znaczyć? Po co on o tych dwóch latach wspomina?... Co ma na myśli?... Może zesłanie do łagru na dwa lata? A za taką rozmowę nie dwa lata, lecz najmniej osiem lat wpakują, a po odbyciu terminu, jeśli nie zdechnę, drugie tyle dołożą.

To ja powiadam:

– Za dużo wczoraj wypiliśmy. Nie pamiętam nawet ani słowa: o czym rozmawialiśmy.

A on roześmiał się (mnie od tamtego jego śmiechu aż kolana osłabły) i mówi, brzytwę na dłoni wecując:

– Ot, gadaliśmy coś niecoś po przyjacielsku. Dzisiaj, to i ja nie bardzo pamiętam.

I odkaszlnął. Ale jak odkaszlnął!

„Tak, zginąłem ja!". Zrozumiałem, że doniesie o naszej wczorajszej antypaństwowej rozmowie.

Bardzo mi przykro zrobiło się. Pomyślcie sami: ja, uczciwy oficer, i – można powiedzieć – bohater Armii Czerwonej, muszę zginąć przez tę podłą, polską (przepraszam – białoruską teraz) gadzinę!... Co robić?... Muszę chyba biec pierwszy i prędzej donieść! Może trafię na dobrą chwilę i nie aresztują. Niechby już bili, ile chcą. Zasłużyłem ja na to za swoją głupotę. Lecz szkoda, że nie będę mógł pracować, jako oficer, na chwałę Rosji, partii i naszego kochanego WODZA, towarzysza Stalina.

„Tak – postanowiłem – ja pierwszy doniosę! Nie wyprzedzisz mnie, burżujski pachołku! Poniosę odpowiedzialność za swoją głupotę i brak bolszewickiego charakteru!".

Wyszedłem ja z umywalni i pośpiesznie ubieram się. A Lipa po chwili krzyczy z korytarza:

– Ej, dowódco, miejsce wolne. Proszę się myć i golić.

– Dziękuję – powiedziałem. – Trochę później.

A sam co prędzej ubrałem się, żeby go wyprzedzić, i jazda na ulicę. Kiedy skręciłem na szosę, to obejrzałem się i zauważyłem, że Lipa z domu wyszedł. To ja stanąłem z boku, za parkanem, i myślę sobie: „Teraz trzeba popatrzyć, gdzie on pójdzie".

Niedługo Lipa mnie minął i nie do miasta, lecz na tory kolejowe poszedł. Trochę mi lżej zrobiło się, bo i to dostrzegłem, że w roboczym kombinezonie on szedł i sumkę z narzędziami niósł pod pachą.

„A może nie zamelduje?... Może naprawdę nie pamięta o czym wczoraj rozmawialiśmy?... Przecież wypił on chyba ze dwa razy tyle co ja!...".

Poszedłem ja z dala za nim. Niedaleko była elektrownia kolejowa. Lipa wszedł do środka, ja zaś skręciłem z torów w bok. Znalazłem sobie wygodne miejsce między stosami podkładów kolejowych i tam położyłem się. Myślę sobie tak: „Jeśli za dwie godziny nie wyjdzie do miasta, to chyba już nie doniesie. Pewnie naprawdę zapomniał, o czym wczoraj przy wódce rozmawialiśmy".

Ale czekałem ja aż do południa. Posłyszałem gwizdki. Niedługo potem Lipa wyszedł z elektrowni i przez tory ku domowi skierował się. Pewnie na obiad szedł. A ja, z dala za nim idąc, na dziedziniec nasz wstąpiłem i po cichu do swego pokoju wszedłem. Tam położyłem się na łóżku. Bardzo ja od strachu osłabłem, pocić się zacząłem i drżenie w łydkach poczułem. Po jakimś czasie ten przeklęty Lipa do mnie zapukał. U mnie nawet serce zatrzymało się, ale poprosiłem wejść. Wszedł Lipa ze szklanką wódki w ręku.

– Masz, czerwony dowódco, lekarstwo od bólu głowy najlepsze. Klin... klinem!

– Nie – powiedziałem. – Nie będę ja pić. Wasza wódka jakaś dziwna: w głowę uderza i pamięć odbiera. Cały czas staram się przypomnąć sobie: o czym my wczoraj rozmawiali, i nic w głowie nie zostało. Może ty pamiętasz?

– A po co o tym myśleć? Od tego może mózg spuchnąć. Czy człowiek spamięta wszystko, o czym po pijanemu gada?... Mówiliśmy o wszystkim i o niczym.

– A ty nie kłamiesz? – spytałem.

– Co ja ci mam kłamać?... Chyba ty naprawdę zbzikowałeś? Ot, wypij wódkę i będzie ci lepiej.

Lżej mi się zrobiło. Zrozumiałem ja, że nie doniesie, bo nie pamięta wcale o naszej reakcyjnej rozmowie. Wypiłem ja wódkę i potem usnąłem. Ale dopiero za trzy dni uspokoiłem się zupełnie. Lecz postanowiłem twardo, że nigdy już z nikim o politycznych sprawach rozmawiać nie będę. Nigdy!

29 listopada 1939 roku
Lida

Dzisiaj od Duniaszki list otrzymałem. Pisze:

„Kochany Miszeczka!

Bardzo ci dziękuję za twój list i za fotografię. Nie mogę ja na nią napatrzyć się. I trudno swoim oczom uwierzyć, że to naprawdę ty jesteś. Wszyscy ludzie z kołchozu naszego wieczorami, po pracy, do mnie przychodzą i fotografię oglądają i też bardzo ją podziwiają. Tylko nie mogę uwierzyć, że zegarki, które masz na rękach i w kieszonkach, są prawdziwe. Ale ja wierzę tobie, mój ty orle i bohaterze, i bardzo jestem z ciebie dumna.

Chcę i ja tobie moją fotografię posłać. Złożyłam nawet w tym celu podanie do NKWD, żeby pozwolili na wyjazd, na jeden dzień, do miasteczka. Przypuszczam, że mogą pozwolić, chociaż wszyscy mówią, że nie słyszano tu o takim wypadku. Ale ja dołączyłam zaświadczenie prezesa kołchozu o tym, że wyrabiam po 150 procent normy i należę do komsomołu. Szkoda tylko, że nie mam ja sukienki, lecz tylko bardzo starą watówkę. Ale prezes kołchozu mówił nam, że ponieważ kołchoz nasz został wyróżniony za wydajną pracę, to mogą w nagrodę sprzedać trochę materiału na ubrania. A ponieważ mówił to w 1936 roku, to chyba niedługo doczekamy się. Wówczas ja sobie piękną sukienkę sporządzę.

Niedawno przyjechali z NKWD i zabrali rodzinę Morgałowa, którego wysłano do łagru za to, że po pijanemu mówił, iż będzie wojna z Niemcami. Pisałam ci już o tym. To my potem zebranie zrobiliśmy i wysłaliśmy podziękowanie władzom za ochronę nas od kontrrewolucyjnych elementów. Bo, wiadomo, jeśli Morgałow mówił, że będzie wojna z Niemcami, to i ktoś z jego rodziny mógł to posłyszeć. Trzeba niszczyć tych faszystowskich gadów i angielskich agentów.

Bardzo się cieszę, że doszły do was tamte eszelony z napisami „CHLEB DLA GŁODUJĄCEJ POLSKI" i że nie macie teraz biedy z wyżywieniem. Ogromnie to przyjemnie, że nasz rząd tak dba o bohaterską Armię Czerwoną. Tylko boję się ja bardzo, żeby ciebie tamci krwiopijcy, Polacy, gdzieś podstępnie nie zamordowali albo otruli. Uważaj, mileńki, na siebie i bądź bardzo ostrożny.

Przesyłam ukłony od całej rodziny i całuję ciebie mocno.

Twoja do grobowej deski,

Dunia"

Przeczytałem ja ten list i postanowiłem od razu, że kupię dla Duni sukienkę i trzewiki. Poszedłem ja do miasta, ale w sklepach już prawie nic nie ma. Wiadomo: nasi chłopaki wszystko wykupili, a kupcy nowych towarów nie sprowadzają i sklepy pozamykali. Ale jest za to dużo komisowych sklepów, w których trochę drożej można kupić czego tylko dusza zapragnie. To tutejsi burżuje wysprzedają swoje rzeczy, bo im pieniędzy na życie zabrakło. Bardzo to dla nas korzystne i bardzo z tego cieszymy się.

Otóż kupiłem ja dla Duni sukienkę, ale specjalnie tańszą wybrałem, bo i tak cały kołchoz będzie jej zazdrościć. Kupiłem też używane trzewiki, no i bielizny dwie pary, bo, pamiętam, że bielizny ona w ogóle nie miała. A panienka, która w sklepie tamtym rzeczy sprzedawała, spytała mnie:

– To pewnie dla żony?

– Nie – powiedziałem. – Dla narzeczonej. Ona jest artystką w teatrze.

A druga mówi:

– Czyż u was w Rosji nie ma sklepów z ubraniem i obuwiem, żeby mogła sobie na miarę kupić?

Zrozumiałem ja, że podła gadzina faszystowska w polityczną rozmowę mnie wciąga i chce, w sposób podstępny, Związek Radziecki wykpić. Więc powiedziałem:

– U nas wszystkiego dużo jest i wszystko lepsze i tańsze jak u was. Wy nawet nie widzieliście takich rzeczy, jakie my mamy!

– To po co wy tu wszystko wykupujecie?

– Jak to: po co?... Żeby prezent posłać, jako dowód pamięci. Ot będzie to w domu do brudniejszej roboty wkładać. Na wieczorynkę albo zebranie jakieś, czy na spacer, to nasze, sowieckie ubranie włoży.

Jedna z nich powiedziała:

– Mamy dobre jedwabne pończochy. Może kupicie też do kompletu?

Pomyślałem ja: „Rzeczywiście warto Duniaszce pończochy posłać". A sprzedawczyni pudełko na ladzie postawiła i pokazuje mnie pończochy różne. Obejrzałem ja wszystkie i tak powiedziałem:

– Cóż to za pończochy: jak pajęczyna! U nas pończochy wyrabiają mocne i grube. A te, to ja nie wiem, jak ona na nogę wciągnie.

– Czemu? – powiedziała jedna z nich. – To są bardzo mocne. Na pewno mocniejsze jak wasze bawełniane. I na nogach pięknie leżą.

Kupiłem ja dwie pary pończoch i pytam o podwiązki. Bo gdzież tam Duniaszka gumy na podwiązki kupi? A one powiadają, że teraz gumy na podwiązki u nich nie ma. I że w ogóle mało kto podwiązki nosi.

– To jak wy pończochy nosicie żeby w dół nie osuwały się?

A one jak zaczną się śmiać. Potem starsza, i taka wyszczekana, powiada:

– Zaraz wam pokażę.

Wyjęła z szuflady jakiś, różowego koloru, przyrząd i na sobie, na biodrach zapina. Potem tłumaczy mnie:

– To pas się nazywa. A do tych gumek z boku przypinają się pończochy. To lepsze jak podwiązki, bo nie uciska nóg i pończochy się nie marszczą.

Kupiłem ja i pas. Za wszystko uczciwie zapłaciłem i poszedłem do domu. Rozłożyłem ja tam te rzeczy na łóżku, na stole, na krzesłach i oczom swoim nie wierzę: takie to wszystko piękne! Tak: rozkosznie się żyło burżujom i burżujkom w tej ich imperialistycznej Polsce!

Nazajutrz spakowałem ja to wszystko do pudełka, napisałem chemicznym ołówkiem adres i nazwisko Duni i poniosłem paczkę na pocztę... Omal nawet nie wysłałem, ale – na szczęście – w ostatniej prawie chwili opamiętałem się. „Cóż ja robię?! Jeśli Duniaszka te rzeczy otrzyma (co może się zdarzyć) i ubierze się w nie, to o niej nie tylko cały kołchoz będzie gadał, lecz i NKWD się dowie... Zaczną badać: skąd to ma? Jak i co? Może, naturalnie, się tłumaczyć, że narzeczony z Polski prezent przysłał. Ale skąd on to wszystko wziął?... Kupił... Ale od kogo?... Od burżujów... To znaczy..."

Nie dokończyłem ja tej myśli i poczułem, że od razu cały mokry zrobiłem się od potu... Ot, zgłupiałem ja całkiem między burżujami żyjąc! Toż ja moją kochaną Duniaszkę mogłem zgubić, a może i siebie z nią razem! Na szczęście w porę opamiętałem się, z poczty wyślizgnąłem się i po cichu, bocznymi ulicami, wróciłem z tamtą przeklętą paczką do domu. Zdarłem z pudełka papier z adresem i spaliłem go. A paczkę pod łóżko w kąt wsadziłem. Dopiero wówczas uspokoiłem się.

19 grudnia 1939 roku
Lida

Dawno już nie pisałem, ale i czasu nie bardzo mam na to. Zresztą nic nadzwyczajnego się nie dzieje. Burżuazję polską poskromiono wzorowo. Ta zaś, która jeszcze ocalała, siedzi cicho po kątach, a nasze bohaterskie NKWD ją po trochu likwiduje. Rząd nasz przywrócił wolność Białorusinom i wspaniałomyślnie zaszczycił ich przyjęciem do Związku Radzieckiego. Teraz – po sam Bug i za Bug – wszystko nasze. Litwa otrzymała zagrabione jej przez polskich panów Vilnius i bardzo jest za to wdzięczna naszemu WIELKIEMU Stalinowi. Słowem: wprowadzamy planowo wszędzie porządek, swobodę, kulturę, dobrobyt i sprawiedliwość. Socjalizujemy, co możemy i gdzie możemy – po komunistycznemu.

Niedawno kupiłem ja sobie jeszcze jeden zegarek. Ale nie w sklepie, lecz od znajomego Lipy, też robociarza, któremu pieniędzy na wódkę zabrakło. Teraz każdy, kto tylko na mnie spojrzy, od razu widzi, że ważna persona jestem, bo przy dwóch zegarkach chodzę. A jakże! Bardzo to przyjemne samopoczucie. Tak.

Prócz tego mam prawdziwą walizkę, prawie zupełnie nową, z dwoma zamkami i miedzianymi okuciami na rogach. Kupiłem sobie też chromowe buty angielskiego fasonu, z rzemykami pod kolanem. Niedawno ubrałem się ja fasonowo i z walizką w ręku ze dwie godziny przed lustrem stałem, na siebie patrzyłem i napatrzyć się nie mogłem. Tak: można powiedzieć, że na znakomitą osobistość wyglądam. Tylko wzrostem ja za mały i nos trochę przypłaszczony. A poza tym wszystko wspaniale! Spodnie z francuskim galife, z niemieckiego sukna uszyte;

buty, angielskiego fasonu, lśnią jak gwiazdy na sowieckim sztandarze; zegarki szwajcarskie: tyk-tak!... tyk-tak!... Jeden w kieszonce, drugi na ręku. Nie ma co mówić: pięknie wysztafirowałem się! Ot, żeby tak ubranym i z walizką w ręku wrócić do Pawłowa i pójść na spacer ulicą! Toby ludziska patrzyli i podziwiali! Całe miasteczko by się zbiegło, żeby mnie zobaczyć. Tak: wysoko ja zaszedłem, zawdzięczając wszystko władzy radzieckiej i naszemu WIELKIEMU Stalinowi.

W dalszym ciągu mieszkam u Lipy, lecz wódki z nim nie piję i rozmawiamy bardzo ostrożnie. Raz jeden wpadłem w nieszczęście, ale dobrze się skończyło, więc teraz muszę na siebie uważać.

Przyglądam się ja: jak żyją Lipy i bardzo się dziwię. Dobrze jedzą, czysto chodzą i własny dom mają. We cztery osoby w trzech pokojach mieszkają. I wszędzie są firanki, kwiatki. A w jednym pokoju ja nawet prawdziwy patefon zauważyłem. Daję komunistyczne słowo honoru, że nie kłamię!... Nie mogę ja uwierzyć w to, że Lipa uczciwym sposobem do takich wielkich bogactw doszedł! Bo że robotnikiem on teraz jest, to to prawda. Przekonałem się. Ale żeby cała rodzina z jego pracy mogła żyć w takiej rozkoszy, to w taką bajkę nikt rozsądny nie uwierzy.

Żona Lipy ze czterdzieści lat ma. Ale kobieta niczego sobie: tłusta. Z początku ja do ich starszej córki oko robiłem. Piękna panna. Julka się nazywa. Wysoka, zgrabna, piersiasta i w zadzie należycie rozrośnięta. A ubiera się jak aktorka filmowa. Nawet kapelusz czasem włoży i różne tam palta i żakiety posiada. A także parasolkę. Nawet pewnego razu u niej zegarek na łańcuszku przyuważyłem. Ot, myślę ja sobie, żeby mnie taką podczepić! Więc zacząłem ja ją kokietować. To ją łokciem szturchnę, to na nogę nastąpię przechodząc, to mrugnę do niej w sposób znaczący... Naszej by to wystarczyło. Za cześć wielką uważałaby, że ją czerwony oficer raczył swoją uwagą zaszczycić. A ta nic – mordą kręci. Więc ja jej pewnego razu, nad wieczór, drogę na dziedziniec zastąpiłem i mówię bardzo politycznie:

– Może pójdziemy dziś do klubu kolejowego na film. Ja bilet zafunduję.

– Dziękuję – powiedziała. – Nie interesują mnie wasze kluby i filmy. Zresztą widziałam, że tu wasze Sowietki przyjechały i w sołdackich mundurach chodzą. Możecie sobie którąś z nich zaprosić.

– Nie chcecie – powiedziałem – to nie trzeba. Lepszą znajdę.

A ona mówi:

– Choć i sto na raz.

Odtrąciła mnie i poszła. Ja bym potrafił inaczej z nią pogadać. Chłopaki dużo opowiadali: jak z takimi burżujkami trzeba postępować.

Ale na Lipę wzgląd miałem i na jego proletariackie pochodzenie. Poza tym widać, że on człowiek taki, co i w mordę walić potrafi. A ja jakoś bardzo nie lubię, jak mnie w mordę biją. Delikatną mam naturę.

1 stycznia 1940 roku
Lida

WIELKIEMU Stalinowi hura! hura! hura!

Zaczynamy Nowy Rok. Zastanawiałem się nad tym: czego bym ja pragnął dla siebie w Nowym Roku? Otóż największym moim pragnieniem jest: umrzeć dla chwały naszej świętej Rosji, w obecności jej genialnego wodza, Stalina. Wyobrażam to sobie w ten sposób: jestem śmiertelnie ranny w walce z angielskimi, krwiożerczymi pachołkami kapitalistów i leżę w szpitalu... Wiem, że umrę, ale i to wiem, że własnoręcznie zabiłem kilkudziesięciu imperialistów angielskich i zdobyłem sztandar najbardziej zezwierzęconego ich pułku. Tak. Otóż leżę i umieram... Szkoda mi rozstawać się z życiem, bo – wiadomo – już i dwa zegarki mam, i walizkę, i buty chromowe. Ale wiem, że i po śmierci – gdy nasza potężna Rosja opanuje cały świat i będzie nim rządzić, likwidując systematycznie elementy reakcyjne – moje imię będzie wyryte złotymi literami na marmurowej tablicy, jako bohatera Światowego Związku Radzieckiego. Tak.

Otóż leżę ja i kategorycznie umieram. Mnie proponują kotlety i inne takie różne kiełbasy, ale ja nic... nawet uwagi na to wszystko nie zwracam. W tym momencie otwierają się drzwi i na salę wchodzi potężnie uzbrojony oddział NKWD. Obstawiają wszystkie okna i drzwi, i trzymają broń w pogotowiu. Potem zjawiają się sami marszałkowie i generałowie, i robią szpaler od drzwi do mojego łóżka. A ja nic: leżę i umieram... Potem.... potem... ukazuje się ON!... Mój wódz!... Słońce Rosji i świata... On... towarzysz Stalin... Ja zrywam się z łóżka, staję na baczność i krzyczę: „Wielkiemu Stalinowi hura! hura! hura!". A ON zbliża się do mnie i mówi:

– Połóż się, Michaile Nikołajewiczu. Dość napracowałeś się na chwałę naszej świętej Rosji.

Ściska mi dłoń i siada na łóżku. Potem wyjmuje z kieszeni butelkę „specjalnej moskiewskiej" i nalewa mnie szklankę wódki (sobie też) i powiada:

– Wypijmy, towarzyszu, na zgubę podłej Anglii i za zdrowie naszego wiernego przyjaciela, Adolfa Hitlera.

No, wypiliśmy, przekąsili, a potem ON pyta:

– Jak się czujesz?

– Umieram – powiadam – ojczulku kochany.

– To nic, głupstwo – mówi – ale imię twoje będzie nieśmiertelne. Możesz sobie umierać spokojnie.

– Słucham pokornie – odpowiadam – wodzu mój kochany.

I czuję, że umieram, umieram i umarłem... w obecności Stalina.

Tak... piękne to marzenie, lecz na razie trzeba żyć i utrwalać naszą wielką sowiecką kulturę w tej nieszczęśliwej, wyeksploatowanej przez polskich krwawych panów, Białorusi.

Wczoraj spotkałem ja lejtnanta Dubina. Powiedział:

– Przyjdź do mnie wieczorem. Wypijemy. Spotkamy Nowy Rok. Będzie kapitan Jegorow i jeszcze kilku chłopaków.

– Dobrze – powiedziałem.

I poszedłem. No, naturalnie, ubrałem się odpowiednio i perfum nie pożałowałem. Przychodzę, a tam już wszyscy są i kapitan Jegorow też.

– Od czego zaczniemy? – spytał nas Dubin.

– Wiadomo od czego – powiedział lejtnant Sinicyn. – Od wódki zaczniemy, wódką i zakończymy.

– A może z początku herbaty chcecie?

– Herbata nie wódka: dużo nie wypijesz.

No i dawaj my chlać... Znalazła się gitara. Dubin niczego sobie gra: głośno. Więc my chórem *Moskwę* machnęli. Głos, wiadomo, każdy z nas ma i śpiewa z całych sił, to aż okna się trzęsły i szklanki dzwoniły. Niech burżuazja słyszy i zna, że Czerwona Armia się bawi!

W kącie pokoju pianino stało. Ale grać nie umieliśmy na tym faszystowskim instrumencie. Jednak – kiedy wypiliśmy więcej – to Sinicyn spróbował. I nawet bardzo dobrze wyszło. Więc Dubin na gitarze rżnie, my z całych sił *Jeśli zawtra wojna* śpiewamy, a Sinicyn pianino obu rękami po zębach chlaszcze. I tak ładnie nam szło, że my tym sposobem do północy się bawili.

Potem Dubin uroczyście powiedział:

– Drodzy towarzysze! Zaraz będzie Nowy Rok. Zaczniemy go specjalną zakąską do wódki. Jest to najlepsze na świecie burżujskie jedzenie!

Poszedł on do szafki i wyjął dużą papierową torbę. Przyniósł ją i wyrzucił zawartość na stół. Było to coś podobnego do strąków dużego bobu, albo do małych ogórków.

– Co to jest? – spytałem.

– Banany – powiedział Dubin. – Nasi chłopaki z NKWD tu u pewnego burżuja, który miał dawniej owocarnię, rewizję robili i dużo tego specjału znaleźli. Więc i mnie trochę dali.

– Dawać tu banany! – krzyczy Jegorow. – Dość burżujom tym się obżerać. Teraz nasza kolej!

No, nic. Dubin banany porządnie w umywalce wymył i kilka z nich plasterkami na talerzu pokrajał, potem, oczywiście, odpowiednio posolił i każdemu wódki nalał.

– Zdrowie piechoty! – powiedział.

Wypiliśmy i bananami zagryzamy. Ale, cholera go wie, jakoś niesmacznie było. Ja nawet wypluć chciałem. A Sinicyn wówczas powiedział:

– Do tych bananów trzeba octu i tak samo pieprzu.

Pieprz był, ale po ocet Dubin do gospodyni poszedł pożyczyć. Zaprawiliśmy banany octem, no i, rzecz jasna, pieprzem. I zupełnie inny smak wyszedł. Ale wszystko jedno nie podobały mi się. Wolę kiszone ogórki, a nawet cebulę. Ale nic: pod wódkę to nawet i banany pójdą. Tylko to było najgorsze, że kapitan Jegorow, nieco za wcześnie, chorować zaczął. Sinicyn do pianina go poprowadził, przykrywkę u góry instrumentu otworzył i powiedział:

– Walcie, towarzyszu, do środka, bo szkoda podłogę zanieczyszczać. A w tym głupim instrumencie miejsca dość. Wszystko się zmieści.

Widzę ja, że z drugiej strony pianina Maślannikow przysposobił się i też naloty na Rygę robi. Ale ja dobrze się trzymałem i dalej wódkę pod banany chlastałem. A potem posłyszałem, jak Dubin powiedział:

– Te banany to najlepiej z olejem jeść i cukrem. Ale szkoda, że nie mam.

Nie zdążył on tego wypowiedzieć, jak kapitan Jegorow od pianina oderwał się, do stołu zbliżył się, jeden banan (jeszcze nie pokrajany) wziął i Dubina nim w zęby jak zajedzie.

– Otrułeś mnie, draniu! – krzyczy. – Nigdy ja od wódki tak prędko nie rzygałem. Banany należy się kiszone jeść albo marynowane, a ty surowe dałeś!

I w mordę go, i w mordę. Więc Dubin zaczął bronić się. Chwycili się za włosy i po podłodze tatłają się. Kapitan Jegorow naszego gospodarza całego bananami zanieczyścił. Ale to drobiazg: ot, trochę śmiechu było i już. A potem my znów wypili, ale na banany jakoś wszyscy apetyt stracili. Tylko Dubin dalej jadł, żeby nie zmarnowały się.

– Szkoda, że wam nie podobają się – mówił. – To przecież samonajlepsza burżujska przekąska. Tylko pewnie trzeba do nich chrzanu albo musztardy dodawać.

– To niech sobie tę przekąskę burżuje i żrą! – powiedział kapitan Jegorow. – A ja za takie kpiny i śmiechy będę w mordę bił!

Ale nie bił więcej. Pewnie bardzo osłabł, bo rzygał on długo. Bawiliśmy się tak chyba do trzeciej rano. Dobrze nie pamiętam, bo przytomność straciłem i tylko nad ranem od zimna obudziłem się. A zimno musiało być, bo kapitan Jegorow, w trakcie zabawy, wszystkie okna krzesłem powybijał i pół pieca uszkodził.

Ciemnawo jeszcze było. Chłopaki śpią – kto gdzie... Sprawdziłem ja: czy zegarki mam? Ale były na miejscu. W dobrym towarzystwie się bawiłem. Więc poszedłem ja do domu.

Takim to sposobem, bardzo wesoło i przyjemnie, spotkaliśmy Nowy Rok.

19 stycznia 1940 roku
Lida

Mieszkam ja nadal u Lipów. Wódki z nim nie piję, chociaż wiele razy mi proponował: „Zagrzejmy się, czerwony dowódco!". Ale powiedziałem mu, że doktór pić mi zabronił, bo mam chory żołądek. „To właśnie na chorobę żołądka najlepsze – mówił Lipa. – Przepali, przeczyści i będziesz zdrów". Ale nie dałem się namówić. Dość miałem strachu za pierwszym razem.

Pokój mój bardzo przyjemny. Obliczyłem, że ma 24 metry kwadratowe mieszkalnej powierzchni. U nas w Związku toby musiało tu czterech ludzi żyć (po 6 metrów na każdego), a ja sam rozkoszuję się. I nikt w moje sprawy nosa nie wsadza. Bardzo to przyjemnie, chociaż i niesocjalistycznie. Kilka razy piłem u Lipów herbatę. Tylko zawsze starałem się o polityce z nimi nie mówić. Dostrzegłem, że oni wcale tego nie rozumieją, że „polityczne rozmowy" do niczego dobrego nie doprowadzają i mogą być bardzo niebezpieczne. A wyjaśniać im tego nie chciałem... Zgodnie z Lipami żyję. Nie ma co mówić: dobrzy są ludzie. Tylko tej Julki bardzo nie lubię. Chytra, niegrzeczna, nosa zadziera i dla mej oficerskiej szarży żadnego poszanowania nie wykazuje.

Jest u Julki siostrzyczka. Zośka nazywa się. Ma może dziesięć lat. Ale taka sprytna! Jak wyrośnie – druga Julka będzie. Lecz teraz nasza władza ją po trochu wykształci i może na komunistkę wykieruje. Na razie do ich burżujskiej szkoły chodzi... U nas specjalne wykłady były: jak odnosić się do tutejszej ludności. Główna rzecz (powiadali) nikomu nie ufać i nic o Związku nie opowiadać. Bo starszy element, który pod burżujskimi rządami wyrósł, jest na zawsze stracony i zepsuty ostatecznie, więc musi być stopniowo zlikwidowany. Natomiast dzieci można będzie wychować na pożytecznych dla Rosji ludzi. Trzeba do nich dobrze odnosić się, dawać cukierki i wpajać w nich miłość i szacunek dla partii i Stalina. Więc ja często dla Zośki cukierki przynosiłem. Bardzo ona słodycze lubi. I często z nią o różnych sprawach rozmawiałem. Pewnego razu spytałem jej:

– Kto ty jesteś: Polka czy Białorusinka?

– Polka – powiedziała.

– Nie – mówię. – Nie jesteś Polką, bo Polski już nie ma i nie będzie.

A ona powiedziała:

– Ot, przyjdą Anglicy, was stąd wypędzą i znów Polska będzie wolna.

Pewnie ona to w szkole słyszała. Okropna ta burżujska nauka. Mają rację politrucy.

Potem zapytałem:

– Czy ty wiesz: kto jest Stalin?

– Wiem dobrze – powiedziała.

To mnie bardzo się spodobało, więc ja ją po główce pogłaskałem i cukierka jej dałem. Powiadam:

– To bardzo dobrze, że wiesz. Ale powiedz mi dokładnie: kto on jest?

A ona mówi głośno i wyraźnie:

– Tyran i krwiopijca, który razem z Hitlerem chce zniszczyć świat i zrobić wszystkich niewolnikami, tak jak w Rosji.

Ja od razu spociłem się. Z miejsca wstałem. Obejrzałem się. Potem drzwi otworzyłem, żeby zobaczyć, czy w sieniach kogoś nie było, czy ktoś jeszcze nie słyszał jej słów... Tchu mi zbrakło. Pomyślcie sobie, ludzie uczciwi, takie rzeczy gadać na Stalina i Hitlera, na zbawców ludzkości! Do czego doprowadzili dziecko burżuje! Ale na szczęście nikt tego nie słyszał.

Długo patrzyłem ja ze zdziwieniem na Zośkę. Pierwszy raz w swoim życiu coś podobnego posłyszałem. Potem spytałem ja jej:

– Kto ci to powiedział: tatuś, mamusia czy Julka? A może w szkole to słyszałaś?

A ona mówi:

– Nikt mi tego nie powiedział, ale wiemy wszyscy... I wy też wiecie, tylko udajecie, że nie, bo się boicie waszego NKWD.

Ja jej nic na to nie odpowiedziałem, ale od tamtego czasu zacząłem i jej się bać. W dziesięć lat wieku jest już tak zatwardziałą faszystką i angielską agentką!

A ona, tak jak i dawniej, do mnie wciąż przychodzi i prosi to ilustracje jej pokazać, to pistolet. Ale już nigdy jej o nic nie pytałem, bo nawet słyszeć takich rzeczy nie chcę. Ją teraz trzeba będzie długo z tych burżujskich pojęć wyzwalać. Ale to już nasze sowieckie szkoły zrobią.

Bardzo mnie interesowała pewna kwestia: jak w tutejszych burżujskich szkołach tresują dzieci na takich faszystowskich szakali? Małe dziecko przecież nie może mieć żadnego pojęcia o świecie i można w nie wszystko wmówić. A świat kapitalistyczny, wiadomo, tylko na fałszu, terrorze i propagandzie się trzyma... Dużo ja czytałem o tym, jak w polskich szkołach nauczyciele i księża znęcają się nad dziećmi i takim sposobem wbijają im do głowy różne faszystowskie pojęcia. Postanowiłem ja zbadać te sprawę, bo szkoły dla dzieci na razie zostały te same, co były tu poprzednio. Otóż pewnego dnia, po południu, Zośka wcześniej do domu przyszła ze szkoły. Na dworze był duży mróz. Ona plecak z książkami w swoim mieszkaniu zostawiła i do mnie puka, bo u mnie najlepiej w piecu palili i zawsze było bardzo ciepło. Tego dnia ja służby nie miałem i siedziałem w domu.

Dałem ja jej cukierka i gadamy. Ona taka wesoła. Opowiada mi, co widziała w mieście. Pyta: czy umiem z armaty strzelać? Ot, paple jak dziecko... burżujskie. Bo nasze, sowieckie dzieci są inne: poważne, mało się śmieją i są dobrze uświadomione o roli proletariatu i Rosji. A przede wszystkim: bardzo kochają Stalina i wiedzą, że czeka je wielkie zadanie – walczyć o wyzwolenie świata od ucisku kapitalistycznego. A tej to tylko śmiechy, cukierki i zabawy w głowie! Tak, marny los tutejszych dzieci!

Więc postanowiłem ja wybadać Zośkę – jak ich biją. Wiem, że nauczyciele i księża mają, w tym specjalnie celu wyrabiane, gumowe pałki; poza tym są u nich linijki. Obejrzałem ja dłonie Zośki i żadnych na nich śladów bicia nie dostrzegłem. Więc powiadam do niej:

– Chcesz otrzymać pięć rubli na cukierki, to zdejm sukienkę i pokaż mi plecy.

– Kiedy się wstydzę – powiada. – A po co wam to?

– Nie masz czego wstydzić się – mówię. – Ja słyszałem, że tatuś i mamusia ciebie biją. Chcę więc zobaczyć, czy masz ślady od bicia.

– Tatuś mnie nigdy nie bije, a mamusia czasem da klapsa.

– Więc pokaż plecy, bo ci nie uwierzę.

Zośka zdjęła sukienkę i ja obejrzałem dokładnie jej plecy. Ale żadnych sińców ani znaków od bicia nie zobaczyłem. Dałem ja jej pięć rubli i pytam:

– Powiedz prawdę: czy ciebie w szkole biją?

– Po co? – spytała.

– Jak: po co?... Wiem dobrze, że was, dzieci, nauczyciele i ksiądz zawsze biją.

– Nie – powiedziała. – To nieprawda.

Dziwna historia! Rzeczywiście żadnej na niej rany ani śladów od bicia nie znalazłem. Ale może jest uprzywilejowana i swoim krwiożerczym nauczycielom wysługuje się? Chyba taka ona i jest. Bo inaczej tego zrozumieć nie można!... Jednak ta Zośka chytra. Nie zdradza swych nauczycieli i księdza. Taka mała, a już dobrze wytresowana. Chyba nic z niej pożytecznego dla naszego Związku Radzieckiego nie będzie. Na pewno jest kapitalistyczną pionierką i rodziców oraz innych uczniów śledzi, i do faszystowskiego NKWD donosy robi. Inaczej nie może to być.

7 lutego 1940 roku
Lida

Przedwczoraj poszedłem ja wieczorem do kina. Nie o kino mi chodziło, lecz dowiedzieć się, że niedawno nowa partia Sowietek przyjechała. Pomyślałem sobie: może i ja którą z nich podczepię, bo z tutejszymi burżujkami nic nie wychodzi. Każda mordę zadziera aż pod sufit. Nawet gadać z nami nie chcą. Otóż przyszedłem ja do kina i widzę: rzeczywiście są. Po dwie, po trzy chodzą, śmieją się, pestki słonecznikowe łuszczą i ku mężczyznom w sposób interesujący zerkają. I naszych chłopaków również dużo się zebrało, żeby nowy towar dokładnie obejrzeć.

Ja kilka razy przed kinem przeszedłem i uważam: którą by przygadać. Wiadomo, że i one po to tu przyszły. Ale jako oficer chcę wybrać sobie trochę lepszą, bo wśród nich straszne wydry bywają. Wreszcie jedną lepszą zauważyłem. Trochę do Duni podobna i z wyglądu delikatna bardzo. Zbliżyłem się ja do niej i mówię.

– Jakby ja was skądś znam.

– I mnie tak się zdaje – powiedziała.

– To może do kina poszlibyśmy?

– Czemu nie – powiedziała. – Tylko ja pieniędzy na bilet nie mam.

– To ja tobie kupię.

– Jeśli tak, to chodź.

Pożegnała się ona z koleżankami i poszliśmy. Bardzo był dobry film. Nawet zapiszę dla pamięci. Otóż w pewnym kołchozie robota kiepsko szła. Nigdy według planu norm produkcji nie osiągnęli. Posyłano tam i instruktorów, i komisje różne, i nic: to samo. Zdawało się, że wszystko tam jest, co trzeba do pracy, a jednak wyniki zawsze były marne. Kilku już prezesów kołchozu wysłano do łagru czy gdzieś dalej nawet. Ale u każdego następnego to samo. Wreszcie posłano tam – dla zbadania tej zagadkowej sprawy – pewną komsomołkę. Pojechała niby dla pracy „kultoświatowej", no i „czerwony kącik" założyć. Otóż przyjechała ona i pracuje jak się należy, a tymczasem wszystko dookoła obserwuje i szkodników szuka. A do niej przymigdalił się naczelnik traktorowej stacji. Zgrabny chłop i młody. Ona też była piękna. Zaczęli oni ze sobą romansować. Razem książki czytają, razem na zebrania chodzą, razem śpią. Słowem: kulturalnie czas spędzają. On w niej i zakochał się, a ona w nim. On chciał, żeby zaraz ślub wziąć. Ale ona powiedziała, że trzeba zaczekać do jesieni, kiedy główne roboty będą skończone. Bo na pierwszym miejscu jest obowiązek, miłość zaś na drugim. On musiał się zgodzić, ale zrobił to bardzo niechętnie i był niezadowolony. To się jej wydało bardzo podejrzane. Więc zaczęła ona uważnie go obserwować i pewnego razu – kiedy on był na stacji traktorowej – wszystko w jego pokoju przeszukała i znalazła kartkę w obcym języku. Ponieważ nie mogła ona jej przeczytać, ale zrozumiała, że sprawa jest podejrzana, to ona tę kartkę wzięła i nocą, na piechotę, trzydzieści wiorst do miasta odwaliła. Tam doręczyła kartkę naczelnikowi NKWD. On kartkę sfotografował, komsomołkę odwiózł zaraz autem i wysadził w pobliżu kołchozu. Kazał jej kartkę na miejsce położyć, aby tamten łotr nie dostrzegł niczego. Jej zaś kazał dalej go śledzić... No, nadeszła jesień. Zbiory były dobre, jak nigdy. Więc zauważyła ona, że jej kawaler posmutniał. Zrozumiała ona z tego, że bardzo mu się nie podoba, iż kołchoz może zacząć rozwijać się. Więc ona jeszcze uważniej go obserwowała i dostrzegła pewnej nocy, jak on do miasta pojechał i stamtąd jakąś paczkę przywiózł. Zbadała ona tamtą paczkę i okazało się, że była w niej bomba zegarowa angielskiego wyrobu. A następnej nocy dostrzegła ona, że on z łóżka, w którym razem spali, wylazł po cichu i wyszedł z izby. To ona z daleka za nim. I zobaczyła, że podły sabotażysta podłożył bombę pod tamę, która regulowała poziom wody w jeziorze. Takim sposobem chciał on kołchoźne pola wodą zalać i wszystkie zbiory zniszczyć. Zostawił on bombę pod tamą i poszedł na stację traktorową, żeby mieć wytłumaczenie: dokąd chodził... jeśli ktoś o to spyta. A ona tymczasem bombę spod tamy wyjęła i do jeziora ją wrzuciła. Potem zdołała pierwsza do domu wrócić. Bomba wybuchła w jeziorze, ale szkody wielkiej nie zrobiła. Wszyscy zrozumieli, że był to zamach na kołchoźne dobro, i prezes powiadomił o tym NKWD. Zaraz przyjechały władze i zrobiły zebranie. Prezes wystąpił z mową i powiedział, że wśród nich jest sabotażysta, który od dawna pracy szkodzi, a teraz chciał cały ich dorobek zniszczyć. Wówczas wystąpił tamten sabotażysta i też przemawiał za czujnością i twierdził, że zamachowiec na pewno z miasta przyszedł. Dopiero wtedy komsomołka wystąpiła i powiedziała:

– Ten sabotażysta to ty jesteś! I bombę tamtą też ty pod tamę podłożyłeś, ale ja ją w porę usunęłam.

A on na to:

– Jakaż twoja miłość, jeśli ty mnie gubisz?!

Ona zaś mu odpowiedziała:

– Jestem komsomołką i stawiam obowiązek na pierwszym miejscu. A ciebie, jako wroga Związku Sowieckiego, sama bym zastrzeliła!

Ja byłem tak wzruszony tymi słowami, zacząłem klaskać w dłonie i krzyczeć: brawo!

A koniec filmu był następujący. Ją wezwano do Komitetu Partyjnego i udekorowano orderem. Jego zaś pokazano za kratami... Bardzo był piękny film i ja ogromnie nim wzruszyłem się. Spytałem mej towarzyszki:

– Jak ci, Nastko, film się spodobał?

– Owszem – powiedziała. – Tylko szkoda mi chłopaka. Taki przystojny.

Wyszliśmy z kina. Ja do niej mówię:

– Czy do ciebie spać pójdziemy, czy do mnie?

– Do mnie nie można – powiedziała. – Ja z sześciu koleżankami w jednym pokoju mieszkam.

Więc poszliśmy do mnie. Przespaliśmy się i rano ja wcześniej wstałem, bo do koszar musiałem iść. Służbę tego dnia miałem. Zacząłem ja ją budzić. A ona powiedziała.

– Możesz sobie iść. Ja jeszcze z godzinkę pośpię, a potem pójdę.

Poszedłem ja na służbę. Wieczorem wróciłem – Nastki nie ma. Pokój nie sprzątnięty, łóżko nie zasłane. Zacząłem ja wszystko porządkować i dostrzegłem, że pod łóżkiem nie ma tamtej paczki, co chciałem ja Duniaszce wysłać, ale rozmyśliłem się. Bardzo ja zdenerwowałem się i zawołałem Lipę. Powiadam do niego:

– Tu u mnie z pokoju paczka z drogocennymi rzeczami zginęła.

– Kiedy? – spytał.

– Nie wiem – powiedziałem – kiedy zginęła. Tylko tu nikt prócz ciebie, twej żony i córek wstąpić nie może. Spytaj je. Może która w żart wzięła?

A on mówi:

– Żadna z nich nie weźmie ani żartem, ani naprawdę. Takich zwyczajów u nas nie ma. Ale ja zauważyłem, że dziś rano z domu, z twojego pokoju, wyszła jakaś Sowietka i pudełko niosła pod pachą. Nawet spytałem jej: co chciała w mieszkaniu? To mi odpowiedziała:

– Nocowałam u narzeczonego.

Bardzo mi przykro zrobiło się i rzeczy wartościowych wielka szkoda. Więc postanowiłem ja koniecznie Nastkę znaleźć. Zacząłem każdego wieczora w pobliżu kina chodzić. Ale nie przyszła nigdy. Wreszcie złapałem ja ją w dzień na rynku. Była tam z trzema koleżankami.

– Dzień dobry, Nastko! – mówię.

A ona z początku udała, że mnie nie poznaje wcale. A później powiada:

– Dzień dobry! Tyle mam znajomych mężczyzn, że i nie poznałam od razu.

To ja do niej mówię:

– Chodź ze mną na chwileczkę. Mam do ciebie ważny bardzo interes.

A ona na to:

– Nigdzie ja nie pójdę. Gadaj tu. To są moje najlepsze przyjaciółki i żadnych ja od nich sekretów nie mam.

Więc ja powiadam:

– Jak ty u mnie byłaś, to paczkę z drogocennymi rzeczami zabrałaś. Proszę mi ją oddać.

– Jaka paczka? – powiada. – O żadnej paczce ja nic nie wiem.

Wtedy ja mówię:

– Dobrze wiesz: jaka paczka. A gospodarz widział, jak ty rano z paczką z domu wychodziłaś.

A ona jak wyzwierzy się na mnie:

– Mam ja gdzieś ciebie i twego gospodarza razem! Też kawaler znalazł się! Nawet kolacji ani śniadania zjeść nie dał! Paczka mu zginęła! Idź i szukaj!

– Nastko! – powiedziałem. – Lepiej oddaj wszystko po dobremu, bo będę musiał na ciebie zameldować.

A ona wprost krzyczy:

– Idź i melduj! Ja pierwsza zamelduję, że ty spekulacją zajmujesz się! Też uczciwy znalazł się! Pewnie sam jakiejś kobiecie rzeczy wykradł!

– Rzeczy były moje własne.

– Tak, własne! – krzyczy. – Chyba w babskich koszulach i majtkach chodzisz!... Jeśli własne, to czemużeś je pod łóżkiem chował?!

A jej koleżanki jak zaczną trajkotać, jak zaczną krzyczeć i śmiać się ze mnie, to ja nie wiedziałem, co i robić. Powiedziałem ja do Nastki spokojnie:

– Nastko, nie będę ja o tamtych rzeczach nikomu meldował, ale to tylko ci powiem, że podle ze mną obeszłaś się. Nie spodziewałem się tego po tobie. Ty przecież nawet tamtego sabotażystę, którego my w kinie na obrazie widzieli, pożałowałaś. A mnie tak skrzywdziłaś!

– Pożałowałam go – mówi – bo był przystojny chłopak. A ty co?... Nos jak śliwa. Uszy sterczą. Mały... pod pachę innemu schowasz się. Do tego jeszcze podły. Nawet herbatą mnie nie napoiłeś. Darmo moją miłość wykorzystałeś!

Jak zaczną one wszystkie mnie wymyślać i śmiać się ze mnie, to koło nas ludzie się zebrali. Niektórzy śmieją się i sowietkom rację przyznają. Zrozumiałem ja, że nic z tego nie wyjdzie i że przepadły moje rzeczy. Pewnie Nastka od razu je sprzedała albo powymieniała z koleżankami. Splunąłem ja i poszedłem z rynku. Na pożegnanie powiedziałem:

– Żeby tobie tamte moje rzeczy bokami powyłaziły! Żebyś je odchorowała ciężko!

A ona krzyczy:

– Sukę sobie zaproś, a nie porządną dziewczynę! Też kawaler znalazł się! Ani kieliszka wódki nie dał, ani szklanki herbaty nawet!

„Ja bym cię esencją octową napoił!" – pomyślałem sobie.

Od tego czasu ja do kina więcej nie poszedłem, bo jeszcze taki kłopot mam, że ponownie u mnie wszy się znalazły. Od Nastki napełzły. Mam szczęście, że nie coś gorszego!

12 kwietnia 1940 roku
Lida

Zima się skończyła, tak jak skończyły się burżujskie rządy na Białorusi. Przyszła wiosna, tak jak my – żołnierze Armii Czerwonej – aby wybawić proletariat od tyranii kapitalistycznej. Wzeszło wyżej słońce, aby zniszczyć chłody – tak jak nasze rosyjskie SŁOŃCE: ojciec Stalin – i ogrzać chłopów i robotników promieniami wolności i dobrobytu. Rozkwitło wszystko dookoła i zazieleniło się swobodnie – tak jak w Związku Radzieckim. Przyleciały ptaki i śpiewają sobie głośno i bez przymusu na cześć partii komunistycznej i Centralnego Komitetu, zadowolone, że skończyły się tu rządy krwawych satrapów imperialistycznych. Bardzo przyjemnie to wszystko widzieć i słyszeć.

Przeczytałem ja to, co napisałem o wiośnie, i widzę, że mam ja ogromny talent literacki. Może jeszcze niezupełnie dorównałem Puszkinowi, ale na pewno lepiej u mnie wychodzi niźli u burżujskich pisarzy, zmuszonych zawsze kłamać i wysługiwać się kapitalistom. Tak: literatura nie znosi przymusu, więc może kwitnąć tylko tam, gdzie my jesteśmy i gdzie opiekuje się nią OJCIEC STALIN. Bo, na przykład, co jest u tych Polaków?... Nic... Pytam ja, to mnie powiedzieli o Mickiewiczu, że był to wielki poeta i tak dalej. To ja splunąłem i spytałem: „Cóż on tak wielkiego napisał?" A mnie mówią: *Pana Tadeusza*. To ja potem tak się śmiałem, że mnie aż łzy z oczu poszły. Napisał o panu, więc zaraz: wielki poeta!... U nas jest Tołstoj. Chociaż był to początkowo hrabia i pasożyt, ale potem się poprawił i nawet sam dla siebie buty robił. I jest dużo innych pisarzy. A za granicą co?... Nic... W takiej Anglii, słyszałem, był Szekspir, to on tylko o królach i ministrach pisał i wysługiwał się kapitalistom amerykańskim, niszcząc świadomość klasową proletariatu. I w Germanii przed Hitlerem nikogo dobrego nie było, tylko Beethoven, który napisał *Fausta* i to, na pewno, ściągnął go u Ilii Ehrenburga. Tak: jedynie ruski naród może dać coś pięknego i pożytecznego światu. Zamierzam i ja, gdy będę miał trochę więcej wolnego czasu, napisać jakąś bardzo grubą książkę o naszych osiągnięciach kulturalnych i o wielkości naszego narodu.

Jednak ta wiosna i mnie trochę w głowie zakręciła, bo omal nie zakochałem się w burżujce. Ale w porę opamiętałem się i miłość moją zlikwidowałem. Rozumiecie sami: żarcie dobre, baby zaś nie mam, więc czasem różne takie męskie myśli do głowy przychodzą i człowiek całkiem zgłupieje. Otóż niedaleko koszar było kilka straganów, w których kobiety tutejsze sprzedawały różne jedzenie i herbatę. Zauważyłem ja tam pewną, niczego sobie babuńkę. Była starsza ode mnie może o lat dziesięć, ale dość tłusta i mordę miała czerwoną. Tak, że mnie, można powiedzieć, nawet i spodobała się. Więc ja do tamtego straganu zacząłem często chodzić i herbatę nawet nadmiernie popijać. I zawsze byłem bardzo honorowy: co zjadłem albo wypiłem, to bez żadnego krętactwa płaciłem. Więc ona zaczęła nawet mnie szanować i wesoło na mnie patrzyła. Zauważyłem ja, że ona pali, więc ja jej czasem papierosów przyniosłem po tańszej cenie i bardzo przyjemnie z nią rozmawiałem. Postanowiłem ja, że trzeba będzie zacząć z nią miłość kręcić. A że jest ona dużo ode mnie starsza, to znaczenia wielkiego nie ma. Bo naszych Sowietek – po tamtej szkole, którą mnie Nastka dała – miałem ja dość. Nawet patrzeć na nie było mi wstrętnie. Zawsze myślałem: może każda jest taka sama wydra jak i Nastka.

Otóż chodzę ja do tamtej straganiary i chodzę. Herbatę trąbię i trąbię. Ale myślę sobie tak: „Jeszcze przyjdzie czas, kiedy ja darmo będę u ciebie, odpowiednio do mojej wysokiej szarży, wyżerał się". Zaproponowałem ja jej kiedyś do kina pójść. Ale ona powiedziała, że nie lubi do kina chodzić i że nie chce, żeby ją znajomi z wojskowym widzieli, bo zaraz zaczną obgadywać. Spytałem o jej rodzinę. Okazało się, że od trzech lat jest wdową i mieszka sama. Toż rozkosznie – pomyślałem – akurat dla mnie kobieta. Bardzo bogata, bo i stragan ma i własne mieszkanie. Ale zrozumiałem ja, że z tymi głupimi burżujkami nie tak łatwo to idzie jak z naszymi babami. Wiadomo: nieuświadomiony element, pełen kapitalistycznych przesądów.

Kilka razy pomogłem ja jej wieczorem ze straganu do domu kosze z jedzeniem i duży, blaszany samowar zanieść. Nie zostawiała tego na noc w straganie, bo nasi chłopaki lubili bardzo podobne prowianty i rzeczy „nacjonalizować". Gdy jej kosze do domu zanosiłem, to zawsze coś do jedzenia otrzymywałem. Ale na noc zostać nie pozwalała.

– Mam ja – powiedziała – córeczkę siedmioletnią i nie chcę, żeby dziecko dla matki szacunek straciło. Zły to przykład. No i sąsiedzi mogą się dowiedzieć.

Aż pewnego razu, po dłuższej znajomości, zgodziła się ona pójść ze mną w niedzielę na spacer za miasto. Ale przed tym powiedziała:

– Tylko nie liczcie na nic poza spacerem, bo ja jestem kobieta honorowa i uczciwa. Widzę, że młodzi jesteście i że smutno wam samemu, więc porozmawiamy i czas na wolnym powietrzu spędzimy.

Ale ja na to jej gadanie uwagi nie zwracałem. Ot – myślę sobie – takie są twoje burżujskie wykręty. Ale przyjdzie czas, to się skończą.

Wyszykowałem się ja na niedzielę należycie. Perfum dużo na głowę wylałem. Dwa zegarki wziąłem i angielskiego fasonu buty wzułem. Wyglądałem nie gorzej jak jakiś ważny sowiecki marszałek. Tak.

W sobotę kupiłem butelkę wódki, a w niedzielę poszedłem do straganiary. Ona też szykownie się wystroiła. I poznać było trudno w nowym palcie i w bucikach. Jak bardzo znaczna kapitalistka wyglądała. Przygotowała ona też paczkę z różnym jedzeniem i poszliśmy na spacer za miasto. Pogoda była znakomita. Wszystko zielone… Blisko miasta las zauważyłem, więc zaraz z szosy tam skręciłem. Znalazłem wygodne miejsce i rozesłałem płaszcz.

Zaczęliśmy jeść i rozmawiać. Bardzo było wesoło i kulturalnie. Tylko wódki ona pić nie chciała. Ledwie ją na pół szklaneczki namówiłem. Resztę sam wypiłem. Potem zacząłem ja żądać od niej normalnego zadowolenia mnie jako mężczyzny. A ona powiada:

– U nas tak się nie robi. Jestem uczciwa kobieta, a nie jakaś ulicznica. Prosiliście mnie na spacer dla towarzystwa, więc zgodziłam się. Ale nic poza tym między nami być nie może. Chyba u was w Rosji jest inaczej i byle kto z byle kim łajdaczy się. Ale u nas jest inaczej.

Wstała ona, zapięła palto i kapelusz na głowie poprawia. Potem mówi:

– Bardzo przepraszam, ale czas mi już wracać do domu, bo dziecko zostało samo. Chciałam spędzić z wami trochę czasu dla przyjemnej rozmowy i towarzystwa. Ale jeśli wyszło inaczej, to bardzo żałuję. Proszę nie gniewać się na mnie. Ja te sprawy traktuję poważnie i muszę szanować się.

Zezłościło to mnie bardzo. Porwałem się ja na nogi i tak do niej powiedziałem:

– Jesteś głupia, burżujska świnia! Otumanili was kapitaliści i księża swoją faszystowską propagandą i zrobili z was dzikusów. Dopiero my przynieśli wam wolność i pojęcie o świecie. My pokazali wam prawdziwą kulturę. My wam dali swobodę. Ale ty, idiotko, tego nie rozumiesz, bo jesteś zatruta jadem imperialistycznych zabobonów!

A ona dostała wypieków i mówi do mnie:

– Chcecie wiedzieć prawdę: coście nam przynieśli z Rosji? Chcecie to wiedzieć?

– Tak – powiedziałem. – Proszę mówić. U nas każdy ma wolność słowa.

– Więc – powiada... Ale gdzież tam „powiada", omal nie krzyczy. – Przynieśliście nam głód, brud, wszy, choroby weneryczne i terror. Bo więcej u was nic nie ma!

– I terror też wam przynieśliśmy?! – spytałem, czując, że w oczach robi mi się ciemno ze złości.

– Tak – powiedziała. – Ludzie ulicami chodzić boją się. Kobieta wieczorem z domu wyjść nie może. Ciągle rabunki, morderstwa i kradzieże. Nikt nie jest pewien nocy ani dnia! Jak to wszystko się nazywa?

Popatrzyłem ja na jej burżujską mordę, na kapelusz z piórkiem. Potem cofnąłem się i chciałem kopnąć gadzinę w ten tłusty kapitalistyczny brzuch.

Ale przypomniałem sobie, że jestem oficerem i że mam na sobie mundur Armii Czerwonej. Więc, pomyślałem sobie, niech zna mój honor! I tylko zajechałem ją pięścią w zęby. A ona, jak worek mąki, chlap na ziemię. Nasza by, sowiecka baba, nawet i nie mrugnęła. A ta... od razu widać: burżujskie paskudztwo – żadnej w niej wytrzymałości nie ma! Splunąłem ja na nią z absolutną pogardą i nie oglądając się nawet dumnie odszedłem.

Od tego czasu ja do straganu więcej nie chodziłem. I w ogóle na żadną burżujkę uwagi nie zwracałem. Jednak nasze Sowietki są nieskończenie lepsze i kulturalniejsze! Tak.

5 maja 1940 roku
Lida

Wczoraj miałem ja służbę przez całą dobę. A dzisiaj wyspałem się należycie i zapisuję to wszystko, aby nie zapomnieć. Postanowiłem prowadzić te *Zapiski* według planu. A plan mój jest taki: zbierze się trochę interesujących rzeczy, to je zanotuję i już. Może to stanowić bardzo ważny materiał historyczny, a tak samo filozoficzny. Mam nawet zamiar przerobić to w przyszłości na bardzo wielką powieść. Taką, na przykład, jak *Wojna i pokój* Tołstoja. Czytałem ja ją trochę. Ale bardzo nudna i marnie napisana. W ogóle uważam, że nic nie jest warta. Bo i po francusku dużo w niej gadają i są tam różne kapitalistyczne pasożyty. Co w tym może być dla nas ciekawego? Sama ciemnota, głupota i zabobony. Nawet modlą się tam i o Bogu często wspominają. Poza tym różnych głupich hrabiów i książąt wysławia. Ja zaś napiszę o naszej niezwyciężonej Armii Czerwonej, o jej zwycięstwach, o moich bohaterskich czynach i o naszym wielkim wodzu STALINIE. To dopiero będzie wspaniała powieść!

Służbę objąłem ja wczoraj w dzień i rozstawiłem warty, aby ochronić koszary i socjalistyczny majątek przed zamachami kapitalistycznych agentów. Wartownia jest tuż przy koszarach i ja, jako dowódca warty, miałem przy niej osobny pokoik. Czas leciał. W nocy ja wiele razy warty sprawdzałem i czujnie stałem na straży armii. Dopiero o godzinie trzeciej nad ranem posłyszałem ja wystrzał. Potem drugi. Wziąłem ja dwóch bojców z wartowni i pobiegłem dowiedzieć się: co się stało?... Strzelał posterunek numer czwarty, przy składzie prowiantowym w pobliżu koszar. Przybiegliśmy tam, a wartownik wali z karabinu do góry. My też po parę razy machnęli na strach wrogom. Potem pytam ja wartownika:

– O co chodzi?

– Sabotażysta jakiś, albo złodziej, wlazł na lipę i innym daje stamtąd sygnały!

Rzeczywiście obok magazynu prowiantowego duża lipa stała i nawet jakby poruszenie jakieś w gałęziach u góry drzewa było słychać.

– Zejdź, reakcjonisto! – krzyknąłem ja groźnie. – Zejdź natychmiast, bo zestrzelimy!

Nikt z lipy nie odpowiedział. Więc ja latarką świecić zacząłem. Ale wysoko. Nic dostrzec nie można, bo światło w gałęziach gubiło się. Ja znów krzyknąłem:

– Zejdź, faszysto, po dobremu, bo koniec ci będzie na tej lipie!

A tam cicho. Wtedy kazałem ja dać ognia po lipie. Więc bojcy zaczęli po niej z karabinów pruć, a ja z pistoletu. Tylko gałęzie i liście w dół leciały, ale nikt nie spadł.

Potem wydałem ja rozkaz bojcom leźć na lipę i tamtego drania za nogi w dół ściągnąć. Bali się bardzo, ale poleźli. Rozkaz musieli wykonać. Łazili oni po tamtej lipie chyba z godzinę czasu. Krzyczeli, gałęzie trzęśli. I nic...

Tymczasem rozwidniło się. Całą lipę widać, ale nikogo na niej nie ma. Powiadam ja do wartownika:

– Coś tobie w głowie się pokręciło! Widzisz, że nikogo na lipie nie ma.

– Ale był – powiada. – Był i innym sygnały dawał.

– Jakie sygnały?

– Świstał po cichu. Ale ja wyraźnie słyszałem... O, proszę posłuchać... Znów świszcze!

Stoję ja przy nim i uważam. Z początku nic nie słyszałem. A potem rzeczywiście świsty rozległy się. Patrzę ja na wartownika i dostrzegłem, że to u niego w nosie świszcze, a nie na lipie. Rzeczywiście: tak ono i było. Zrugałem ja wartownika odpowiednio i poszedłem. Napisałem szczegółowy raport o powodzie urządzenia fałszywego alarmu i w południe służbę zdałem.

Pierwszy maja obchodziliśmy bardzo uroczyście. Całe miasto było udekorowane czerwonymi flagami i wszędzie wisiały portrety naszego wielkiego WODZA Stalina. Były też portrety Lenina, a nawet i Marksa, ale, rzecz jasna, mniejsze i mniej ich było. Bo cóż oni znaczą wobec NIEGO! Owszem, oni też są wielcy i zasłużeni wobec proletariatu i ludzkości. Ale nie ma takiej wielkości na świecie, która by nawet w przybliżeniu stanowiła coś w stosunku do NIEGO!

W dzień była defilada wojska i pochody związków robotniczych, urzędów oraz szkół. I zauważyłem, że ludność miejscowa coraz więcej kocha naszą wielką Rosję i Stalina. Tyle nieśli różnych sztandarów i transparentów z proletariackimi hasłami. Na przykład: CHWAŁA WIELKIEMU STALINOWI! – IMIĘ STALIN – GWARANCJĄ POKOJU, WOLNOŚCI I DOBROBYTU! Tak, i burżuazja zaczyna po trochu uświadamiać sobie potrzebę wprowadzenia socjalizmu stalinowskiego. Inaczej nie może być!

Wieczorem poszedłem ja na mityng do klubu kolejowego. Tam można było wejść tylko członkom klubu, kolejarzom, oficerom i niektórym zaproszonym gościom. Po drodze do mnie Lipa zbliżył się. Zobaczyłem ja: pijany zupełnie. Ale trzymał się na nogach dobrze. Nie każdy by dostrzegł nawet, że jest pijany.

– Winszuję z naszym proletariackim świętem! – krzyczy do mnie.

A ja mu powiadam:

– Długo musieliście czekać, żeby wam pozwolono to święto obchodzić.

– Dlaczego? – spytał.

– No jakże – powiedziałem. – Dopóki nas tu nie było, to kapitaliści na pewno nie pozwolili wam w tym dniu świętować. Chyba jeszcze większe normy pracy nakładali.

– Ot ty i mylisz się – powiedział. – I bez was my to robotnicze święto obchodzili. I to jeszcze jak!... Teraz to i popatrzyć nie ma na co.

Dziwnie było mi to słyszeć, ale niech tam gada. Chyba pamięć zawiodła go po wódce. Bo wychlał on dzisiaj chyba z wiadro gorzały.

Lipa spytał mnie:

– Dokąd idziesz?

– Na mityng – powiedziałem. – Będą różne ciekawe rzeczy gadać. Jeden mówca, specjalnie na ten dzień, nawet z Moskwy przyjechał do Lidy.

– To i ja z tobą – rzekł Lipa. – Jestem ciekaw, jak u was takie mityngi urządzają.

Nie bardzo mi się chciało z nim iść, ale nie wypadało odmówić. Więc poszliśmy razem.

Ludzi zebrało się dużo. Pełna sala. I tu nasi proletariaccy wodzowie na portretach wiszą i różne takie robotnicze hasła widać. Słowem: bardzo pięknie i uroczyście.

Zaczęli różni mówcy na estradę wychodzić i pięknie o naszym wielkim Związku Radzieckim i o jego wodzu, Stalinie, mówić. Orkiestra też była i często *Międzynarodówka* grała.

Jeden mówca bardzo długo i składnie omawiał obecną sytuację na świecie. Wyjaśnił należycie podłą, zaborczą politykę krwawych angielskich imperialistów... tych podżegaczy wojennych i eksploatatorów setek milionów ludności w koloniach. Udowodnił, że Anglicy są i od wieków byli pasożytami świata. Powiedział, że na wyspie swojej nawet zboża nie chcą siać, lecz sprowadzają z kolonii, bo nie chcą pracować uczciwie. A całe ich zajęcie to znęcanie się nad robotnikami, polowania na lisy, picie w barach i urządzanie giełd pieniężnych. Poza tym wywołują nieustannie wojny, żeby i na tym zarobić. Zakończył on swoją mowę tak: „Są w angielskim hymnie narodowym słowa, że nigdy Anglik nie będzie niewolnikiem; że zawsze będzie panował nad innymi narodami i że wszyscy będą mu służyć i go bać się. Ale to się skończy wkrótce. Jest rzeczą wielkiego rosyjskiego narodu powetować ludzkości tę krzywdę, którą jej przez stulecia wyrządziła Anglia. Za to musi ją spotkać ciężka i słuszna kara. Bo wrzód ten musi być wypalony na zawsze i bez śladu z ciała ludzkości, aby go nie wyniszczał i nie zatruwał!”.

Mowa ta nam wszystkim najwięcej się spodobała i długo krzyczeliśmy: brawo! i okalskiwali mówcę.

Niedługo przed zakończeniem mityngu wyszedł na estradę politruk, i opowiadał nam bardzo wzruszająco o prawach i obowiązkach obywateli sowieckich. Długo porównywał je z prawami obywateli państw kapitalistycznych. I zrozumieliśmy, że tam są nie prawa obywateli, lecz całkowite bezprawie, terror i wyzysk. Tylko my, szczęśliwi obywatele Związku Radzieckiego, cieszymy się swobodą, o jakiej nawet pojęcia nie mają obywatele państw burżuazyjnych. W pewnej chwili politruk zwrócił się do sali i spytał:

– Kto mi powie: jaki jest obowiązek dobrego żołnierza Armii Czerwonej?

Z sali ktoś powiedział głośno:

– Bić wrogów Rosji Sowieckiej w każdym czasie i w każdym miejscu!

– Słusznie! – potwiedził jego słowa politruk.

Rozległy się oklaski i brawa.

– A kto mi powie: jaki jest obowiązek dobrego komunisty lub komsomolca?

– Być wiernym towarzyszowi Stalinowi oraz partii i posłusznie wykonywać ich rozkazy! – krzyknął z głębi sali jakiś cywil.

– Słusznie! – potwierdził politruk.

Znów rozległy się oklaski i brawa.

– A kto mi powie – rzekł dalej politruk – jaki jest główny obowiązek prawdziwej sowieckiej kobiety?

Na sali milczeli, bo to niełatwo zgadnąć albo zrozumieć. Przecież obowiązków tych jest niemało. A tu trzeba krótko odpowiedzieć w taki sposób, żeby do więzienia albo do łagru nie trafić. Ale po dłuższym milczeniu całej sali politruk powiedział sam:

– Najważniejszym obowiązkiem prawdziwej sowieckiej kobiety jest: wychować swe dzieci na wiernych synów Związku Radzieckiego i jego wielkiego wodza Josifa Wissarionowicza Stalina.

Cała sala rozbrzmiewała od oklasków, które trwały bardzo długo. Potem mówca spytał:

– A jaki jest obowiązek prawdziwego mężczyzny?

I tym razem wszyscy milczeli. Rzecz jasna: każdy człowiek chce żyć i to żyć na wolności, nie zaś w łagrze. Nagle odezwał się Lipa, który stał obok mnie:

– Dobrze zapinać rozporek.

Ja struchlałem. Na sali milczenie. A Lipa czka i pyta jakiegoś lejtnanta:

– Dobrze mu powiedziałem?... Co?...

Na szczęście nie wszyscy go słyszeli i nie wszyscy zrozumieli, co powiedział. Bo to można by i za kpiny kontrrewolucyjne uznać. Jakiś kapitan NKWD nawet już nim się zainteresował i spytał mnie:

– Kto to taki?

– Pijany robotnik kolejowy – powiedziałem. – Ucieszył się ze święta i wolności, więc upił się i coś tam mamrocze.

Zacząłem ja od Lipy odsuwać się, żeby nie zapodejrzano mnie, że go znam. Czy można wiedzieć: kto jego słowa słyszał i jak je zrozumiał? Na szczęście mówca znów zabrał głos i sprawę tę sam wyjaśnił:

– Prawdziwy sowiecki mężczyzna musi być zawsze gotów (w tym miejscu Lipa pewnie coś bardzo paskudnego powiedział, bo wszyscy zaczęli od niego odsuwać się) oddać swe życie i pracę dla dobra Związku Radzieckiego!

Cała sala długo oklaskiwała politruka. Ja też waliłem w dłonie z całych sił. A jednocześnie boczkiem, boczkiem, ku wyjściu kierowałem się, aby jak najprędzej znaleźć się dalej od Lipy.

Bardzo ja żałuję, że u Lipy mieszkam. Zdawałoby się, że powinien być porządnym człowiekiem i uczciwym robotnikiem. Ale, jak widać, jest on zupełnie głupi. Jestem pewien, że niedługo on się tu uchowa i że wyślą go na przeszkolenie tam, gdzie dla podobnych elementów miejsca są przygotowane.

Jednak tym razem Lipa nie wpadł. Chociaż późno bardzo, ale wrócił do domu. Idąc, jakąś polską piosenkę śpiewał. Ja czym prędzej światło zgasiłem i udałem że śpię. Bałem się, że może do mnie zajść. Bardzo to niebezpieczny człowiek!

W sierpniu 1940 roku
Vilnius

Hura! hura! hura! Jestem znów w Vilniusie.

Poprzednio nie miałem wcale czasu na pisanie. Ale teraz opowiem pokrótce, co zaszło ważnego od początku maja tego roku.

Potężnym ciosem naszej żelaznej, czerwonej pięści rozgromiliśmy litewskich, faszystowskich ministrów i kapitalistów. A sam ich prezydent gdzieś uciekł. Ale od tego są nasze orły z NKWD, żeby go odnaleźć i na zawsze unieszkodliwić. Co prawda walk wielkich nie było. I – zdaje mi się – w ogóle bez tego się obeszło, bo wystarczyło ultimatum, postawione przez nasz rząd krwiożerczym pachołkom anglo-amerykańskiego kapitalizmu, i całe ich państwo rozsypało się, jak stara beczka, z której spadły obręcze.

Tak: wielka i potężna jest nasza matka ROSJA i nikt nigdy nie będzie mógł jej sprzeciwić się!... W taki to sposób, po trochu, wykończymy wszystkich burżujów i kapitały ich sobie pozabieramy. Pięknie!

Ja, na przykład, dlaczego nie mógłbym być znacznym kapitalistą? Czego mi do tego brakuje? Tylko dużo pieniędzy. A jak pieniądze capnę, to też potrafię co dzień jeść kiełbasę w większych ilościach, kupić jeszcze ze trzy zegarki i butów z cholewami kilka par. No i rower, a także patefon. I – naturalnie – zawsze bym mieszkał w osobnym pokoju, żeby mnie ktoś czegoś nie skradł. Tak, pięknie to wszystko układa się i zapowiada na przyszłość. I jeśli tak dalej pójdzie, to może i ja w sposób socjalistyczny do wielkich kapitałów się dochrapię.

A z tymi Litwinami to dla mnie wielka niespodzianka wyszła. Ciągle czytałem w gazetach i słuchałem przez radio o naszej wielkiej, niezłomnej, wieczystej sowiecko-litewskiej przyjaźni. Tymczasem okazało się, że oni reakcyjną robotę prowadzili i zagranicznym kapitalistom wysługiwali się. Do tego stopnia nawet, hieny, rozzuchwalili się, że pochwycili naszego szeregowca i w podziemiu go męczyli, żeby im wszystkie tajemnice Głównego Dowództwa i Politbiura ujawnił. Ale tamten wszystko przetrzymał i niczego nie zdradził. Potrafił nawet zmylić ich czujność i uciec. Teraz, za tę zbrodnię, wszyscy Litwini będą ciężko odpowiadać i – naturalnie – wykazali, że nie są godni mieć własnego państwa i muszą być włączeni do Związku Radzieckiego... Zresztą nie jest to nawet kara, lecz największy zaszczyt. Nawet sami Litwini błagali o to. Tak: dobroć naszego OJCA Stalina nie ma granic. Inny by się zgniewał na cały naród litewski i na zawsze zerwał z nimi stosunki. A ON nawet raczył przyjąć ich do rodziny szczęśliwych sowieckich narodów.

Mieszkam ja znów u nauczycielek. Chociaż są to zatwardziałe burżujki, lecz wolę żyć u nich niźli gdzie indziej, bo jestem pewien, że nie okradną. A teraz, gdy mam własną walizkę i dużo drogocennych rzeczy, muszę być bardzo ostrożny. Po tamtej nauczce, którą mi Nastka dała, do nikogo teraz nie mam zaufania.

Nauczycielki, jak widać, nie bardzo się ucieszyły, że wróciłem. Ale nic mnie o tym nie powiedziały. Zresztą rozmawiam ja tylko z Marią Iwanowną i to wówczas tylko, gdy jest duża potrzeba.

Przede wszystkim kazałem ja wyrzucić z mego pokoju obraz tamtej damy z koroną, bo znów go na dawnym miejscu powiesiły. Zamiast niego ja portret OJCA naszego umieściłem. Zapaliłem przed nim lampę i zacząłem bardzo głośno *Międzynarodówkę* śpiewać. Niech słyszą, faszystowskie gadziny, i drżą ze strachu!

Za kilka dni udało mi się znaleźć w ilustrowanym tygodniku portret Hitlera, zamieszczony na całej stronie. Bardzo ja tym ucieszyłem się i chociaż tygodnik był nie mój, wydarłem z niego tamtą stronę. Potem, w domu, na tekturę nakleiłem i dużymi literami taki oto napis u dołu zrobiłem: „ADOLF HITLER – NAJWIĘKSZY PRZYJACIEL WODZA ROSJI, J.W. STALINA". Powiesiłem ja portret Hitlera naprzeciw portretu Stalina. Niech sobie tak wiszą, kochani wodzowie, i cieszą się sobą... Stalin patrzy na Hitlera i, zdaje mi się, mówi:

„Jak tam, kochany towarzyszu, bijemy burżuazję?".

„Jeszcze jak, przyjacielu najdroższy – powiada Hitler. – Jak tylko Żydów i Polaków wykończę, to zaraz do Anglików się zabiorę!".

„Wal ich, wal, Adolfku! – powiada Stalin. – Jak sam nie podołasz, to ja ci pomogę!".

Bardzo to ładnie wyszło: „krugom" socjalistycznie.

A wczoraj otrzymałem ja list od brata. Pisze:

„3 czerwca 1940 roku
Miasto Moskwa

Drogi brat Miszka!

Przede wszystkim powiadamiam ja ciebie, że zostałem przeniesiony na stałe do Moskwy, gdzie będę pracował w fabryce mebli. Cały poprzedni zarząd fabryki został wyrzucony i posłany tam, gdzie podobnemu zarządowi należy się być. Okazało się, że wielki sabotaż uprawiali i niszczyli produkcję oraz maszyny. Sami przyznali się w sądzie na rozprawie, że za taką zdradziecką robotę brali pieniądze od luksemburskich imperialistów.

Ja tu jestem kierownikiem magazynu materiałowego. Udało mi się nawet otrzymać, dla siebie tylko, pokój. Mały, bez pieca i ciemny, ale całkowicie niezależny. Może ty w to nie uwierzysz i pomyślisz sobie, że przechwalam się tylko, lecz jest to prawda całkowita. A udało mi się to w ten sposób, że nowy kierownik fabryki oraz Wydział Planowania wydali mi zaświadczenie, że zabieram pilną robotę do domu i tam również pracuję. Jednak zamierzam ja teraz jak najprędzej się ożenić. Wówczas będzie większa pewność, że do mego pokoju nikogo więcej nie dadzą.

Za fotografię twoją bardzo ci dziękuję. Ale że zegarki, które widać, że masz na ręku, są prawdziwe i dobre, to, po bratersku ci piszę, uważam za bujdę. Jestem za stary i za mądry na to, żeby w cuda wierzyć.

Wczoraj zarządzający naszej Spółdzielni sprzedał mi na przydział pół funta masła. A ponieważ wiadomo mi jest, że w tej nędznej Litwie i Polsce zawsze był wielki głód, to zebrałem ja dla ciebie paczuszkę prowiantową i posyłam. Poratuje to ciebie od wycieńczenia... Masło to jest ze specjalnej fabryki, którą niedawno zbudowano w pobliżu Moskwy i nazwano imieniem słynnej zagranicznej rewolucjonistki: Karvucie. Bardzo mi się chciało spróbować: jak masło smakuje, bo pierwszy raz w życiu je zobaczyłem. Ale wolę ciebie od głodu poratować. Poza tym chcę, żebyś i ty zobaczył i przekonał się: jakie są teraz nasze sowieckie osiągnięcia.

Przesyłam ci ukłony i braterskie pozdrowienia

Wasia"

Trochę mi przykro zrobiło się, że brat mi masło posyła, bo przecież mam tego, ile chcę, po dwa lity za kilo. Ala znowuż przyjemnie, że i my teraz mamy sowiecką fabrykę masła. Jak otrzymam paczkę, to koniecznie zawołam Marię Iwanownę i pokażę. Niech nosa nie zadziera. One myślą, że u nas, w Sowietach, to już nic dobrego nie ma.

Z mieszkania mojego jestem bardzo zadowolony. Przede wszystkim to dobrze, że nie ma tu Lipy. Bardzo ja się go bałem. Zupełnie nienormalny człowiek. Zawsze mówi, dureń, to, co myśli. I w ten sposób może nie tylko sam zginąć, ale i innych zgubić. A te nauczycielki, to przy mnie nawet pysków otworzyć nie ośmielają się. Dobrze je wyćwiczyłem. Jedynie Maria Iwanowna trochę śmielsza ze mną. Takie reakcyjne drańswo trzeba twardo trzymać w garści!

A wczoraj w nocy ja wielki wynalazek zrobiłem. Długo nie spałem, bo zdawało mi się, że ktoś tam na schodach się rusza. Teraz, gdy jestem zamożnym człowiekiem, wyposażonym w walizkę i zapasowe buty z chromowej skóry, muszę nieustannie i bardzo uważnie wszystkich dokoła obserwować, żeby mnie mojej własności nie skradli. Więc leżę ja cicho i nasłuchuję. Może złodziej zakradł się i będzie próbował drzwi otworzyć?... Pistolet odbezpieczyłem i w pogotowiu trzymam. Ale nic... ucichło wszystko. Jednak usnąć ja długo jeszcze nie mogłem, bo bardzo mię skóra swędziała. Przecież w łaźni ja ze trzy miesiące nie byłem.

Otóż zacząłem ja o wannie nauczycielek myśleć i nagle przyszła mi do głowy genialna myśl. Przecież ja niekoniecznie muszę myć się w gorącej wodzie lub całkiem zimnej. Można nalać do wanny jednocześnie gorącej wody i zimnej, i tak ją wymieszać, żeby była dobra do mycia się... Usnąłem ja jakoś. A rano nawet nie ubierałem się, bo i tak trzeba będzie do kąpieli się rozebrać, tylko wprost do Marii Iwanowny walę i powiadam:

– Proszę mi natychmiast gorącą wodę przygotować, bo takie jest moje życzenie, żeby całemu się wymyć. No, żywo, bo ja potrafię was przyspieszyć!

Naturalnie dodałem jeszcze parę mocniejszych słów, do słuchu im, żeby mnie lepiej zrozumiały i niedługo z robotą się koszkały.

Słyszę ja: nauczycielki po schodach biegają, drzewo ze składzika na górę noszą, piłują je, rąbią... Dobrze ja te babska wytresowałem. Umiem z burżuazją obchodzić się.

Za pół godziny Maria Iwanowna do moich drzwi zapukała.

– Kąpiel gotowa!

– Dobrze – powiedziałem.

Chciałem nawet podziękować, ale pomyślałem sobie, że za dużo będzie dla nich honoru. To ona musi cieszyć się i dziękować, że ma zaszczyt czerwonemu oficerowi usłużyć.

No nic. Poszedłem ja do kąpielowego pokoju. Napuściłem pół wanny gorącej wody i zacząłem zimnej dolewać. Wreszcie tak wymiarkowałem, że woda była ciepła i przyjemna. Tylko to gorzej, że wanna była pełna. Ale ja tak się ucieszyłem, że na taki drobiazg i uwagi nie zwracałem. Przysunąłem taboret do wanny, stanąłem na nim, krzyknąłem „hura!" i skoczyłem. Połowa wody z wanny aż pod sufit wyleciała, ale jeszcze dość zostało, żeby wymyć się.

Otóż wyszorowałem się ja pierwszorzędnie. Dwa razy nawet namydliłem się i spłukałem. Bardzo było przyjemnie.

Wylazłem ja z wanny i zamierzałem brudną wodę spuścić, ale była aż czarna i wprost gęsta, więc nie chciałem do niej czystej ręki wsadzać. Ale to było najgorsze, że ręcznika ze sobą z pokoju nie wziąłem, żeby po kąpieli wytrzeć się. Można by obeschnąć, ale długo czekać. Więc ja mokry do swego pokoju poszedłem, a brudną bieliznę w ręku niosłem. Nauczycielki i Andzia były w kuchni i herbatę piły. Jak zobaczyły mnie gołego i mokrego, to oczy pospuszczały. Po prostu śmiech i głupota. Żadnej cywilizacji w sobie nie posiadają.

Więc ja powiedziałem do Marii Iwanowny:
– Dobra była kąpiel... Teraz zamierzam nawet co jakiś czas kąpać się. My higienę uwielbiamy bardzo!

W sierpniu 1940 roku
Vilnius

Wczoraj mi wielkie nieszczęście przydarzyło się. Bardzo ja zmartwiłem się i zdenerwowałem. Szedłem ja ze służby do domu i na tych przeklętych, kapitalistycznych schodach zaczepiłem się i podeszwę u buta prawie do połowy oddarłem. Brzegi stopni są obite żelaznymi listwami, żeby deski nie niszczyły się. Otóż, niektóre listwy są bardzo cienkie i z gwoździ obsunęły się, tak że między nimi a deskami szpary są. W ten właśnie sposób ja swoje lepsze buty popsułem.

Poszedłem ja do dozorcy domu i pokazuję mu but.

– Widzisz? – spytałem.

– No, widzę – powiedział. – Ślepy nie jestem. A o co ci chodzi?

– O to chodzi, że tobie należy się mordę zbić, bo schodów nie utrzymujesz w należytym porządku! Przez to ja sobie buty zniszczyłem.

A on patrzył na mnie, patrzył, jakby poznać nie mógł. Potem wstał, podszedł do mnie zupełnie blisko, jedno oko przymrużył i powiedział:

– Ty z mordą nie wyjeżdżaj, a pilnuj swojej, bo zaraz ja na tobie wierzchem wyjadę. Ty nie myśl, że jeśli jesteś oficerem, to ci wolno na robotnika wrzeszczeć! A schody ja zreperuję wówczas, gdy na to pieniądze dadzą. Teraz możesz i tak chodzić. Niewielka jesteś figura! Może tobie jeszcze dywany położyć albo nosić ciebie po schodach!

Zobaczyłem ja, że to poważny człowiek i że rzeczywiście nic on temu nie winien. Więc powiedziałem:

– Nie ma co gniewać się. Wcale ja ciebie bić nie zamierzałem. Tylko mnie chodzi o to, że nie wiem, co teraz z butami robić.

– Co masz robić z butami? – spytał. – Nie jesteś przecież dzieckiem i musisz sam rozumieć. Zanieś do szewca i już. Wielka rzecz!

Bardzo mi ten dozorca spodobał się teraz. Od razu widać, że proletariusz, nie zaś, jak myślałem z początku, burżuj. Tak. Nawet powiedział on mnie, że w dziedzińcu, w mniejszym domu, szewcy mieszkają, lecz do domu dopiero wieczorem przychodzą, bo w dzień pracują w warsztacie.

Gdy się ściemniło, poszedłem ja czarnymi schodami na dziedziniec. Tam mały domek zobaczyłem. W oknach już światło było. Wszedłem ja do sieni i zapukałem do drzwi. Poprosili wejść. Więc ja wszedłem i grzecznie pozdrowiłem:

– Dobry wieczór, chłopcy!

– Nie chłopcy, lecz panowie! – powiedział jeden.

A drugi dodał:

– Chłopcy za psami po ulicy biegają. My zaś samodzielni czeladnicy jesteśmy i ludzie dorośli.

– A trzeci powiedział:

– Nic, głupstwo. On trochę ślepy, bo czerwone okulary ma na oczach.

Żadnych ja okularów nie miałem, ale zrozumiałem, że ci szewcy to tacy sobie weseli ludzie. Oni wówczas właśnie kolację jedli.

– Ja w sprawie butów – powiadam. – Dozorca nasz mnie tu przysłał. Powiedział, że znakomici majstrowie jesteście.

– No to siadaj i zaczekaj! – powiedział starszy z nich. – My kolację skończymy i wtedy zobaczymy twoje buty. A jak nie chcesz czekać, to możesz sobie iść. My po tobie płakać nie będziemy.

– Ja zaczekam – powiedziałem.

Usiadłem ja i patrzę. A oni żrą i piją. Ale jak żrą i jak piją!... Żebym nie widział ich czarnych od roboty rąk, to bym pomyślał, że najwięksi kapitaliści za szewców się poprzebierali i ucztę wyprawili. Na stole: mięso, kiełbasa, przekąski, wódka, trzy flaszki piwa...

No, nic: doczekałem się ja, że skończyli jeść i pić. Jeden z nich harmonię z futerału wyjął i zaczął grać. Ale tak ładnie, jak w naszym sowieckim radio. A drugi, starszy, powiada do mnie:

– Pokaż no buty!

Ja je miałem starannie w papier zawinięte, a pod papierami jeszcze w ręcznik.

– Buty te są najwyższej klasy i dlatego – powiedziałem – bardzo je szanuję.

Szewc wziął buty do rąk, obejrzał je i zaczął śmiać się. Potem podał je drugiemu.

– Popatrz – powiedział – na te buty „najwyższej klasy”!

Tamten popatrzył na nie, pomacał i też w śmiech.

– U nas i chłop takich butów by nie wzuł. Ale dla niego to „najwyższa klasa”. Przecież – zwrócił się do mnie – to jest najpaskudniejszy bukat. A w spodach więcej tektury jak skóry. Już fason straciły.

A trzeci powiedział:

– Dla takiego czubaryka to i te są za dobre. On powinien lipowe buty nosić.

Tak, do cholery! Nie mają ci polscy proletariusze poszanowania dla mojej oficerskiej szarży. Lipa mnie za nic miał. Dozorca nawet do mordy dobierał się. A ci kpią ze mnie w żywe oczy... Nie umieli burżuje odpowiednio roboczego narodu wychować. Teraz niełatwą będziemy mieli z nimi pracę, dopóki nie wyuczymy tych smoluchów lepszych ludzi należycie czcić i szanować.

– Więc co ty chcesz z tymi butami zrobić? – spytał mnie starszy szewc.

– Właśnie chciałbym poprosić, żebyście podeszwę na miejsce przybili.

– To można – powiedział. – Ale z tych butów pociechy mieć nie będziesz. Jeszcze po suchym pochodzisz. A jak mokro zrobi się, to i im koniec przyjdzie.

– A na kiedy zreperujecie?

– Jutro o tej porze przyjdź, będą gotowe.

Pożegnałem ja ich nadzwyczaj grzecznie i poszedłem. Ale bardzo byłem zmartwiony, że buty marne okazały się. Oszukano mnie na rynku. Zresztą i cena ich tania była.

Myślałem ja, myślałem: co robić?... Wreszcie postanowiłem zapytać szewców, aby powiedzieli: wiele by nowe, z dobrego towaru, buty kosztowały?

Nazajutrz doczekałem się ja wieczora. Zauważyłem, że w oknach domku, w którym szewcy mieszkają, światło zapaliło się. To ja jeszcze z godzinę odczekałem, żeby nie przeszkadzać im. Wiedziałem, że kolację jedzą. Potem paczkę dobrych papierosów wziąłem i poszedłem do nich. Poczęstuję, to może w lepszym będą humorze.

Posłyszałem ja, że harmonia gra. Zrozumiałem z tego, że są już po kolacji, więc wstąpiłem do nich.

– Dobry wieczór, panowie! – powiedziałem.

– Dobry wieczór! Siadaj! – rzekł starszy szewc.

Poszedł w kąt i spod stolika moje buty wyciągnął. Żadnego dla nich poszanowania nie okazał, bo nawet w papier nie zawinął. Podał mi je. Obejrzałem ja dokładnie robotę. Nawet znaku nie znalazłem, że podeszwa była oderwana. Widać od razu, że są dobrzy fachowcy.

– Bardzo pięknie mi to zrobiliście – powiadam. – Dobrymi jesteście fachowcami.

A on mówi:

– Wcale my tego nie robili. Nam czasu szkoda na takie paskudztwo marnować. Chłopak warsztatowy, uczeń, to załatwił. Lita za robotę dla niego dawaj!

Zapłaciłem ja, a potem wszystkich papierosami poczęstowałem. Dopiero wówczas spytałem:

– Powiedzcie mi, panowie, czy moglibyście mnie porządne buty wyszykować?

– Czemu nie – powiedział starszy szewc. – Można. Przecież od tego jesteśmy, tak jak, na przykład, zęby do żucia albo morda do plucia. A jakie byś chciał?

– Najlepsze, jakie mogą być. Bo jeśli powiadacie, że te są marne, to chyba nie będę ja miał z nich pociechy.

– Wiadomo – rzekł szewc. – Po mokrym w dwa tygodnie rozlazą się. Widzisz: już wykrzywiły się, noski opadły, a obcasy w tył poszły.

– Otóż to i jest – powiedziałem. – Zróbcie mi buty z najlepszej skóry; takie, żeby były i mocne, i eleganckie. Ile będą kosztowały?

– Mogę ja ci uszyć buty z prawdziwej francuskiej giemzy – powiedział szewc. – Będą lekkie, ładne, ale i mocne. Będzie to kosztowało 120 rubli.

– Czemu tak drogo?

– Drogo? – spytał szewc. – To nie rób. Nikt ciebie nie zmusza. Jak chcesz porządną rzecz mieć, to trzeba i dobrze zapłacić. Zresztą nie jest to wcale drogo. Ile u was w Rosji dobre buty kosztują?

– Nie pamiętam – powiedziałem, bo nie mogłem przecież prawdy mu powiedzieć.

– Jak nie pamiętasz, to ja ci przypomnę – rzekł szewc. – Po pierwsze, to u was porządnych butów nikt nie ma, bo ani towaru dobrego nie macie, ani dobrych rzemieślników. Bo szewcy wasi w artelach normy wyrabiają. A wiadomo: jak pracują robotnicy za nędzne żarcie i lichą płacę. Ot, żeby zbyć robotę. Więc wasze paskudztwo w Rosji, na wolnym rynku, 700 do 1000 rubli kosztuje. A jak coś trochę lepszego, to i dużo drożej. Więc chyba zapłacić 120 rubli za porządny towar i dobrą pracę drogo dla ciebie nie będzie.

Wtrącił się drugi szewc – ten, co na harmonii grał:

– Co ty go uczysz? On sam dobrze to wszystko wie, ale durnia gra. Nie chce 120 rubli za dobre buty zapłacić, to niech sobie jedzie do swej Moskwy. Tam, na wolnym rynku, za te pieniądze chyba łapcie kupi. Tutejsze ceny to przecież rabunek. A on mordą kręci: za drogo!

Tu ja nie wytrzymałem i powiedziałem:

– Jaki rabunek? Przecież wam pieniędzmi zapłacę!

– A co te wasze pieniądze są warte?... Dopóki tu jesteście, to wasz rubel idzie za lita. A jak was stąd wyrzucą, to i za dziesięć rubli nikt ci lita albo polskiej złotówki nie da. Też ustanowili kurs: rubel równy jest z litem! To tak samo, jakby my przyszli do waszej Moskwy i zarządzili, że polska złotówka równa jest waszym 1000 rublom. Czyż to nie rabunek? U was marny chleb przydziałowy, za którym trzeba noc w kolejce stać, kosztuje 2 ruble za kilo. A u nas biały chleb kosztuje 20 groszy. I bez żadnej kolejki...

– Co ty jemu tłumaczysz? – powiedział starszy szewc. – On i bez ciebie to dobrze wie, ale taką mu szkołę dali, że inaczej powiedzieć nie może, tylko: „U nas wsio jeść!... U nas wsiego mnogo!... U nas wsio łuczsze!... U nas wsio dieszewle!”[1] Zrobili z niego papugę i jest „dookoła” dureń!

Wtedy ja wstałem. Czułem, że nie wytrzymam więcej. Nawet na poważne mordobicie w obronie Związku Radzieckiego się naraziłem. Ale im prawdę w oczy wygarnąłem:

– Wy mówicie, że ja jestem dookoła dureń! A czy wy wiecie, że ja jestem z tego tylko dumny?... Tak... Wy, ot, mądrale, a nawet swego państwa nie macie i musicie robić to, co wam nasz rząd rozkaże! A mnie mądrość nie jest potrzebna. My mamy takich, co mądrzy są, i oni wszystkim kierują. My już ćwierć świata mamy. A za dziesięć lat pół świata opanujemy. A za 20 lat nasz ruski naród będzie wszystkimi na świecie rządzić. Tacy my jesteśmy durnie! A wy z waszą mądrością, będziecie musieli nam służyć i robić to, co wam rozkażemy! Więc to, że ja jestem dureń, jest tylko zaszczyt dla mnie! Otóż: jestem dureń, dureń, dureń! I to jest moją wielką dumą!

Skończyłem ja mówić i milczę. Oczekuję: co z tego wyniknie? Zrozumiałem, że butów mnie na pewno nie zrobią. Ale poniosłem tę wielką ofiarę w obronie mojej ojczyzny.

A oni nic. Patrzą na mnie. Może czekali, co ja dalej powiem. A potem – jakby się zmówili – jak rykną śmiechem, to ja nawet przestraszyłem się. Z dziesięć minut śmiali się. Jeden to nawet na podłodze się położył i za brzuch chwycił się. A drugiemu łzy z oczu leciały.

Wreszcie uspokoili się oni. Starszy szewc do mnie podszedł, po ramieniu poklepał i powiedział:

– Podobasz się ty mnie... Za takie przedstawienie to ja ci buty tylko za sto rubli uszyję. Będziesz miał takie buciory, jakich nie ma nawet twój mądry Stalin! Korzystaj ze sposobności, dopóki jeszcze całego świata nie zabraliście, bo potem będziemy wszyscy chodzić w kaloszach, łapciach albo i boso.

---

[1] Zwykłe twierdzenia wszystkich Rosjan, przybyłych na okupowane przez bolszewickie wojska tereny: „U nas wszystko jest!... U nas wszystkiego dużo!... U nas wszystko lepsze!... U nas wszystko tańsze!”.

Wziął on miarę i nawet kazał mi nogę na papierze postawić i ołówkiem stopę obrysował. Potem powiedział:

– Za tydzień przychodź. Będziesz miał dobre buty. Bardzo ty mnie ubawiłeś i za to ja sam ci je zrobię.

Poszedłem ja do domu i nic zrozumieć nie mogę. Dziwny naród ci Polacy! Ja im w oczy takich rzeczy nagadałem, a oni nawet nie zgniewali się i jeszcze cenę butów obniżyli. Nie mogę pojąć ja tej dzikiej narodowości. To za byle co do mordy dobierają się. A jak rzeczywiście trzeba w mordę bić, to ze śmiechu zdychają!

Tak: to naród z psychologią!

W sierpniu 1940 roku
Vilnius

Nie lubię często pisać, bo teraz właściwie nie ma o czym. Więc czekam zawsze, aby zebrało się więcej spraw o znaczeniu wszechświatowym, a wtedy dopiero uwieczniam je w tym moim dziele naukowym. Zresztą od tego czasu, jak postanowiłem ja napisać najlepszą na świecie powieść, o naszych sowieckich osiągnięciach i o bohaterstwie niezwyciężonej Armii Czerwonej, to straciłem ja chęć do pisania tych drobiazgów. Lecz dzisiaj nie wytrzymałem i piszę ponownie. Bo dzień dzisiejszy (26 sierpnia 1940 roku) jest wielkim dniem.

Otóż: siedzę ja za stołem i piszę, a przede mną na stole stoi para butów. Ale jakich BUTÓW!!!... Po prostu dotknąć się ich boję, a nie tylko w nich chodzić!

Stoi takie coś na stole, na białym obrusie i lśni jak słońce, jak gwiazda na sowieckim sztandarze. Skóra na nich cieniutka, mięciutka, a mocna – jak nasz Związek Radziecki. Obcasy zgrabne, noski zachwycające, ranty wprost marzenie... A cholewy!... Nawet słów mi brak na wyrażenie ich piękności! Po prostu nie buty, lecz mauzoleum Lenina na Czerwonym Placu albo sowiecki czołg ostatniej konstrukcji!

Całą noc ja nie spałem i na nie patrzyłem. I strach mnie nawet bierze, że jestem właścicielem takiego skarbu. Będę musiał bardzo go pilnować. Postanowiłem nad ranem, że koniecznie trzeba drzwi do pokoju zamykać i klucz ze sobą zabierać. Poza tym kupię porządną kłódkę do drzwi i mocne skoble w nie wprawię. Nie mogę takiego skarbu lekkomyślnie narażać. Dobrze chociaż, że mój pokój jest na drugim piętrze, więc chyba z ulicy złodziej reakcyjny do nich łatwo się nie dobierze.

Tak. Otóż siedzę ja i piszę, co chwila na buty spoglądam i myślę sobie tak: „Wielkim i ważnym człowiekiem, Michaile Nikołajewiczu, jesteś! Możesz być dumny z siebie!".

A ze ściany moim butom z jednej strony towarzysz Stalin się przygląda, a z drugiej strony WIELKI nasz przyjaciel, towarzysz towarzysza Stalina, sam Adolf Hitler. I wydało mi się nawet, że ci kochani wodzowie taką oto rozmowę prowadzą:

STALIN: Popatrz, Adolfku, jak ja swego bohaterskiego oficera wyposażyłem! Przyjemnie popatrzeć.

HITLER: Tak. Rzeczywiście buty zdumiewające. Bardzo tobie winszuję i cieszę się ogromnie tym wielkim sukcesem Związku Radzieckiego.

STALIN: On u mnie nie tylko buty ma wspaniałe, lecz i walizkę i dwa zegarki!

HITLER: Ja to już zauważyłem i gdybym nie był tak bardzo zajęty niszczeniem Polaków, Żydów, Francuzów i innych reakcjonistów, to osobiście przyjechałbym, żeby te skarby obejrzeć.

Tak. Ogromnie przyjemne samopoczucie. Tylko jedno mam zmartwienie: boję się ja te buty na nogi wzuć. Chyba zrobię to na jakąś wielką i bardzo radosną dla Związku Radzieckiego uroczystość. Na przykład: jeśli nasz kochany towarzysz Hitler po Francuzach do Anglików się zabierze i wyrzuci tamtą zarazą z wyspy do morza, żeby się potopili podli reakcjoniści!

Pisząc to spostrzegłem ja, że dawno nic o sprawach politycznych nie nadmieniłem. Ale cóż o tym dużo pisać? Jest to rzecz naszego wielkiego WODZA i jego PRZYJACIELA. Oni tę robotę sprawnie i fachowo poprowadzą. Wymiotą Europę i świat cały z kapitalistycznych pasożytów. I jeszcze tego dokonają, że ja sobie patefon, a może nawet i radio zdobędę. Któż to wie! Ostatni rok przekonał mnie, że spełniają się w moim życiu takie rzeczy, o jakich ja ani myślałem, ani marzyłem, ani śniłem nawet. Jeden dowód tego stoi przede mną na stole. Drugi – walizka – lśni miedzianymi zamkami. A dwa zegarki szepczą dniem i nocą... Jeden: wielkiemu Stalinowi hura, hura, hura... Drugi: wielkiemu Hitlerowi brawo, brawo, brawo!

Otóż o sprawach politycznych nie ma co dużo rozpisywać się. Wszystko idzie według planu politycznej produkcji, ustalonym przez dwóch największych dobroczyńców ludzkości. Zabraliśmy już Litwę, Łotwę, Estonię, pół Polski, Besarabię, Białoruś, Ukrainę. Tylko z Finlandią nie bardzo nam się powiodło. Ale tam ogromnie chytrzy reakcjoniści z całego świata się zebrali i za angielskie kapitały taką obronę zrobili, że trudno do nich na razie dobrać się. Opowiadał mi znajomy kapitan, dwukrotny bohater Związki Radzieckiego, który był na fińskim froncie, że bardzo mocno tam faszyści zasiedli. Okazało się, że zrobili umocnienia z gumy. My więc walimy do nich z armat albo łupimy bombami z samolotów, pociski zaś odskakują od gumy i żadnej im szkody nie wyrządzają. Więc plunęliśmy na tę zarazę i zostawiliśmy ich na później. Tymczasem nasi uczeni takie promienie wynaleźli, co gumę z daleka rozpuszczają. Tylko aparaty jeszcze nie są wykończone, bo jakiś sabotażysta do fabryki wlazł i robotę popsuł. Ale to tylko na krótko sprawę odwlecze. Potem jak ruszymy z tamtymi promieniami na Finów, to cała guma im się rozpuści i potopią się w niej jak muchy w smole. A dla nas jeszcze i ta korzyść będzie, że dużo gumy na wyrób kaloszy dla roboczego narodu zdobędziemy, więc mniej ludzi będzie boso chodzić. Słowem: przewiduje się z tego wzrost dobrobytu w Związku Radzieckim i postęp gospodarczy.

A nasz druh serdeczny, Adolfek, tymczasem Francję uporządkuje i inne państwa tak samo... Pewnie i jego bohaterowie dużo zegarków, walizek i butów nakupili albo po prostu zsocjalizowali. Można przypuszczać, że im nie gorzej jak nam powodzi się. Więc wszystko się rozwija bardzo przyjemnie, jak trzeba, według planu wojskowo-politycznej produkcji. Po stachanowsku, można powiedzieć, nasi kochani WODZOWIE Europę obrabiają. A jak ją wykończą, to trochę odsapną i do Ameryki się zabiorą. Tam też będzie bardzo interesująca robota, bo dolarów tam, jak słyszałem, jest dużo i będzie za co pohulać. Wówczas ja sobie nawet rower kupię... z pompką.

Wczoraj jeszcze jedno interesujące zdarzenie było. Paczkę ja od brata Wasyla z Moskwy otrzymałem. I nawet prędko doszła, bo tylko dwa i pół miesiąca w drodze była. A najgłówniejszą rzeczą jest to, że nic z paczki nie zginęło. Może trudno w to uwierzyć, lecz to szczera prawda. Zbadałem dokładnie, bo wewnątrz znalazłem wykaz rzeczy, napisany ręką brata. Bardzo przyjemnie, że u nas w Związku Radzieckim urzędnicy są tak sprawni i uczciwi. Możemy służyć za przykład całemu światu kapitalistycznemu.

W paczce było: trzy kilo kartofli – nawet nie popsuły się w dalekiej drodze, kilo cebuli, dwa duże buraki, woreczek chlebowych sucharów, paczka machorki i arkusz gazety do kręcenia cygarek. Była też flaszeczka oleju i – rzecz najważniejsza – pół kilograma masła, naszej sowieckiej produkcji, wykonanego w fabryce imienia słynnej rewolucjonistki, Karvucie. Przeczytać napisów na opakowaniu masła ja nie mogłem, bo było drobno pocięte, przez cenzurę, która badała czy wewnątrz nie ma czegoś politycznie szkodliwego. Ale nazwa fabryki była dobrze uwidoczniona: KARVUCIE.

Wyłożyłem ja ostrożnie to masło na talerz. Poskładałem kawałeczki, żeby było w porządku i postanowiłem, że Marii Iwanownie je pokażę. Niech, kapitalistyczna gadzina podziwia nasze sowieckie osiągnięcia i wysoką stopę życiową.

Z innymi produktami ja tylko kłopot miałem i musiałem wieczorem po cichu z domu wyjść i w odludnym miejscu to wszystko przez parkan wyrzucić. Bratu trzeba będzie napisać, żeby nic więcej mnie nie posyłał. Niech lepiej sam to spożywa na zdrowie, bo mnie przecież niczego nie brakuje. Sam posłałbym mu wiele paczek z wędlinami, słoniną, kiełbasami, masłem, lecz obawiam się, aby i jego, i siebie lekkomyślnie na więzienie lub zesłanie do łagru nie narazić.

Otóż dziś rano zawołałem ja Marię Iwanownę.

– Proszę wstąpić do mnie na chwileczkę – powiedziałem. – Chcę ja tobie pokazać zdumiewającą, można powiedzieć, rzecz, która dobitnie świadczy o olbrzymim poziomie naszej sowieckiej cywilizacji!

Weszła ona do pokoju, ale była bardzo nieśmiała, bo ja ostatnio twardo te burżujki za pysk trzymałem. Zacząłem nawet je różnymi zoologicznymi imionami nazywać. Niech wiedzą, z kim mają do czynienia i gdzie jest ich miejsce!

Otóż stanęła ona przy drzwiach i z zachwytem patrzy na buty, które ja ustawiłem pośrodku stołu na jej białym obrusie. To mnie trochę zmiękczyło, więc powiedziałem:

– Podejdź bliżej. Nie bój się. Dzisiaj ja jestem w bardzo dobrym humorze i nie zamierzam względem ciebie żadnego mordobicia czy innego kopania stosować!

Zbliżyła się ona do stołu i z podziwem na buty patrzy. A ja jej palcem na talerz wskazałem i spytałem:

– A to widzisz?

– Widzę – powiedziała.

– Przyjrzyj się dobrze: co to jest?

Ona pochyliła się, powąchała i powiedziała:

– To jest zepsute masło.

– Masło może i jest zepsute, ale o czym to masło świadczy?

Zastanowiła się ona przez pewien czas, popatrzyła na mnie i mówi:

– To masło świadczy o tym, że ktoś miał go za dużo i nie zjadł w porę, więc zjełczało.

– Tępa z ciebie głowa! – powiedziałem do niej. – A jeszcze nauczycielką byłaś!... To masło świadczy o naszych ogromnych sowieckich osiągnięciach, bo jest wyprodukowane w specjalnej fabryce masła pod Moskwą, którą nazwano imieniem słynnej zagranicznej rewolucjonistki proletariackiego pochodzenia, która zginęła w walce z burżuazją o wyzwolenie proletariatu.

A ona popatrzyła na mnie i mówi:

– To trochę dziwne, co wy mnie opowiadacie, bo masło to jest nie z Moskwy, lecz z Kowna. Oto jest stempel. I wszystkie nadruki są w języku litewskim. A „Karvucie" nie jest wcale ludzkim imieniem, lecz nazwą krowy po litewsku.

– Krowy?! – spytałem.

– Tak... krowy – powtórzyła.

Wówczas ja się wyprężyłem, palcem na drzwi wskazałem i powiedziałem tylko jedno słowo:

– Wont!!!

Ale jak powiedziałem?!... No, naturalnie, znikła z pokoju w jeden moment. Z burżujkami trzeba umieć odpowiednio postępować. Tak.

30 września 1940 roku
Vilnius

Wielkiemu Hitlerowi hura! hura! hura!

Radość rozpiera moje sowieckie serce i wypełnia po brzegi komsomolską duszę. Duma zalewa mój socjalistyczny mózg. Jestem tak szczęśliwy, że postanowiłem napisać to wszystko w szczególnie uroczysty sposób. Więc wzułem nowe buty i co chwila na nie spoglądając, piszę te słowa.

Dzień ten jest dniem wielkiej radości dla Związku Radzieckiego, proletariuszy całego świata w ogóle, komunistów zaś szczególnie... Po prostu nie mogłem uwierzyć swoim oczom i uszom, gdy czytałem o tym wszystkim w gazetach i słuchałem przez radio. Ale przekonałem się, że tak ono i jest... I to od 7 września.

Otóż:

HITLER BOMBARDUJE LONDYN!!!

Dobrał się nareszcie kochany WÓDZ niemieckich socjalistów i największy przyjaciel sowieckiego narodu do angielskiej skóry! Potańczą oni teraz pod bombami. Bardzo my się tym cieszymy. Wszyscy nasi chłopaki chodzą uśmiechnięci i ręce z radości zacierają. Wiemy, że jest to początek końca angielskiego narodu. Tyle lat czytałem i słuchałem o tej największej pladze ludzkości i najpodlejszym wrogu Związku Radzieckiego, Anglii, aż doczekałem się wreszcie, że wzięto ją w robotę! Szkoda tylko, że nas tam nie będzie. Nauczyliby my ich ruskiego boksu! Pohulaliby chłopaki do woli. No i pożytek byłby wielki, bo na pewno tam co dziesiąty Anglik zegarek ma, a niektórzy, więksi kapitaliści, mogą nawet rowery posiadać. Byłoby z kim tam się zabawić!... A może kochany Hitlerek sam nie podoła i nas poprosi dopomóc? To dopiero byłoby święto! A Polacy chodzą jak struci. Nosy pospuszczali. Ja już Marię Iwanownę z dziesięć razy pytałem: „Cóż to wasi Anglicy tak długo tu nie przychodzą, aby was wyzwalać? A może swojej skóry muszą bronić?". Ale ona na to nic mnie nie odpowiedziała albo mówiła, że nie zna się na tych sprawach. Też chytra bestia!

W ogóle ten miesiąc jest bardzo uroczysty i ważny dla Związku Radzieckiego. 17 września obchodziliśmy rocznicę wielkiego zwycięstwa Armii Czerwonej nad faszystowską Polską. Stanowi to, można powiedzieć, dowód naszej potęgi, której nikt nigdy przeciwstawić się nie może. Wielka w tym dniu była radość i zadowolenie.

A przedwczoraj zawołałem ja ślusarza, żeby odpowiednie zabezpieczenia na drzwiach do mego pokoju porobił. Bo ja od tamtego czasu, gdy buty kupiłem, bardzo niespokojnie spałem. Na dzień jak zawsze drzwi na klucz zamykałem. Ale to niepewne zabezpieczenie. A nuż któraś nauczycielka drzwi wytrychem otworzy i moje buty, albo walizkę ukradnie!

Ślusarz drzwi obejrzał i spytał, co ma robić? Powiedziałem mu, że chcę mieć takie zamknięcia, żeby najsprytniejszy złodziej do pokoju dostać się nie mógł. Ślusarz podrapał się w głowę i odrzekł:

– Od dobrego złodzieja całkiem pewnego zabezpieczenia nie ma. Bo jak zamki będą dobre, to on drzwi z zawiasów wyważy albo w nich filong wytnie.

– A czy możesz zabezpieczyć drzwi tak, żeby w żaden sposób nie poradził?

– Tego – powiedział – gwarantować nie mogę. Ale jeśli wam pieniędzy nie szkoda, to można silnie zabezpieczyć. Wówczas drzwiom rady nie da i będzie musiał innej drogi do pokoju szukać.

– Wiele by to kosztowało?

On zastanowił się i powiedział:

– To trzeba obliczyć. Zawiasy muszą być wpuszczone przez futrynę w cegły, a „wąsy" od nich trzeba będzie w murze cementem zalać. To jest pierwsza sprawa. Następnie drzwi od wewnątrz trzeba będzie grubą blachą obić i przynitować. Wówczas borem dziur nie wytnie i filonga nie wyjmie. Brzegi drzwi koniecznie trzeba grubymi listwami żelaza obić, tak żeby żadnej szpary nie było, i wówczas w nie zamek „Yale" wprawić. A z zewnątrz można jeszcze dwa mocne skoble dać dla dwóch cuhaltowych kłódek.

– Wiele by to kosztowało?

– Dwieście rubli – powiedział. – Sam materiał będzie kosztował 80 rubli. Zamek „Yale" i dwie dobre kłódki 70. No a 50 za robotę, bo w jeden dzień chyba nie skończymy i we dwóch pracować będziemy.

Pomyślałem ja: co tu robić? Drogo mi się wydało. Ale czyż nie lepiej zabezpieczyć od razu moją socjalistyczną własność od zamachów wszelkich reakcyjnych złodziejów i mieć spokój? Więc zgodziłem się na tę cenę, lecz poprosiłem, żeby robotę prędko wykonano.

Półtora dnia zabezpieczali oni drzwi. Ja zaś przez cały ten czas z domu nie wyszedłem, bo bałem się buty i walizkę bez dozoru zostawić. Ale wreszcie skończyli robotę. Sprawdziłem wszystko. Rzeczywiście wyszło dobrze.

Pomocnik ślusarza spytał mnie:

– Po co wam takie zamknięcia? Tu przecież nie bank.

– Jak to: po co?! Ot walizkę dobrą mam. A najważniejsze to są buty!

A on jak zacznie śmiać się i powiada:

– To ty, żeby ochronić buty, które kosztują 80 rubli, wywaliłeś na te drzwi 200 rubli!

Więc powiedziałem mu dorzecznie:

– Po pierwsze: buty te kosztują nie 80 rubli, lecz 100 rubli, bo są ze specjalnego zagranicznego towaru zrobione. A po drugie: to ja może jeszcze coś ważniejszego kupię. Na przykład patefon albo radio.

Wtedy on powiedział:

– Najlepiej te buty swoje zabezpieczyć, jeśli je na nogi wzujesz.

Zapłaciłem ja ślusarzowi za robotę i odetchnąłem. Teraz mogę spokojnie spać i na miasto bez obaw wyjść. Wiem, że moja święta własność nie będzie zagrożona. Tak: przyjemne to samopoczucie. Za 200 rubli wszelkich obaw się pozbyłem.

A wieczorem tego dnia ja list do Duniaszki wyrżnąłem, bo dawno już do niej nie pisałem.

„30 września 1940 roku
Vilnius

Najukochańsza moja Duniaszko!

Przepraszam ciebie bardzo, że nieczęsto piszę, lecz możesz chyba zrozumieć, że ja, przy moim wysokim stanowisku, mało czasu wolnego mam. Jestem bardzo zajęty umacnianiem socjalizmu i krzewieniem kultury w tym dzikim kraju. Życie moje wśród tutejszych burżuazyjnych bydlaków łatwe nie jest. Lecz ja nie narzekam i jestem dumny, że wprowadzam tu naszą sowiecką kulturę.

Teraz ja jestem bardzo ważną osobistością. Posiadam nawet dwie pary zapasowych butów. A z nich jedna takiej piękności, że i opisać ci tego nie umiem. Jak będę miał trochę więcej wolnego czasu, to zaniosę je do fotografa i każę zrobić z nich zdjęcie. Poślę je tobie wówczas, żebyś zobaczyła: jak wysoko twój Miszka zaszedł i jakie skarby posiada! O walizce ja tobie już pisałem. I o zegarkach też. Zaczynam nawet myśleć o patefonie i może po nowym roku kupię.

Dużo czasu zabiera mi pilnowanie się przed zamachami na moją własność różnych burżuazyjnych elementów. Ale ja dureń nie jestem i ze mną łatwo im nie pójdzie.

Teraz, gdy wychodzę pięknie ubrany i przy dwóch zegarkach na miasto, to wszystkie burżujki na mnie z podziwem i uwielbieniem patrzą. Ale ja na to nawet żadnej uwagi nie zwracam, bo tylko o tobie myślę i zawsze wierny ci będę.

Pozdrawiam wszystkich znajomych.
Całuję ciebie mocno.
Twój do grobowej deski

młodszy lejtnant,
Michaił Zubow"

A dziś rano z ciekawym, można powiedzieć, człowiekiem zapoznałem się. Poszedłem ja na rynek pospacerować trochę, no i towary obejrzeć. Bo tutejsi burżuje różne rzeczy tam na sprzedaż wynoszą i czasem za małe pieniądze można kupić bardzo wartościowe przedmioty. Zobaczyłem ja na rynku jakiegoś mężczyznę, który ze sobą duże pudło miał.

– Co sprzedajesz? – spytałem go.

– Akurat to dla ciebie – powiedział. – Wielkiej wartości muzykalny instrument. Tanio ci sprzedam, bo widzę, że bardzo ty sympatyczny chłop i nadzwyczajnie mnie podobasz się. Korzystaj ze sposobności.

– Ale co takiego?

– Organy, gramofon, patefon i pianino razem. Cała orkiestra w tym pudełku się mieści. Ostatni cud techniki muzycznej. Tanio sprzedaję, prawie darmo oddaję?

– No a pokaż mnie: jak ta twoja maszyna działa?

On zaraz u pudła nogę drewnianą do oparcia przysposobił, rzemień sobie przez plecy przełożył i zaczął z boku jakąś rączkę kręcić. Słyszę ja: maszyna kaszlnęła, sapnęła, a potem jak bumknie, jak uderzy i...

marsza gra. I to jak gra? Głośno! No, ludzie się zebrali i podziwiają. A on rączką kręci i do mnie mruga.

– Co, piękny wynalazek?... To mnie jeden wielki profesor z Akademii Sztuczek Muzycznych sprzedał, bo z głodu zdychał. Aż zapłakał, gdy sprzedawał, bo wiadomo, wielkiej to wartości instrument.

– A za ile ty go kupiłeś? – spytałem.

– Jak za darmo. 250 rubli dałem. A to powinno grube tysiące kosztować. Bo to, rozumiesz, jest instrument demokratyczny: dla każdego!... Bo ani tobie nut nie trzeba, ani prądu... jak w radio na przykład. Ani płyt – jak w gramofonie. Tylko nastawiaj i graj, co chcesz, z całych sił, ludzi tym zadziwiając. W tym oto jednym pudle cała duża orkiestra się mieści. Ot co.

On tak sobie gada do mnie, rączką kręci, a instrument gra na całego. Ludziska dookoła nas się zebrali, słuchają i bardzo zdumiewają się.

– Wiele byś za to chciał? spytałem.

– Jak dla ciebie – powiedział – to tylko 300 rubli. Bo widzę, że bardzo jesteś inteligentnym człowiekiem i na muzyce dobrze się rozumiesz. Więc akurat pasujesz do tego instrumentu, a on do ciebie.

– Ale cóż – powiedziałem – kiedy on tylko marsza gra.

Sprzedawca oburzył się nawet.

– Jak można mówić na ten szlachetny instrument, że on tylko marsza gra! Zaraz coś innego zagramy.

Przesunął on jakiś regulator z boku instrumentu, rączkę chwycił i kręci. Słucham ja i aż zaśmiałem się z radości. Toż mój ulubiony walc *Dunajskie fale*. Bardzo pięknie wychodziło. A sprzedawca rączką kręci, świszcze i do mnie wciąż pomruguje.

– No jak: podoba się? – spytał.

– Niczego sobie – powiedziałem.

– Tylko za trzysta rubli sprzedam ci – powtórzył. – Innemu to bym i za tysiąc nie oddał. A ty, widzę, człowiek z wyższym wykształceniem i na muzyce się znasz dobrze. Więc bierz ten skarb i miej go na zdrowie. Będziesz sobie i innym czas uprzyjemniać.

– Nie – powiedziałem. – To dla mnie za drogo.

– A ile byś dał?

– Dałbym tobie 250 rubli. Tak jak ty zapłaciłeś. Ale pieniędzy mam wszystkiego 170 rubli. Jeśli chcesz, to oddaj za tę cenę.

– To – powiedział – niemożliwe. Nie tylko żadnego zarobku nie miałbym, lecz jeszcze 80 rubli straciłbym.

– Co robić – westchnąłem – kiedy więcej pieniędzy nie posiadam. Kupiłem niedawno drogie buty i jeszcze inne wydatki miałem. Teraz czekam na pensję.

– A wiesz co – zwrócił się on do mnie. – Ty, widzę od razu, człowiek porządny i nie zechcesz mnie skrzywdzić. Dawaj teraz te 170 rubli, bo ja zaraz pieniędzy na inny interes potrzebuję. A po 80 rubli ja do ciebie później przyjdę. Tylko mnie adres swój daj. Wiem, że mnie nie oszukasz, bo honorowym oficerem jesteś.

Zgodziłem się ja na to z wielką radością. Dałem mu swój adres i powiedziałem, żeby za trzy dni przyszedł. On to wszystko na kartce papieru zanotował i powtórzył, że całkowicie mi ufa, ponieważ widzi, że jestem oficerem i wysoce wykształconym człowiekiem. Obiecał zawsze mi pomóc, gdy będę potrzebował tanio coś kupić, bo zna miasto jak swoją kieszeń.

No, pożegnaliśmy się. Ja instrument tamten na plecy wziąłem i poszedłem do domu. Jednak jest ciężki. Bardzo ja się zmachałem, póki go z rynku do domu doniosłem. Przez całą drogę ludziska za mną z podziwem i zazdrością oglądali się.

Przyniosłem ja ten instrument do domu, ustawiłem go należycie i jak zagram, to aż w kamienicy naprzeciwko ludzie zaczęli okna i lufciki otwierać i na ulicę wyglądać. Pewnie myśleli, że to orkiestra wojskowa gra. Więc ja, żeby omyłki nie było, instrument na balkon wyniosłem i tam ze dwie godziny, na podziw całemu światu, grałem.

Teraz mam ja bardzo ciekawe zajęcie i wielką z tego przyjemność otrzymuję. Poza tym wolny czas kulturalnie spędzam. Znowuż i ta korzyść jest, że mogę ludziom moimi zdolnościami artystycznymi imponować.

Bardzo jestem teraz szczęśliwym człowiekiem. W ogóle ten miesiąc był bardzo dla mnie pomyślny. Buty kupiłem rozkoszne. Mieszkanie moje zabezpieczyłem kategorycznie. Rocznica rozgromu wojsk polskich imperialistów też była ogromnie przyjemna. A najważniejszą rzeczą jest to, że nasz kochany Hitlerek Londyn bombarduje i bombarduje.

Muszę ja na jego cześć marsza zagrać i z balkonu jeszcze ze trzy razy hura krzyknąć. Więc przerywam pisanie do następnego razu.

23 listopada 1940 roku
Vilnius

Co się ze mną stało, nie rozumiem, ale zakochałem się po same uszy. I to w kim?... W burżujce. W córce jakiegoś wielkiego kapitalisty. Chodzę jak pijany i o niczym innym myśleć nie mogę, tylko o niej. I wstyd mnie nawet, że ja, ideowy komsomolec proletariackiego pochodzenia, tak zadurzyłem się w arystokratce. Ale nic ja na to poradzić nie mogę. Zresztą: czyż to jest taka wielka zbrodnia, że urodziła się kapitalistką? Lenin przecież był nawet dziedzicem. To znaczy krwiopijcą i eksploatatorem cudzej pracy. Ale potem się rozmyślił, poprawił i stał się nawet ojcem proletariatu. Tak samo Łunaczarski albo Cziczerin. No a Piotr Wielki, na przykład, to nawet carem był, a pomimo tego przez całe życie dla dobra proletariatu i partii komunistycznej pracował i fundamenty Związkowi Radzieckiemu budował.

Ale muszę ja to wszystko opowiedzieć dokładnie. Zaczęła się ta moja miłosna historia od tego muzykalnego instrumentu, który ja tak szczęśliwie na rynku kupiłem. Jak potem się dowiedziałem, nazywa się on katarynka. Nawet bardzo przyjemna nazwa. Nasza rosyjska. Od Katiuszy chyba pochodzi. A możliwie, że sama caryca Jekatierina Wielikaja go wynalazła. Chyba tak ono i jest... Otóż lubiłem ja wieczorami na katarynce koncerty dla całej ulicy dawać. Niech burżuazja wie, że Armia Czerwona wielkie muzykalne uzdolnienia i zamiłowania posiada. Więc wyjdę ja sobie wieczorem na balkon i zagrywam, to walca, to marsza, to poleczkę. Bo właśnie te trzy rzeczy w katarynce są. Otóż pewnego razu gram ja sobie walca i widzę, że po przeciwnej stronie ulicy, w oknie naprzeciw mnie, jakaś śliczna panienka siedzi. Pewnie mojej muzyki słuchała. Więc zacząłem do niej uśmiechać się, oko robić i bardzo znacząco pokaszliwać. Więc i ona do mnie uśmiechnęła się. A gdy ściemniło się, to ona okno zamknęła i światło zapaliła w pokoju. Potem długo coś tam robiła, bo jej cień na firance widziałem. Później światło zgasiła. Pewnie spać poszła.

Nazajutrz wstałem ja wcześnie. Umyłem dobrze ręce, a nawet i twarz trochę. Wzułem nowe buty i dwa zegarki na normalnych miejscach przysposobiłem. Potem czekałem, kiedy ona wstanie. Ale długo spała. Dopiero o godzinie dziesiątej firankę na oknie odsunęła. To ja natychmiast jej na dzień dobry marsza zagrałem. Ale tym razem ona w oknie nie słuchała. Pewnie czasu nie miała.

Zacząłem ja ulicę obserwować, żeby ją z nogami zobaczyć. I doczekałem się. Widzę: wyszła z frontowych drzwi. Popatrzyła w prawo i w lewo, i zdaje mi się, na mój balkon zerknęła też. Potem poszła sobie ulicą. Elegancka!!! Kostium na niej zielony w żółte groszki. Kapelusik z piórkiem i wstążeczką. Tak. Pod pachą parasolka, tak jak najświeższa paryska moda nakazuje. W ręku, burżujskim obyczajem, torbę skórzaną ma na różne tam pudry, perfumy i inne kremy. Pantofelki na wysokich obcasach. Po prostu kwiat, a nie kobieta!

Tymczasem do mnie tamten typ przyszedł, od którego ja na rynku katarynkę kupiłem. Poprosiłem ja go usiąść i zaraz mu za instrument 80 rubli dopłaciłem, bo właśnie pensję otrzymałem i byłem w gotówkę wyposażony.

– Czy zadowoleni jesteście? – spytał on mnie.

– Bardzo – powiedziałem. – Nie tylko sam wielką przyjemność mam, lecz i cała ulica moją muzyką rozkoszuje się. Dwa razy dziennie po dwie godziny im zagrywam. A jak czasem spać mi się nie chce, to i w nocy grać nie lenię się. Lubię ludziom przyjemność sprawiać.

Zaczęliśmy rozmawiać o różnych różnościach. Bardzo przyjemny okazał się chłop. Wciąż wesołe kawały opowiada i żartuje. Mikołaj mu na imię. Więc ja zacząłem go nazywać: Kolka. A on mnie: Miszka. Tak, jakbyśmy z dawien dawna przyjaciółmi byli. Spytałem ja go: jakiej jest narodowości.

– Internacjonalistą jestem – powiedział. – Z każdym człowiekiem, który chce, handel prowadzę i z tego żyję. I żadnej u mnie różnicy nie ma: czy to Polak, czy Ruski, czy Żyd, czy jaki inny czort. Abym tylko zarobić mógł.

Powiedział, że do mnie wielką sympatię ma i zaufanie. Dlatego też nie obawiał się zostawić nie zapłacone 80 rubli, bo wiedział, że taki kulturalny oficer jak ja nie oszuka. Obiecał mi, że jak trzeba jeszcze coś kupić albo jakąś inną sprawę załatwić, to zawsze chętnie dopomoże. Więc ja go od razu spytałem:

– Jak u was tu przyjęto z panną znajomość zawierać?

– Zależy z jaką panną – powiedział. – Bo panna pannie nierówna. Są takie, że ją można od razu i uszczypnąć, i gdzieś tam poklepać. A są takie, co koło nich z rok czasu trzeba na paluszkach chodzić, póki coś tam do czegoś dojdzie.

To ja mu powiedziałem:

– Z tą to będzie chyba bardzo trudno, bo przekonałem się, że to osoba ogromnie ważna. Ubrana jak najlepsza nasza aktorka i taka delikatna, że parasolkę nawet wówczas nosi, gdy deszczu nie ma. Z wyższej klasy to panienka.

– A jak ona do ciebie odnosi się?

– Ot, tak sobie: średnio.

Wówczas Kolka powiedział:

– Rzeczywiście z taką będzie niełatwo. Musisz bardzo uważać, bo inaczej z tobą i zadawać się nie zechce. Taką to trzeba zawsze w rączkę pocałować i różne delikatne rzeczy jej gadać, i kwiaty też kupować. W ogóle będziesz miał straszne zawracanie głowy, dopóki na ciebie łaskawiej nie spojrzy. Lepiej ty znajdź sobie inną.

Tak. Bardzo on mnie zmartwił. Gdzież mnie rok czasu panience nadskakiwać, kiedy ja za parę miesięcy mogę być gdzieś służbowo wysłany. Ale nic. W dalszym ciągu ja dla niej na katarynce zagrywałem pięknie i bardzo znacząco do niej uśmiechałem się. Dostrzegłem, że i ona pewnego razu uśmiechnęła się. „Oho! – pomyślałem ja sobie. – Moje sprawy z nią w górę idą!". Zrozumiałem, że zaczęła ona mną poważnie interesować się. To ja do niej kiedyś ręką pomachałem. Pozdrowiłem ją w ten sposób. Ale ona nic... Może nie zauważyła.

Ze dwa tygodnie ja ją takim sposobem kokietowałem i zakochałem się w niej aż po same uszy. Pewnego razu zapomniała ona firankę na oknie zaciągnąć i przed stolikiem rozbierać się zaczęła. To ja omal z balkonu nie skoczyłem. Co za kobieta! Po prostu cud! Więc ja światło zgasiłem – niby mnie w domu nie ma – i z godzinę patrzyłem jak ona przed lustrem na różne sposoby wykręcała się i jakimiś maściami smarowała się, i włosy czesała, i paznokcie piłowała. Ale nigdy więcej nie zapominała firanki zasuwać. A szkoda!

Kilka razy ona przed otwartym oknem różne tam wyprane damskie interesy bieliźniane suszyła. A wszystko to albo różowe, albo kremowe, albo błękitne. Wiadomo: taka osoba byle czego nawet pod spód nie włoży. To nie nasze machmutki, co chodzą jak krowy zafajdane, nos palcem wycierają i nieustannie drapią się w takie miejsce, w jakie publicznie drapać się nie należy. Mnie kiedyś w Lidzie nawet Lipa zapytał:

– Czemu wasze Sowietki tak strasznie cuchną? Czy mydła, żeby się wymyć, nie mają? Czy nigdy bielizny nie zmieniają?

To ja jemu wówczas powiedziałem dorzecznie:

– A czy baby są do wąchania? Zresztą, jak kto chce, to może taką wyszorować, perfumami polać, będzie wówczas pachnieć na kilometr. Wąchaj ją, jak chcesz, wszędzie burżuazyjny aromat będzie miała.

Wreszcie postanowiłem ja kategorycznie, że z tamtą czarodziejką zapoznać się muszę. Ponieważ znałem ja już wszystkie jej chody i obroty, to uważałem, że najlepiej będzie uskutecznić naszą znajomość wieczorem, kiedy ona zwykle z domu na spacer wychodzi. Otóż kupiłem ja duży bukiet kwiatów i pudełko najdroższych cukierków. Pieniądze po otrzymaniu pensji miałem, więc postanowiłem nawet zrujnować się trochę, aby jej serce pozyskać, a może z czasem i do kapitału dobrać się.

No nic... Chodzę ja ulicą z bukietem i cukierkami, i czekam na mój ideał. A ona z domu nie wychodzi. Za wcześnie przyszedłem. Wreszcie posłyszałem ja: drzwi trzasnęły. A potem ona się zjawiła i ulicą w moim kierunku smaruje. To ja walę jej naprzeciw i śmieję się do niej jak mogę najgłośniej. Ale ona nic. Mija mnie. Wówczas ja powiedziałem:

– Przepraszam... Proszę zaczekać chwileczkę...

Ona stanęła i na mnie oczy wytrzeszczyła. Nawet jakby się przestraszyła trochę.

– O co chodzi? – spytała.

Więc ja jej pudełko cukierków podaję i mówię:

– Zauważyłem, że zgubiliście to i uczciwie oddaję. A jednocześnie mam niesamowity zaszczyt przedstawić się. Jestem major Michaił Nikołajewicz Zubow.

Skłamałem ja z tym majorem, bo przypuszczałem, że taka osoba, wysokiego pochodzenia, z lejtnantem i rozmawiać nie zechce. A majorem ja, przy mojej wielkiej inteligencji i zdolnościach, przecież kiedyś będę. Potem cap ją za rękę i w dłoń pocałowałem. A następnie bukiet kwiatów pod pachę jej wsadziłem, tam, gdzie trzymała parasolkę.

A ona milczy. Pewnie była bardzo zachwycona moim eleganckim zachowaniem się. To ja do niej powiedziałem:

– Może poszlibyśmy na spacer?

– Właśnie na spacer idę.

– To i ja z wami, jeśli nie zgniewacie się.

– Cóż ja mam się gniewać. Możecie iść razem. Tylko mnie z tymi kwiatami bardzo niewygodnie.

No i poszliśmy. Ona: dzyb-dzyb, dzyb-dzyb, dzyb-dzyb... na wysokich obcasikach. Ja zaś obok niej z ważną miną bukiet kwiatów dźwigam. A jakże! Można powiedzieć: wspaniale wyglądamy. Tymczasem ja bardzo sprytnie kulturalną rozmowę z nią zacząłem:

– Ogromnie pani piękna jest – powiadam – i jestem panią wściekle zachwycony!

A ona mówi:

– To mi wszyscy znajomi mężczyźni powiadają i bardzo są ze mnie zadowoleni.

Po krótkim spacerze ona stanęła i powiedziała:

– Coś mi jeść się chce. Nawet w brzuchu burczy. Nie miałam dziś czasu pójść na obiad.

– To możemy – zaproponowałem – do jakiejś restauracji wstąpić na kolację, jeśli pani sobie życzy. Będzie to dla mnie wielki zaszczyt.

No i poszliśmy. Ale ja wcale nie wiedziałem: co i jak w tych burżujskich restauracjach się zamawia. Więc ona tym się zajęła.

– Przede wszystkim – powiedziała do kelnera – dużą karafkę wódki i dwie flaszki dubeltowego piwa podaj nam. Do tego dwa sznycle i kiszonych ogórków ze cztery. A potem zobaczymy. Tylko prędko.

Od razu widać po niej, że jest osobą z wyższego towarzystwa, bo jak kolację zamawiała, to nawet w spis potraw nie patrzyła. Wszystko zna na pamięć.

Otóż przyniósł nam kelner wódki i ogórków sztuk cztery. A o sznyclach oświadczył, że smażą się jeszcze. Ona tymczasem zwróciła jego uwagę na kieliszki i kazała zamienić je na szklanki. Następnie nalała ona wódki do szklanek i powiedziała uroczyście:

– Nasze kawalerskie!

Wypiliśmy. Przekąsili. A ona mówi:

– Bardzo ja żytniówkę ubóstwiam. Bo od prostej wódki później głowa mnie boli.

Tak to sobie gadając my karafkę wódki i wytrąbili. Tymczasem kelner sznycle przyniósł. Więc ona drugą karafkę zamówiła. Gdy podpiliśmy należycie, zacząłem ja ją o jej stan cywilny wypytywać.

– Panna jestem – powiedziała. – Za byle kogo wyjść za mąż nie chcę, bo nie jestem głupia, żeby na jakiegoś osła darmo w domu pracować.

– A ja jestem kawalerem – oświadczyłem. – I uważam, że dobrze myśmy się dobrali. Więc bardzo się cieszę ze znajomości z tak przyjemną osobistością!

Bardzo przyjemnie spędziliśmy czas w restauracji. Ale od wódki w głowie mnie zakołowało poważnie. A po niej i poznać nie można było, że jest podpita. Potem poszliśmy do domu. Ja ośmieliłem się nawet pod rączkę ją wziąć. I nic... nie zaprotestowała. Widocznie ja jej bardzo się spodobałem. Więc zapychamy tak sobie uroczyście ulicami, zataczając się na boki. A na nas wszyscy przechodnie z podziwem patrzą i nawet z drogi ustępują.

Odprowadziłem ja ją aż do samego domu. W rączkę, oczywiście, pocałowałem i spytałem: kiedy będę miał szczęście następnym razem ją zobaczyć?

– Za dwa dni – powiedziała. – W sobotę. Będę miała wolniejszy czas, to możemy do kina pójść.

Więc umówiliśmy się, że w sobotę wieczorem będę ja na nią na ulicy czekał. Następnie ona ode mnie 10 rubli pożyczyła. Powiedziała, że chwilowo zabrakło jej pieniędzy za mieszkanie zapłacić. Naturalnie dałem ja je te pieniądze z wielką radością, bo przecież to mi się kiedyś bardzo opłaci. W rączkę ją znów cmoknąłem i powiedziałem romantycznie: „Dobranoc! Przyjemnych marzeń!”.

Więc rozstaliśmy się do soboty. Poszedłem ja do domu. Zobaczyłem ją, że w jej oknie światło się zapaliło. Więc ja na balkon wyszedłem, katarynkę wyniosłem i chociaż bardzo było zimno, na dobranoc dla niej walca zagrałem. Potem też poszedłem spać, ale długo usnąć nie mogłem.

Tak zaczęła się moja wielka, komsomolska miłość.

30 listopada 1940 roku
Vilnius

Nazajutrz obudziłem się ja późno. Wiadomo: pół nocy nie spałem, tylko o mojej gorącej miłości rozmyślałem i bardzo byłem szczęśliwy. Więc obudziłem się ja i patrzę, a na stole tamten bukiet kwiatów leży, który ja wczoraj w kwiaciarni dla mego ideału za duże pieniądze kupiłem. Zapomniałem ja wczoraj oddać go jej. Ona zaś, przez delikatność charakteru, nie upomniała się o kwiaty. Zresztą mogła zapomnieć też, bo wypiliśmy dwie duże karafki wódki i sześć butelek piwa. Ja nawet w nocy trochę mój pokój zapaskudziłem, bo dwa razy „naloty na Rygę” robiłem.

Wylazłem ja prędzej z łóżka i myślę sobie: „Trzeba te kwiaty ratować żeby do soboty nie zwiędły. Wówczas będę mógł znów nimi moją ukochaną obdarzyć”. Ale nie miałem żadnego naczynia, w którym mógłbym je do wody wstawić. Lecz przypomniałem sobie, że w szafce, przy łóżku, stoi jakieś duże emaliowane naczynie. Bardzo nawet jest wygodne, bo ucho z boku posiada, za które łatwo można je brać. „W sam raz – myślę ja sobie – do kwiatów dobre. I duże, i piękne, i wygodne”. Poszedłem ja, nawet nie ubierając się z pośpiechu, do kuchni i wody z kranu do naczynia nalałem. Kwiaty do środka wstawiłem i pokazuję nauczycielkom, które akurat w tym czasie w kuchni śniadanie jadły, bo tam cieplej jest jak w innych pokojach.

– Widzicie – powiedziałem – jak pięknie! My bardzo kwiaty lubimy, bo jesteśmy ogromnie delikatnym narodem.

Ale one na to nic mi nie odpowiedziały. Pewnie nie spodobało się im, że ja w samych gaciach po mieszkaniu chodzę. Tyle czasu u nich żyję i jeszcze nie odzwyczaiły się od burżujskich zabobonów. Tępa narodowość!

Wróciłem ja do swego pokoju i kwiaty na oknie postawiłem, żeby ona – caryca mego serca – zobaczyła: w jakim mam je poszanowaniu. Potem, gdy zauważyłem, że ona firankę na oknie odsunęła (to znaczy wstała już), marsza dla niej na katarynce rąbnąłem. Bardzo mi się ten socjalistyczny instrument podoba. Długo uczyć się nie trzeba, nuty też zbędne i jeśli kto zdolności posiada, bardzo prędko może sobie i innym, w dzień i w nocy, życie uprzyjemniać. Tak.

No, doczekałem się ja soboty. Nowe buty wzułem. Pół flakonu najlepszych na świecie perfum „STALINOWSKI ODDECH" na głowę wylałem. Dwa zegarki przysposobiłem. Następnie z bukietem kwiatów poszedłem ja na randkę z moją ukochaną. Ale długo na nią czekałem. Nawet zmarzłem porządnie, bo już silne mrozy chwyciły. Ale miłość potężnie mnie rozgrzewała i jakoś doczekałem się ja mego ideału. W rączkę ją, naturalnie, pocałowałem i bukiet kwiatów uroczyście wręczam. A ona nie chce wziąć. Powiada:

– Szkoda, że nie zostały w tamtym pięknym naczyniu, w którym były na oknie. Ja nie mam gdzie kwiatów tych trzymać, bo moje naczynie, takie same jak twoje, bywa mi czasem w nocy potrzebne.

Więc ja sam bukiet w ręku poniosłem. I nawet bardzo to pięknie wyglądało. Ona sobie w kapelusiku z piórkiem i na wysokich obcasikach szoruje ulicą. Ja zaś w butach z prawdziwej francuskiej giemzy, przy dwóch zegarkach i z bukietem kwiatów, pod rączkę ją prowadzę... Trzeba będzie koniecznie namówić ją, żeby razem sfotografować się na pamiątkę o naszej miłości. I muszę nie zapomnieć same buty sfotografować, żeby w przyszłości, gdy wrócę do Związku Radzieckiego, mieć dowód, że rzeczywiście je miałem.

Przyszliśmy do kina. Ja dla nas całą lożę wziąłem, żeby wiedziała ona, że nie byle kto jestem. Więc usiedliśmy tam we dwoje tylko i na obraz patrzymy. Ale jakieś polskie świństwo było i wcale mnie to nie interesowało. A ona tak śmiała się, że wszyscy ludzie w kinie na nas oglądali się. Szczególnie gdy ona, wybuchając co chwila śmiechem, czkawki dostała.

Spróbowałem ja w ciemności za rączkę ją wziąć. I nic: wcale nie protestowała. Zamierzałem nawet ją objąć, ale przypomniała mi się tamta historii ze straganiarą w Lidzie. Jeśli tamta – pomyślałem sobie – nosa zadzierała, to cóż dopiero ta! Więc dałem spokój. Może jeszcze publicznie w mordę zajedzie albo krzyczeć zacznie... Z tymi burżujkami sprawy miłosne trzeba bardzo ostrożnie załatwiać.

Po kinie poszliśmy do restauracji na kolację. Ona znów nazamawiała różnych różności... nawet nadmiernie. Wódki wypiliśmy tym razem aż cztery karafki. I w ten sposób bardzo przyjemnie czas spędziliśmy. I zauważyłem, że apetyt ona ma nadzwyczajny. A wódkę trąbi lepiej ode mnie. Nawet zdziwiony tym byłem. Ale widocznie taki jest zwyczaj u polskich panienek z lepszego towarzystwa.

Po kolacji poszliśmy do domu. Pogoda była dość dobra, więc i spacer mieliśmy przyjemny. Tylko to było źle, że ją nogi zaczęły od ciasnych pantofli boleć. Więc ja ją z kilometr drogi, na barana, do domu niosłem. A na pożegnanie zapytałem ją w sposób bardzo poważny:

– Powiedzcie wy mnie, szanowna Ireno Antonowno, czy mogę ja mieć nadzieję względem waszych dla mnie uczuć?

Chciała ona mi na to coś odpowiedzieć, ale zemdliło ją, więc zaczęła „naloty na Rygę" robić. Odszedłem ja trochę na bok, żeby mnie nowych butów nie popaprała i czekam. No, uspokoiła się ona trochę, więc ja tamto pytanie powtórzyłem. A ona mi powiedziała:

– Na razie jestem z was zadowolona. Niczego sobie kawaler jesteście i nawet nie bardzo skąpy. Tylko chcę ja od was jeszcze 20 rubli pożyczyć, bo chłodno się zrobiło, więc muszę ja w poniedziałek drzewa do pieca kupić.

Dałem ja jej tamte pieniądze z wielką ochotą i tamto pytanie powtórzyłem. A ona powiada:

– Czemu nie? Od tego przecież i jestem. Tylko teraz jestem bardzo zmęczona i spać mi się chce. Poza tym kolacja mi trochę zaszkodziła.

Pożegnałem ja ją. W rączkę pocałowałem i bukiet wręczam. Ona zaś mówi:

– Za kwiaty dziękuję. Obejdę się bez nich. Zwiędłe już są i trochę nieczyste. Weźcie je sobie na pamiątkę ode mnie.

W ten sposób bardzo romantycznie pożegnaliśmy się. Umówiliśmy się, że w następną sobotę do innego kina pójdziemy. Słowem, wszystko się odbyło tak, jak w pięknym romansie z książki albo jak na obrazie filmowym.

Poszedłem ja do domu. Gdy ona światło zgasiła, to ja dla niej, według zwyczaju, na katarynce walca do snu zagrałem. A potem to ja do drugiej w nocy różne pieśni o miłości bardzo głośno i wzruszająco śpiewałem.

Wreszcie i ja spać poszedłem, ale usnąć długo nie mogłem, bo wciąż o naszej wielkiej miłości myślałem. I tak myśląc doszedłem do przekonania, że jednak te burżujki są lepsze jak Sowietki. Bo z naszą co?... Pójdziesz do kina, a z kina razem spać. No i po wszystkim. A tu dopiero trzeba nachodzić się, nawzdychać się, rąk nacałować się, dopóki co do czego dojdzie. Więc zrozumiałem ja, że jestem bohaterem bardzo romantycznej historii i wielkiego dla siebie szacunku nabrałem. Bo jeśli taka ważna persona mnie swymi uczuciami obdarzyła, to, rzecz jasna, nie byle kto jestem!... A jeśli ona bez ślubu nie zechce ze mną zadawać się, to co wówczas?... No, naturalnie, ożenię się z nią. Z wielką nawet moją przyjemnością. To dopiero byłaby odpowiednia dla mnie żona! Wszyscy nasi oficerowie takiej żoneczki by mnie zazdrościli! Ubrana jak laleczka, zgrabna, delikatna, kulturalna!...

A Dunia?... Przypomniałem ja sobie. Cóż: Dunia to nie dla mnie para. Zresztą żadnej z nią miłości i nie było. Ot, nie mieliśmy co robić wieczorem, to poszliśmy razem spać, jak to zwykle bywa.

Potem pomyślałem ja, że jednak trzeba Dunię natychmiast zawiadomić, żeby sobie mną głowy nie zawracała i na mnie nie czekała, bo zbyt pospolitą dla mnie jest osobą. Więc wstałem ja i światło zapaliłem. Dla większej energii trzy razy na katarynce marsza zagrałem i potem do pisania listu zabrałem się, bo się bałem, że do rana najlepsze myśli z głowy mi powylatują.

„Szanowna Towarzyszko Dunia Iwanowna!

Mam zaszczyt zawiadomić Was, że z naszej miłości nic w przyszłości nie będzie i być nie może, i proszę tego nawet nie oczekiwać, i takie głupstwa sobie z głowy na zawsze wyrzucić.

Piszę to jako twardy komsomolec i ideowy człowiek, po długim i poważnym namyśle. Nic nie mam przeciw Wam, jako personie, bo nawet owszem: trochę mi się podobała. Lecz ze względu na moje wysokie stanowisko i ważne dla Związku Radzieckiego funkcje nie mogę z byle kim się spoufalać. Jest rzeczą zrozumiałą i dla każdego mądrego człowieka naturalną, że dla mnie, jako oficera niezwyciężonej Armii Czerwonej, Wy jesteście osobistością zbyt niskiego pochodzenia i żadnej takiej kulturalności wcale nawet w sobie nie posiadacie.

Ja bywam często na rozmaitych uroczystych zebraniach i zadaję się z nadzwyczaj znakomitymi indywidualnościami. Więc żona jest mi taka potrzebna, która by umiała należycie honor Armii Czerwonej oraz Związku Radzieckiego podtrzymać. Wy zaś nawet przyzwoicie jeść nie umiecie, bo ciamkacie, chodzicie jak krowa, nos palcem wycieracie i należycie do elementu czarnoroboczego. Wskutek powyższego możecie mnie na pośmiewisko wystawiać i w mej osobie Czerwoną Armię poniżać.

Poza tym jeszcze jedna rzecz mocno mnie się nie podoba. Wy, jak mi wiadomo dobrze, należycie do rodziny Morgałowa, który był, niewątpliwie, angielskim agentem, bo rozpowszechniał szkodliwe dla Związku Radzieckiego i Germanii wiadomości, jakoby między tymi bratnimi narodami mogła być wojna. Ponieważ za tę zbrodnię wściekłego reakcjonistę faszystowskiego, Morgałowa, i jego rodzinę zesłano do łagru, to nie wypada mnie w żaden sposób utrzymywać łączności z rodziną (chociaż i bardzo daleką) pachołka imperialistycznego. Jako oficer muszę dbać o swój honor, opinię i moralność socjalistyczną.

Wobec wszystkiego powyższego uprzejmie proszę raz na zawsze ode mnie się odczepić i przestać zawracać mi głowę listami. W przeciwnym razie będę musiał przypomnieć, komu się należy, o dalszych krewnych zezwierzęconego reakcjonisty i agenta kapitalistycznego, Morgałowa!!!... To znaczy o Was i o Waszej Szanownej Rodzinie.

Komunistyczne pozdrowienia łączę i żegnam na zawsze. Kategorycznie.

Młodszy lejtnant Armii Czerwonej oraz ideowy komsomolec,

Michaił Zubow"

Ze trzy razy ja ten list przeczytałem i każdorazowo coraz więcej mnie się podobał. Od razu widać z niego, że jestem osobą poważną i bardzo szanującą się. Dopiero teraz ja odetchnąłem swobodnie, bo drogę do miłości mam otwartą. Następnie zagrałem ja walca i z poczuciem dobrze spełnionego obowiązku poszedłem spać.

Oczywiście mógłbym ja nic do Duni nie pisać, bo skąd by ona o moim romansie z burżujką się dowiedziała. Ale, jako komunista, nie lubię kłamać i fałszywie postępować.

1 stycznia 1941 roku
Vilnius

Wielkiemu Stalinowi hura! hura! hura!

Wielkiemu Hilerowi hura! hura! hura!

Zagrałem ja dwa razy marsza na katarynce na cześć wielkich wodzów socjalistycznych narodów i zabieram się do pisania... po raz pierwszy w Nowym Roku. Życzeń ja specjalnych nie mam, bo, można powiedzieć, najgorętsze moje pragnienia i marzenia się spełniły. Dalsze zaś będą realizowane planowo: w miarę napływu gotówki. Mam ja, co prawda, uzbierane 1500 rubli, ale nie ruszam tych pieniędzy i każdego miesiąca dodaję jeszcze trochę. Postanowiłem ja zebrać większą sumę pieniędzy dla dobrego samopoczucia. Ale bardzo powoli to idzie. Jednak zebrać kapitał nie jest tak łatwą rzeczą, jak niektórzy to sobie wyobrażają. O wiele praktyczniej i prędzej jest drapnąć komukolwiek już zebrany. Ale na razie nic takiego mi się nie nadarzyło. Jednak nadziei na to nie tracę, szczególnie jeśli mądra, pokojowa polityka naszego towarzysza Stalina będzie szła nadal w tym kierunku i w takim tempie, jak od września 1939 roku. Bardzo jestem JEMU za to wszystko wdzięczny. A szczególnie cieszy mię ten demokratyczny instrument:

katarynka. Również jestem wdzięczny Kolce, że mi go sprzedał. Tylko jedno mi się w nim nie podoba, że jest on zatwardziały kontrik.[2]

Przyszedł on do mnie kiedyś przy końcu grudnia i latarkę mechaniczną przyniósł na sprzedaż. Bardzo chytra sztuka. Można powiedzieć: cud techniki. Nawet baterii nie trzeba, tylko wąski metalowy uchwyt dłonią naciskaj i ona świeci. Cała elektrownia w jednej garści. A jeszcze i ta przyjemność jest, że przy naciskaniu warczy jak motor auta albo samolotu... Wszyscy z daleka już słyszą, że cywilizowany człowiek idzie. Kolka powiedział mnie, że to niemiecki wynalazek. Ale na pewno kłamie. Niemcy mogli wyprodukować to tylko, bo nasze fabryki na takie drobiazgi czasu nie mają. Lecz wynalazek na pewno ruski. Przecież zagranica tylko z tego i żyła, że nasze wynalazki kradła i eksploatowała je.

Powiedziałem ja to Kolce, a on się śmieje. Trochę on mnie Lipę z Lidy przypomina, tylko delikatniejszy i byle gdzie kontrrewolucyjnych rzeczy nie gada. Otóż spytał on mnie:

– Cóż takiego wy wynaleźli, co wam zagranica skradła?

A ja oświadczyłem zgodnie z prawdą:

– Wszystko: elektryczność, radio, telegraf, samoloty, lokomotywy, łodzie podwodne, telefon. Mogę ci dać na to dowody. W książkach o tym piszą.

A on jak zacznie się śmiać, to mnie nawet przykro się zrobiło, że taki sprytny człowiek i całkiem nawet porządny do takiego stopnia jest nieuświadomiony i zaślepiony propagandą kapitalistyczną. Potem on powiedział:

– Jeśli nie będziesz gniewać się, to ja ci powiem: co wyście wynaleźli.

– Dobrze – powiedziałem. – Słucham.

– Dwie tylko rzeczy. Jedna to samowar. A druga łaźnia parowa. I to nawet nie wy pierwsi wynaleźli, bo samowary mieli Chińczycy, kiedy Rosji nawet początku nie było. A łaźnia parowa była znana również na Wschodzie i w Rzymie przed kilku tysiącami lat.

– Więc tak wygląda, według ciebie, że u nas nic dobrego nie ma.

– Czemu nie?... Macie dobrą propagandę... Najlepszą na świecie... Jak ja waszych książek naczytałem się, filmów napatrzyłem się, piosenek o wolności nasłuchałem się, to nawet uciec z Polski do Rosji zamierzałem. A jak wy tu przyszliście, to jak popatrzyłem: co u was jest i jacy jesteście, to jeślibym wiedział, że na zawsze tu zostaniecie, byle

---

[2] Kontrik – skrót rosyjskiego wyrazu: kontrrewolucjonista.

gdzie bym uciekł. Nawet do Murzynów w Afryce... Ja wiem, że ty tego zrozumieć nie potrafisz i nawet słuchać boisz się. Ale tak ono i jest. Ty może sam inaczej już myślisz, ale powiedzieć tego nie możesz.

Tego, co on mówił, nie bardzo ja się przestraszyłem, bo wiedziałem z doświadczenia, że Polacy zawsze na takie, podejrzane politycznie, tematy rozmawiają i o tym władzom nie donoszą. Ale było mi przykro, że taki przyjemny człowiek jest tak strasznie zacofany kulturalnie. Nie chciałem ja z nim długo o tych sprawach rozmawiać, bo uważam, że z biegiem czasu i on się uświadomi, tylko spytałem go:

– Powiedz ty mi: jeśli w waszym kapitalistycznym ustroju lepiej się żyło, to dlaczego u was robotnicy ciągle strajki urządzali?

– Dlatego – powiedział – żeby jeszcze lepiej im było. A u was można z głodu i przepracowania zdechnąć, lecz zastrajkować nie wolno.

– Jasna rzecz, że nie wolno – powiedziałem. – Bo jeśli mamy władzę robotniczo-włościańską, to jakże przeciw samym sobie strajkować? To tak samo by było, jakby człowiek siebie w mordę walił albo własne rzeczy niszczył. I u nas robotnicy i chłopi dobrze to rozumieją. A jeśli u nas nie jest jeszcze całkiem dobrze, to tylko dlatego, że kapitaliści z zagranicy u nas sabotaż prowadzą wielki i ciągle przeszkadzają w pracy.

– Tak – powiedział Kolka. – Zdumiewający u was kraj! Jak przeczytać wasze gazety, to nie ma u was ani strajków, ani rabunków, ani kradzieży, ani katastrof kolejowych albo lotniczych. Robotnicy i chłopi dobrowolnie pracują nawet w święta; wyrabiają po dwie i więcej normy. Wszystko idzie wspaniale. A nie macie ani co jeść, ani w co się ubrać, ani gdzie mieszkać. Przecież jak przyszliście tu, to rzuciliście się na sklepy jak muchy na miód. Rozkupiliście wszystko, co tylko tam było.

Zacząłem ja jemu tę sprawę wyjaśniać, ale zauważyłem, że nic z tego nie wychodzi. Za późno już. Cały przesiąkł burżujską propagandą i nic nie może zrozumieć. Więc jeszcze raz przekonałem się ja, że ci ludzie, którzy obecnie żyją w państwach kapitalistycznych, są na zawsze straceni dla prawdziwej sowieckiej kultury. Nawet dzieci są nasiąknięte tą burżujską trucizną i fałszem.

A pewnego razu rozmawiałem ja z Kolką o wielkich sukcesach Armii Czerwonej, która nigdy i nigdzie nie była zwyciężona. On zaś powiedział:

– Niezupełnie tak jest, jak ty mi opowiadasz. Ja sam byłem na froncie w 1920 roku i widziałem wasze bohaterstwo. Uciekaliście spod Warszawy tak prędko, że i dognać was nie można było.

Ja roześmiałem się serdecznie i powiedziałem:

– Więc z twych słów mam wywnioskować, że w 1920 roku Polacy nas zwyciężyli pod Warszawą?

– Nie trzeba tego z mych słów wnioskować. Jest to fakt historyczny, znany całemu światu.

– Ale jakiemu światu?... Burżuazyjnemu!... A ja ci dopiero mogę powiedzieć całą prawdę o tym, kto nas zwyciężył w 1920 roku i przeszkodził uwolnić Polskę i Europę od tyranii kapitalistycznej.

– Bardzo to mnie interesuje – powiedział on.

– Otóż posłuchaj: zwyciężyli wówczas Armię Czerwoną nie wasi żołnierze, generałowie albo karabiny czy armaty, lecz tylko jeden człowiek!

– Pewnie o Piłsudskim myślisz?

– Ale gdzież tam wasz Piłsudski!

– Więc kto?

– Trocki.

– Trocki?

On patrzy na mnie i chyba myślał, żem zwariował, bo nawet nie śmiał się, tylko mnie obserwował.

– Tak: Trocki! – powtórzyłem. – A jemu dopomógł Tuchaczewski. Mogę ci zaraz na to dowód dać.

– No – powiedział Kolka – chyba ty mnie rzeczywiście dowód dasz. Bo ja nawet pomyślałem, żeś ty zbzikował i zaraz gryźć zaczniesz.

– W tej chwili będziesz miał dowód.

Wziąłem ja z półki *Historię Wszechzwiązkowej Komunistycznej Partii (bolszewików)*, zatwierdzoną przez CKWKP(b) w 1938 roku, wydaną przez OGIZ; znalazłem w niej rozdział VIII, paragraf 4 i czytam mu:

„Lecz podejrzane działania Trockiego i jego zwolenników w głównym sztabie Armii Czerwonej przerwały powodzenie Armii Czerwonej...".

„Takim sposobem zdradziecki rozkaz Trockiego narzucił wojskom naszego południowego frontu niezrozumiałe i niczym nie uzasadnione cofanie się – ku radości polskich panów".

„Była to bezpośrednia pomoc, ale nie dla naszego zachodniego frontu, lecz dla polskich panów i Antanty".[3]

Kolka to wszystko wysłuchał, długo na mnie patrzył, a potem spytał:

– W którym roku ta książka była zatwierdzona przez Centralny Komitet WKP?

---

[3] Tłumaczenia tekstów dokonałem z wyżej wymienionej książki (str. 230 i 231), wydanej przez „OGIZ" w 1945 – autor.

– 1938.

– Otóż – powiedział on. – Ty jesteś młody. Może będziesz jeszcze długo żył. Więc mam nadzieję, że za 20 lat w tej samej książce, lecz w innym wydaniu, będzie napisane, jeśli Armia Czerwona gdzieś od kogoś dostanie w skórę, to tylko dlatego, iż Stalin był kapitalistycznym agentem i zwycięstwu przeszkodził.

Wtedy ja go spytałem:

– Ty w Boga waszego, co go z brodą malują, wierzysz?

– Tak – powiedział Kolka. – Wolę wierzyć w naszego Boga z brodą, jak w waszego z wąsami.

– Więc tym – powiedziałem – czym dla was jest wasz Bóg, tym dla nas jest Stalin! I lepiej ty mnie o nim takich rzeczy nie gadaj, bo będziemy musieli na zawsze pożegnać się. Ale mam nadzieję, że i tobie jeszcze oczy się otworzą i wszystko zrozumiesz.

A on mi na to odpowiedział:

– Co się tyczy ciebie, to ja takiej nadziei nie mam.

Na tym rozmowę skończyliśmy. Ale jest rzeczą zdumiewającą: jak może zaślepić człowieka kapitalistyczna propaganda! Nawet dowody i fakty nie pomagają!... Dzisiaj, na przykład, przeczytałem ja w noworocznym numerze tygodnika „OGONIOK" duży i pięknie napisany artykuł o sytuacji w Europie. Tytuł artykułu: *Nocz Jewropy*. Autorem artykułu tego jest najwybitniejszy pisarz świata, Ilia Erenburg. Pięknie on opisał w nim nędzę panującą w krajach kapitalistycznych. Co prawda wiemy o tym dobrze i z prasy, i z radia, i z książek. Ale to są, można powiedzieć, najświeższe wiadomości. W jednym miejscu on pisze tak:

„... Nawet papież rzymski nie je ulubionych makaronów. Pończochy noszą ze szkła, a kapelusze z ludzkich włosów. Kawę piją z końskich wnętrzności".

Wreszcie stwierdził, że: „...będziemy bronić zębami i paznokciami naszej szczęśliwej wyspy w tym oceanie nędzy i ucisku!". Tak. Musimy, w razie potrzeby, walczyć wszystkimi środkami o naszą wolność i dobrobyt. Artykuł ten ja zachowam i koniecznie pokażę go Kolce. Chociaż on i kontrik, lecz bardzo sympatyczny chłop. Tylko to jego zaślepienie okropne! Ale może z czasem wyleczymy go z tego. Bo Związek Radziecki ma to w sobie, że potrafi najzagorzalszym przeciwnikom oczy na prawdę otwierać. Lecz zdumiewającą jest rzeczą, że ci Polacy nie mogą zrozumieć tak prostej prawdy, że tylko Stalin i Hitler, dwaj wielcy przyjaciele, mogą wybawić ludzkość od Anglików i Amerykanów... od ich zaborczości, terroru i nieludzkiej eksploatacji!

Romans mój z Irką postępuje naprzód według planu. Chociaż są poważne mrozy, lecz miłość nasza jest gorąca. Jesteśmy zakochani w sobie na wieki. Chodzimy razem do kina, do różnych knajp na wódkę i w ten sposób bardzo romantycznie, przyjemnie i elegancko czas spędzamy. Przypuszczam, że kiedyś u nas coś do czegoś dojdzie. Nawet gotów jestem ożenić się z nią. Tylko się obawiam: czy ona zechce wziąć ze mną cywilny ślub. Więc jestem bardzo ostrożny. Niech do mnie się przyzwyczai, a później złożę jej w sposób uroczysty propozycję zawarcia małżeństwa.

Przypuszczam, że i ona kocha mnie ogromnie, lecz – jako panienka wychowana w burżujskich zabobonach – wstydzi się mnie to szczerze powiedzieć. Ale pieniędzy ode mnie ona już dużo wzięła. Z początku trochę się krępowała, a potem poczuła zaufanie i ostatnim razem nawet 50 rubli pożyczyła. Pożyczek ona mi jakoś nie zwraca. Może teraz nie ma pieniędzy albo może zapomina o takich dla niej drobiazgach. A ja z tego względu tylko się cieszę, bo jestem coraz pewniejszy, że teraz mnie mój ideał się nie wymknie. Nawet palto dla niej za 120 rubli kupiłem. Niech żyje miłość!

27 marca 1941 roku
Vilnius

Znów przyszła wiosna. Znów śpiewają ptaki, swobodnie i bez przymusu, na cześć partii komunistycznej i towarzysza Stalina. Lecz mnie to już nie cieszy. Serce moje zostało na zawsze złamane! Tyle ofiar, tyle poświęcenia się, tyle czasu zmarnowałem niepotrzebnie. A najważniejsza... strata wielkich pieniędzy. Bo poważnie zbitej mordy ja do strat nie zaliczam.

Przez dłuższy czas ja wcale nie pisałem, zajęty opłakiwaniem mojej wielkiej miłości. Teraz ja trochę uspokoiłem się i mogę opowiedzieć wszystko po porządku. Przede wszystkim: stwierdzam ja oficjalnie i kategorycznie, że romans mój z Irką jest na zawsze skończony. Tak. Skończony i koniec!... Okazało się, że nie jest ona wcale osobą arystokratycznego pochodzenia, lecz normalną ulicznicą i miała przed wojną „czarną książkę". Więc była kontrolną dziewicą, uprawiającą miłość w sposób komunalny.

A jak ja dla tej łajdaczki poświęcałem się, to dowodem tego mogą być moje złote zęby, które ja, specjalnie w tym celu, aby jej się podobać, sobie wstawiłem. A zaczęło się to tak. Siedzieliśmy z Irką w restauracji i w sposób kulturalny pili wyborową wódkę, zagryzając ją wieprzową kiełbasą z kapustą. W kącie sali stało pianino, na którym jakiś typ, burżujskiego pochodzenia, bardzo głośno rąbał. Drugi zaś gagatek starał się jeszcze głośniej na skrzypcach grać, żeby tamtego zagłuszyć. Na ogół było bardzo przyjemnie, tylko zauważyłem ja niespodziewanie, że tamten skrzypek do Irki oko robi i śmieje się do niej bezczelnie. Ona zaś odśmiewa mu się i też oczami nieprzyzwoite rzeczy publicznie wyrabia. Wówczas ja powiedziałem do niej rzeczowo:

– Jak się siedzi w towarzystwie mężczyzny, który ponosi koszta poczęstunku i któremu tyle czasu głowę się zawraca, to nie wypada innego mężczyzny czarować i do niego w ten sposób oko walić!

To ona do mnie mówi:

– Wcale mnie tamten typ nie interesuje. Całkiem nawet przeciwnie. Jesteś w grubym błędzie.

A ja powiadam:

– Dobrze wasze porozumiewania się zauważyłem i jestem tym bardzo obrażony.

Ona zaś na to:

– Nie ma tu żadnego porozumiewania się, tylko podobały mi się u niego złote zęby. Bardzo ładnie przy świetle elektrycznym błyszczą. Więc dlatego mu się przypatrywałam. A ty zaraz mnie się czepiasz.

Popatrzyłem ja... Istotnie tamten skrzypek miał z przodu dwa górne zęby złote. Nadzwyczaj ładnie to wyglądało. Więc uspokoiłem się ja zupełnie i nawet sam podziwiać go zacząłem. A potem jemu 5 rubli posłałem, żeby nam jeszcze raz *Wołgę* zagrali.

No nic. Odprowadziłem ja Irkę, jak zwykle, do domu, a nazajutrz poszedłem do miasta dentysty szukać. A gdy znalazłem, to spytałem go: czy może mi złote zęby wprawić? On zaś gębę mi otworzyć kazał, zęby pooglądał i powiedział:

– Zęby macie wszystkie popsute. Niektóre z nich trzeba powyrywać, inne można leczyć i zaplombować później, a na kilka można koronki dać.

Zrozumiałem ja, że dentysta jest człowiekiem niedomyślnym, więc powiedziałem mu rzeczowo:

– Mnie nie chodzi o leczenie i usuwanie zębów. Ja chcę tylko z przodu wprawić dwa złote zęby dla piękności. Ile to będzie kosztowało?

– Po co wam to? – powiedział. – Przecież przednie zęby macie zdrowe.

– Zdrowe czy niezdrowe, proszę je powyrywać i wstawić mi złote.

– Jeśli chcecie mieć złote zęby z przodu, to nie trzeba wcale własnych usuwać. Można na nie dać koronki ze złota. Każda koronka będzie kosztowała 20 rubli.

Kazałem ja wówczas dentyście zrobić mi cztery złote koronki. Tamten skrzypek miał tylko dwie, ja zaś będę miał aż cztery. To będzie pięknie!

Kilka dni mnie dentysta męczył. Zęby mi opiłowywał. Miarę brał woskiem jakimś albo czymś innym. Wreszcie założył mi koronki na zęby. I wspaniale wyszło. Po prostu napatrzyć się ja sam na siebie nie mogłem. Od tego czasu zacząłem ja, chodząc ulicami, zawsze się śmiać, żeby ludziska moje złote zęby widzieli. Jeślibym nie żałował pieniędzy, to bym wszystkie złote zęby sobie wprawił.

Doczekałem się ja randki z Irką. A jak zobaczyłem ją, to zaraz do niej zęby wyszczerzyłem i długo śmiałem się. Ona zaś spytała:

– Co z tobą się stało?

– Nic – powiedziałem. – Złote zęby sobie wstawiłem dla piękności.

A ona mówi:

– Szkoda na to pieniędzy. Lepiej byś mnie pożyczył na futrzane boty, bo w bucikach tylko zimno mi jest.

– A wiele boty kosztują?

– 30 rubli.

Dałem ja jej 30 rubli i poszliśmy do kina... Tak to ja tamtej burżujskiej żmii dogadzałem... A romans nasz skończył się w sposób następujący. Nawet dzień pamiętam, kiedy to się stało: 4 marca. Otóż Irka umówiła się ze mną poprzednio, że pójdziemy razem na „Kaziuka". To tak u Polaków nazywa się jakieś ich święto i ludowy kiermasz. Więc spotkałem ja Irkę koło domu, w którym mieszka i poszliśmy. Ubrani byliśmy z najwyższym fasonem, jaki może być. Już za Zielonym Mostem na ulicy pełno było wozów, ludzi i straganów. A placem Łukiskim przecisnąć się trudno. Ale było bardzo wesoło i też przyjemnie.

Jednak bogaty naród ci Polacy. Ile tam było wszędzie rozkosznych i drogocennych rzeczy, to i opowiedzieć mi trudno. Musiałbym chyba, żeby to wszystko dokładnie wyliczyć, ze sto kartek papieru zapisać.

Więc idziemy sobie uroczyście. Ja złotymi zębami błyszczę. Cały czas, można powiedzieć, gęby nie zamykam. Zegarki również uwidoczniłem należycie. No a perfumami to chyba nikt na całym rynku tak nie pachniał jak ja. A Irce to to się podoba, to owo. Więc kupuję dla niej i to, i owo. Ale nieść ja musiałem, więc pełne ręce tych różności uzbierało się.

W pewnej chwili dostrzegłem ja, że Irki ze mną nie ma. Ja i tu, ja i tam: znaleźć nie mogę. Ale później zauważyłem z daleka piórko od jej kapelusza. Więc zacząłem ja z całych sił do niej się przepychać. Patrzę: aż tu moja ukochana z trzema naszymi oficerami idzie i śmieje się bardzo nawet wesoło. Dwaj ją pod ręce prowadzą, a trzeci z tyłu poklepuje w sposób nieprzyzwoity. A ona wcale przeciw temu nie protestuje. Więc zbliżam się ja do nich i z bardzo oficjalnym wyrazem twarzy mówię:

– Irko, chodźmy dalej!... Pożegnaj tych kawalerów...

A jeden z oficerów, widać dobrze już pijany, do mnie podszedł i powiada:

– A cóż to, towarzysz na nią monopol ma?

– Monopolu nie mam – powiedziałem. – Ale jestem jej wielki przyjaciel.

– Nie bardzo wielki – wtrącił się inny oficer. – Bez lupy dostrzec trudno. Poza tym ta panienka woli nasze towarzystwo, więc proszę od niej odczepić się.

Widzę ja, że z pijanymi nie ma co gadać. Więc chwyciłem ja Irkę za rękę i ciągnę do siebie.

– Chodź – powiadam – bo będę gniewał się na ciebie. Tak się nie robi!

A ona śmieje się i mówi:

– Jakże ja z tobą pójdę, kiedy mnie za ręce trzymają?

Wówczas ja bardzo poważnie zwróciłem się do tamtych towarzyszy oficerów.

– Proszę was bardzo dać spokój tej panience i puścić ją, bo to nieładnie!

Jeden z nich odepchnął mnie. Drugi zaś powiedział:

– Jak tobie nieładnie, to poszukaj sobie czegoś ładniejszego. A my jesteśmy z niej zadowoleni. I w ogóle odczep się od nas, bydlaku, bo zaraz ciebie odczepimy!

Lecz ja im drogę zagrodziłem i Irkę wyrywam. Wówczas jeden z nich zajechał mnie pięścią w ucho. To ja nie ścierpiałem i sercem kaziukowym, na którym było lukrem napisane: KOCHAJ MNIE!, jak zajadę go w mordę! A drugiego wiązką obwarzanków w zęby. Wtedy jeden z nich niecki ze straganu chwycił i mnie tym jak trzaśnie, to ja za ceber i cebrem go!... No i poszło u nas na całego. A tu jeszcze jacyś cywile się wtrącili i dawaj lać nas wszystkich. Jeden to wciąż walił nas „bykiem" i tak krzyczał: „Bij mochów! Już się zaczyna!". Ale nadbiegło mnóstwo naszych chłopaków i zaczęliśmy wałkować. Powywracaliśmy stragany, stoliki i nawet wozy. Zrobiło się wielkie zamieszanie.

Co tam w ogóle się działo, to i opisać mi trudno. Zresztą tak byłem zbity, że oczy mi zapuchły i prawie nic nie widziałem. A nieporozumienie to wojskowe patrole zlikwidowały i nas wszystkich do Komendantury pod eskortą odstawiono. A tam nawet zrozumieć nie mogli: o co poszło? Kto zaczął bójkę? Bo wiadomo, ani ja, ani tamci trzej oficerowie nie powiedzieliśmy, że od nas to się zaczęło. A Irka w ogóle znikła. Lecz dowiedziałem się ja od tamtych chłopaków, że jest to komunalna dziewica i bardzo nawet tanio za miłość bierze, bo jest starawa i brzydka dostatecznie.

Zwolnili mnie. Przyszedłem ja do domu i jak popatrzyłem na siebie w lustrze, to mnie aż strach ogarnął. Pod oczami czarno, nos spuchnięty, na głowie pełno guzów. Lecz mniejsza o to, bo wszystko się wygoi. Lecz ubranie miałem poważnie podarte i wybrudzone, buty zaś podrapane. A u jednego buta nosek został zupełnie zgnieciony i fason stracił. Prócz tego stwierdziłem ja, że zegarek mi z kieszonki zniknął. Słowem: zostałem ja strasznie poszkodowany.

Zacząłem ja Irki pilnować na ulicy, żeby mi to wszystko wyjaśniła i zwróciła pieniądze, które na nią wyłożyłem. Za parę dni doczekałem się. Zatrzymałem ją i mówię:

– Chcę wiedzieć: jak to było?

A ona powiada:

– A tak było, że ty bałaganu narobiłeś i przez ciebie wyszła awantura!

– Dlaczegoś mnie porzuciła i poszła z tamtymi oficerami?

– Bo mi się tak podobało. Ja ci żoną nie jestem i robię to, co mi się chce!

– W takim razie – mówię – oddaj mi palto, boty i te pieniądze, które ja tobie pożyczyłem.

A ona powiada:

– Nie zobaczysz ty tego, tak jak swoich uszu. Marnowałam z tobą czas, więc wynagrodzenie mi się należy. Ale teraz nie chcę ciebie więcej widzieć nawet i odejdź ode mnie!

W tym miejscu dodała kilka takich słów, których ja – jako człowiek kulturalny – ani powtórzyć, ani napisać nie mogę. Poza tym figę mnie pod nos sadzi i powiada:

– Ot co otrzymasz, durniu! A jak będziesz mnie nagabywać, to ciebie do więzienia wpakuję za awanturę, coś na rynku urządził! Zaraz pójdę do Komendantury i memu przyjacielowi, majorowi Pawłuszce Slinnikowowi, wszystko o tobie powiem. On tobą, draniu, zaopiekuje się! A poza tym: żadna ja dla ciebie Irka, tylko Irena Antonowna jestem!

Jak ja to posłyszałem, to mnie aż zimno się zrobiło. Bo Slinnikow, to sobaka pierwszorzędna i już wielu chłopaków zniszczył. Więc ja powiadam:

– Szanowna Ireno Antonowno! Jak wam nie wstyd? Tyle prezentów wam dałem! Tyle pieniędzy! Zawsze w rączkę całowałem! A wy mnie zniszczyć chcecie i na moją zgubę dybiecie!

Wówczas ona powiedziała:

– Nic ja jemu nie powiem. Czort z tobą! Ale więcej mnie, świnio śmierdząca perfumami, głowy nie zawracaj. To tylko łobuz tak robi, że od przyzwoitej dziewczyny zwrotu pieniędzy za przyjemności żąda!

Splunęła ona wprost na mnie i odeszła. I ja też splunąłem... gdy za nią drzwi do mieszkania się zatrzasnęły. I nawet pięścią jej pogroziłem. „Ech, żeby nie Slinnikow, sprawiłbym ja ci lanie za mój nadszarpnięty majątek, oficerski honor i złamane serce!".

Tak się skończyła moja wielka miłość. Dobrą dostałem ja nauczkę i na zawsze straciłem chęć do romansów z burżujkami. Jednak nasze Sowietki są nieporównanie lepsze i tańsze. Więc postanowiłem ja i na to twarde komsomolskie słowo sobie dałem, że nigdy z burżujkami zadawać się nie będę.

Jedynie to mnie trochę w moim nieszczęściu pociesza, że Hitler bardzo skutecznie Londyn bombarduje... dla dobra proletariatu i na chwałę partii komunistycznej.

15 czerwca 1941 roku
Vilnius

Dawno nie pisałem, bo byłem ogromnie zmartwiony tragicznym zakończeniem mego romansu ze znaną już wam, podłą i podstępną osobą. Nawet imienia jej wymienić nie chcę... Nie o miłość mi chodzi. Mordy dokładnie zbitej też w rachubę nie biorę, bo guzy i sińce już poznikały. Ale strat dużych, jako ideowy komsomolec, darować nie mogę. Tyle pieniędzy w taką burżujską zarazę wpakowałem i żadnej korzyści z tego nie miałem... Do końca życia nie zapomnę ja tamtego zegarka, który na rynku, w czasie walki o serce damy, jakiś reakcjonista podstępnie mi wyciągnął z kieszonki. Jedynie katarynka mnie jeszcze pociesza, więc gram na niej całymi dniami.

Ponieważ z powodu Irki straciłem ja całkowicie zaufanie do Polaków, to bardzo ostro traktuję nauczycielki. Do Marii Iwanowny inaczej teraz się nie odzywam jak: „Burżujska świnio!". Niech znają twardy charakter sowieckiego oficera. Zastanawiam się nawet nad tym, czy nie zacząć je w tyłki kopać i po mordach prażyć. Bardzo ja burżuazji i reakcjonistów nie lubię. Ale ogromnie mnie cieszy ta okoliczność, że – jak zauważyłem – głodno nauczycielkom się żyje. Emerytur swoich nie otrzymują, więc i pieniędzy nie mają. Maria Iwanowna, jako młodsza i śmielsza, co tydzień nosi na rynek sprzedawać jakieś domowe rzeczy i resztki ubrań. Ale jak wszystko wyprzedadzą, to na pewno pozdychają z głodu! Bardzo to przyjemnie jeść kiełbasę z bułką i patrzeć jak burżuazja głoduje.

Ale najważniejsza rzecz stała się wczoraj, to znaczy 14 czerwca. Ten radosny dzień utrwali się na zawsze w mojej pamięci. Właśnie wczoraj zaczęto porządkować miasto i oczyszczać je z burżuazji. Ja to już rano zauważyłem, bo na tych sprawach trochę się znam. Otóż dostrzegłem ja, że z kilku punktów miasta jadą puste ciężarówki, a w nich eskorta. Z samego rana planowo zajechali w potrzebne rejony i zaczęli likwidacyjną robotę, ładując burżuazję do aut według przygotowanych spisów.

Bardzo to był zabawny widok. I w teatrze ja nigdy nie uśmiałem się tak jak teraz. Burżujki płaczą, ciągną dzieci i toboły. Burżuje walizki i worki ładują na auta. Ale pozwalają – i to nie wszystkim – wziąć tylko część rzeczy. A nasi, orły z NKWD, to tu, to tam się zjawiają, robotę sprawdzają i kierują nią. Potem ciężarówki, naładowane burżujskim mięsem, na dworzec jadą. A tam już eszelony czekają na przyjęcie drogich gości. Będzie kim ruską ziemię unawozić.

Ja nawet na miasto poszedłem, żeby polubować się tym, jak socjalistyczne władze sprawnie reakcyjne elementy likwidują. I przekonałem się, że bardzo fachowo miasto oczyszczają. Auta tylko machają na dworzec i z powrotem. A w autach różni kapitaliści siedzą. Kobiety i dzieci płaczą i krzyczą coś do tych, którzy zostają jeszcze. Z jednego auta jakiś podły reakcjonista krzyknął: „Niech żyje Polska!". Pożałowałem ja, że nie mam ze sobą pistoletu, żeby mu kulą burżujski pysk zatkać. Tylko odkrzyknąłem: „Polska już zginęła, a wy wkrótce pozdychacie!".

Polaków na ulicy mało zauważyłem. Jakoś pusto się zrobiło. Ale naszych chłopaków wszędzie pełno. Śmieją się i aż za boki biorą się, patrząc na tę likwidację zbrodniczych elementów. Jak zobaczą auto z burżujami, to świszczą. Słowem: bawią się przyjemnie.

Wróciłem ja do domu. Widzę: w korytarzu stoją przygotowane do drogi rzeczy. To nauczycielki już do transportu przygotowały się, żeby potem w pośpiechu rzeczy nie chwytać. Zobaczyłem ja Marię Iwanownę i mówię do niej:

– Jaśnie pani, jak widzę, gdzieś w podróż się wybiera... Pewnie do Londynu... Ale i tam was Hitler bombami namaca!

Nic ona mnie na to nie odpowiedziała. Wówczas ja dodałem:

– Jak wyjedziecie, to ja nie bardzo po was płakać będę. Nawet wam marsza na drogę zagram.

Poszedłem ja do swego pokoju. Katarynkę na balkon wyniosłem i czekam. A jak zobaczę auto naładowane Polakami, to zaraz im ręką macham i marsza gram. Takim to sposobem bardzo wesoło czas spędziłem.

Ciekaw jestem: czemu nauczycielek nie biorą? Bo przecież mówili mi chłopaki, że gruntownie nasze władze miasto z burżuazji oczyszczają. Pierwszych wywieźli tutejszych komunistów, bo wiadomo, są oni albo trockiści, albo kombinatorzy, którzy podszywają się pod szlachetną nazwę komunistów. Znamy się na tym dobrze! Potem zabrali robotniczych aktywistów, żeby antypaństwowych hec albo strajków nie urządzali... Ale jestem pewien, że i o nauczycielkach nie zapomną. Zaczekam jeszcze, a potem pójdę do NKWD i przypomnę władzom o tych reakcyjnych żmijach.

A tymczasem Hitlerek kochany też rąk nie składa i bezczynnie nie siedzi, tylko bombami po Londynie macha. Słowem robota idzie wszędzie pięknie i planowo – na chwałę proletariatu i dla umocnienia socjalizmu!

22 czerwca 1941 roku
Vilnius

Wszystko mi w głowie poplątało się i czuję, że zginąłem ja na zawsze. I nie mam pojęcia, co teraz robić.

Poszedłem ja na spacer za Zielony Most. Dzień piękny. Ciepło. Słoneczko świeci. Słyszę ja: samoloty warczą. Przyjemnie mi się zrobiło, że nasze orły czuwają na straży Związku Radzieckiego. Tymczasem samoloty zaczęły pikować na most. „Manewry robią" – pomyślałem ja sobie. Ale wnet wybuchy się rozległy i woda z rzeki w górę trysnęła, a belki z tratew w powietrze poleciały jak zapałki. „Oho! – pomyślałem ja sobie. – To nie manewry nasze, lecz akcja wroga. Chcą nam most zniszczyć".

Ludzie biegną, chowają się, gdzie kto może. Z daleka też wybuchy słychać. Dym idzie do góry. Pożary zaczęły się. Zrozumiałem ja, że to Anglicy nalot na miasto zrobili. Bo więcej nie ma komu. Nie dostrzegł nasz kochany Hitlerek, jak przelecieli nad Niemcami i biją, podli faszyści, po Związku Radzieckim! Wybrali czas, kiedy jesteśmy zajęci wywożeniem Polaków. A może nawet specjalnie, jako faszyści, chcą przyjść z pomocą polskim faszystom i przeszkodzić likwidacji ich. Ale im to darmo nie ujdzie. Ja sam nawet po jednym aeroplanie trzy razy z pistoletu wystrzeliłem i pewnie trafiłem dobrze, bo widziałem, jak zachwiał się w powietrzu.

Tymczasem nalot się skończył. Wylazłem ja z dołu, w którym ukryłem się od odłamków bomb, i biegnę do domu. A po drodze do mnie jakiś bojec krzyknął:

– Niemcy miasto bombardują!

– Anglicy, a nie Niemcy! Dureń jesteś! – krzyknąłem ja do niego.

Przybiegłem ja do domu, a tam nauczycielki okna zamykają, które poprzednio pootwierały, żeby im szyby od wybuchów bomb nie wyleciały. Odemknąłem ja swój pokój i widzę: w oknach ani jednej całej szyby nie ma. Wówczas poszedłem ja do nauczycielek i pytam:

– Mario Iwanowna, moja droga, co to się dzieje?

– A czy pan jeszcze nie wie?!

Nie zrugałem ja jej za „pana" i dalej grzecznie z tą zarazą rozmawiam.

– Nic nie wiem dokładnie. Przypuszczam, że to Anglicy zrobili nalot na Wilno.

Umyślnie powiedziałem nie Vilnius, lecz Wilno, żeby tym burżujkę udobruchać. A ona patrzy na mnie. Ale jak patrzy? Tak, jakby mnie rogi urosły. A potem mówi:

– Gdzież tam Anglicy! To Niemcy bombardują miasto i zaczęli ofensywę.

– Jakie Niemcy?

– No Niemcy... hitlerowskie... Czy pan i tego nie wie?!

– Ale jakże im na to Hitler i Stalin pozwolili?! Chyba Hitlera już nie ma!

– Toż właśnie Hitler wojnę przeciw wam zaczął.

Poczułem ja, że w oczach mi ciemno robi się, a w głowie szumieć zaczęło. Oparłem się o ścianę i omal nie upadłem. Ale Maria Iwanowna zimnej wody mi napić się przyniosła. Oprzytomniałem ja dopiero w swoim pokoju. Położyłem się na łóżku i ze dwie godziny bez ruchu leżałem. Tak od razu zesłabłem. Potem do koszar pobiegłem, żeby czegoś więcej dowiedzieć się. Patrzę: w koszarach nie ma nikogo. Tylko kilku naszych oficerów biega, którzy – jak i ja – na prywatnych mieszkaniach żyli.

Okazało się, że sztab już uciekł z miasta, a pułk nasz na dworzec skierowano. Zacząłem ja ganiać po mieście, bo nie wiedziałem, co robić? Ale przekonałem się, że żadnych naszych władz już nie ma. Wszyscy pouciekali. Kiedy oni zdążyli – pojęcia nie mam! Ani Komendantury nie ma, ani NKWD. Tylko ciężarówki jeszcze jeżdżą i Polaków na dworzec według spisów wożą. Wiadomo: rozkaz władz spełniają, bo chyba nie był odwołany. A władze dawno fiu-fiu! I śladu nie ma po nich.

Wróciłem ja do domu dopiero późnym wieczorem. Okazało się, że rzeczywiście Hitler uderzył na Związek Radziecki. Sam komunikat naszego radia słyszałem: „...Zezwierzęceni hitlerowcy napadli na Związek Radziecki, ale drogo za to zapłacą!".

Może i drogo zapłacą, ale co mi z tego? Co ja mam teraz robić?... Widziałem już kilku naszych oficerów w cywilnych ubraniach. A ja, jak dureń, walizki i katarynki kupowałem. Teraz nawet przebrać się nie mam w co. A hitlerowcy, jak słyszałem, całą parą naprzód walą i może wkrótce tu będą. Ich NKWD takich gości jak ja na pewno w robotę weźmie i na niemiecki Sybir do łagrów wyśle.

Trzeba było zawczasu dowiedzieć się: jak Niemcy postępują z tymi, którzy im sami poddają się. Mam ja trochę różnych wiadomości wojskowych, to bym im chętnie wszystko opowiedział. Ale czort ich wie! Może u nich z nami rozmowa krótka. Kula w kark i po wszystkim. Pożałowałem ja bardzo, że do nauczycielek za surowo odnosiłem się. Ale kto to wiedział, że takie zmiany nadejdą. Teraz i poradzić się nie ma kogo. I o pomoc poprosić nie ma jak.

Przypomniał mi się kontrik Kola i jego słowa: „...za 20 lat w tej samej książce, lecz w innym wydaniu, będzie napisane... jeśli Armia Czerwona gdzieś od kogoś dostanie w skórę, to tylko dlatego, iż Stalin był kapitalistycznym agentem i zwycięstwu przeszkodził". Zgadł Kolka. Wielka to prawda! Bo Trocki zdradził Rosję w 1920 roku. A dlaczego zdradził? Bo był Żyd, więc co go tam ruski naród obchodził!... A teraz ten... bo... bo też jest obcy. To znaczy Gruzin. Po tym nosie paskudnym i po wąsach widać, że to dobry numer! Zwąchał lepszy interes za granicą albo się dowiedział, że go chcą zlikwidować prawdziwi ruscy patrioci, więc Hitlerowi za dolary sprzedał się. A o tej przyjaźni Hitlera dla naszego narodu to on umyślnie trąbił, żeby czujność proletariacką uśpić!... W ten sposób zrozumiałem ja od razu całą jego reakcyjną robotę. Bo, pierwsza rzecz: jeśli nie był on pewien Hitlera, to po co go zawsze i wszędzie wychwalał i materiałami wojennymi wspomagał? Druga: jeśli go Hitler rzeczywiście wykiwał i durnia z niego zrobił, to cóż on wart?!... W takim razie nawet Morgałow jest sto razy od niego mądrzejszy, bo dawno wojnę z Niemcami przewidywał, ale za to z całą rodziną do łagru trafił. A może dlatego tylko Morgałowa Stalin unieszkodliwił, że budził on czujność proletariatu?...

Złość mnie ogarnęła. Porwałem się na nogi. Stanąłem przed portretem Stalina, który, zdawało mi się, do portretu Hitlera porozumiewawczo oko robi, i spytałem go:

– Jakże tam poszło tobie z naszym wiernym przyjacielem? Powiedz mi to, nauczycielu nasz i wodzu kochany! Chyba ty zgłupiałeś na stare lata zupełnie albo takim samym zdrajcą jesteś jak i Trocki!

A on nic.

Więc ja portret jego ze ściany zdjąłem i patrzę w tę fałszywą gruzińską mordę. A on milczy... Wówczas ja tak do niego przemówiłem:

– Tato twój uczciwym proletariuszem i szanowanym szewcem był. Trzeba było i tobie więc wyuczyć się porządnie buty szyć. Ale nie lubiłeś uczciwej pracy, więc zacząłeś na popa się kształcić. Tylko rozumu na to miałeś za mało, więc wygnali ciebie z seminarium jak sobakę. A teraz znów durniem okazałeś się!... Nie! Nie twoje miejsce w tym honorowym kącie!

Położyłem ja portret Stalina na krześle, a na jego miejscu powiesiłem portret Hitlera i czerwoną lampkę przed nim zapaliłem. A Stalina jak kopnę, to tylko szkło posypało się z ramy i portret w górę frunął, i za piec upadł. Nawet z tej sytuacji wykręcił się, bo zamierzałem ja go w drobne kawałeczki podrzeć. Polazłem ja na piec, ale w żaden sposób portretu dostać nie mogłem, bo w dół zsunął się. Plunąłem ja tylko tam i zlazłem.

Potem stanąłem ja przed portretem Hitlera i patrzę mu w oczy. Od razu zrozumiałem, że jest on bardzo mądrym i ideowym wodzem. A jaki odważny! Tyle już państw zagarnął, a teraz jednocześnie Anglię i Rosję wziął w robotę. I to jak wziął! Sam przekonałem się.

Stanąłem ja na kolanach przed portretem Hitlera i nisko jemu pokłoniłem się. Zrozumiałem ja, że to ON właśnie prowadzi ludzkość do lepszego życia i walczy o dobro proletariatu. Że on prawdziwy socjalizm może na świecie ustanowić.

Bardzo ja pożałowałem, że nie mogę na jego cześć niemieckiej *Międzynarodówki* zaśpiewać. Nawet tego nie wyuczyłem się, zaślepiony fałszywą stalinowską propagandą.

Towarzyszowi A. Hitlerowi

27 lipca 1941 roku
W stodole

Zupełnie bezpieczny nie jestem, ale już trochę lepiej. Ważne jest to, że najgorszy czas ja przetrwałem i w ten sposób okropnej śmierci uniknąłem. Na wszelki wypadek postanowiłem ja te moje *Zapiski* zadedykować Hitlerowi. Bardzo to jest mądry i potężny wódz, i ogromnie go szanuję. A do Stalina żadnego już zaufania nie posiadam. Ale muszę opowiedzieć trochę obszerniej: jak ja z niemieckich pazurów wyrwałem się i życie sobie uratowałem.

Całą noc z 22 na 23 czerwca ja nie spałem. Nawet próbowałem usnąć, ale ze strachu nie mogłem. A nuż – myślałem – hitlerowcy nadejdą i mnie capną. Wówczas i lampka przed portretem Hitlera nie pomoże. Naturalnie, powiedziałbym szczerze, że gotów jestem służyć im wiernie i że Stalina osobiście chętnie bym zakatrupił. Ale czy mnie zrozumieją i czy uwierzą? I czy będę im potrzebny? Bo przecież takich jak ja w Rosji wiele milionów jest. Znowuż inna kwestia jest niewyraźna. A może Stalin właśnie z Hitlerem operuje i ruski naród morduje? Więc wówczas jeszcze gorzej bym wpadł... Polityka to delikatna sprawa i bez przeczytania „Prawdy" albo „Izwiestii" trudno zrozumieć, co rzeczywiście na świecie dzieje się.

Wreszcie postanowiłem ja, że trzeba uciekać. Ale co zrobić z rzeczami? Nie uniosę wszystkiego... Spakowałem ja rzeczy do walizki, wziąłem na plecy katarynkę i stanąłem przed lustrem. Bardzo piękny był widok i długo ja sobą lubowałem się. „Tak – pomyślałem ja sobie – przez tego podłego zdrajcę, Stalina, nie udało mi się tych skarbów stąd wywieźć!". Musiałem zostawić prawie wszystko.

Zacząłem ja szykować się do drogi, bo zrozumiałem, że w Vilniusie zostać nie mogę. Sprułem ja oficerskie odznaki. Wzułem gorsze buty. Wziąłem ze sobą pieniądze, zegarek i te moje *Zapiski*. Dokumenty oficerskie, partyjny bilet i pistolet wsadziłem głęboko pod obicie w fotelu. Może to jeszcze i ocaleje.

Miałem ja stary, podarty szynel i lichą czapkę. Włożyłem ja je, żeby na zwykłego bojca wyglądać. Stanąłem znów przed lustrem. Ale jak popatrzyłem na siebie, to mnie same łzy z oczu popłynęły. Ot do czego doprowadził mnie zdrajca narodu rosyjskiego, Gruzin Dżugaszwili-Stalin! Wziąłem ja ze sobą chleba, kiełbasy, cukru i trochę palenia. Potem pożegnałem ja moje rzeczy. Pocałowałem katarynkę, walizkę i giemzowe buty, bo nie miałem nadziei, że znów je zobaczę.

Wreszcie, o godzinie drugiej w nocy, zamknąłem ja starannie drzwi do mego pokoju na wszystkie kłódki i zatrzaski. Posłuchałem: czy nie zauważył ktoś w mieszkaniu, że wychodzę, i po cichu wydostałem się na schody. W mieście było jeszcze ciemno, więc poszedłem prędko w kierunku Zakrętu. Znałem ja drogę do Landwarowa i postanowiłem na razie tam się udać. A potem będę się starał na wschód przedrzeć się, bo w tych okolicach niedługo ja się uchowam.

Kiedy znalazłem się w Zakręcie, to zaczęło się rozwidniać. Doszedłem ja do rzeki, wyszukałem przy brzegu łódkę i przeprawiłem się na drugą stronę Wilii. Wiedziałem, że tam większych dróg nie ma, więc na razie będę bezpieczny. A Polacy chyba mnie nie chwycą i Niemcom nie wydadzą. Bo oni Niemców tak samo nie lubią jak nas.

Cały dzień przesiedziałem ja w lesie. Było spokojnie, ale usnąłem dopiero wieczorem. Obudziłem się po północy i poszedłem dalej wzdłuż rzeki. Łatwiej można było zachować potrzebny kierunek i woda była blisko, żeby się napić, bo dni były gorące.

W nocy słyszałem ja, że dużo samolotów leciało. Potem z tyłu, nad Vilniusem, jasno się zrobiło jak w dzień. To pewnie Niemcy miasto i drogi rakietami oświetlali, żeby się przekonać, czy Vilnius będzie broniony. Ale kto tam będzie się bronił? Chyba nauczycielki patelniami.

Nad ranem zobaczyłem ja po drugiej stronie Wilii większe lasy. A osiedli ludzkich nie było tam wcale widać. Więc ja znów przez rzekę przeprawiłem się i w lesie cały dzień przesiedziałem. W ten sposób ja w dzień w lasach ukrywałem się, a nocami dalej szedłem, sam nie wiedząc dokąd. Ale jedno było dobrze, że byłem żywy i swobodny.

Cały tydzień łaziłem ja jak wilk po lasach. Chleb mi się skończył prędko, ale kiełbasy i cukru na dłużej starczyło. Postanowiłem ja wreszcie pójść do ludzi. Może gdzieś jakąś pracę otrzymam, bo w lasach z głodu zdechnę. Ale muszę zataić to, że byłem oficerem. Inaczej, jeśli mnie kiedyś Niemcy złapią, będzie ze mną marnie. A na szeregowca może nie będą bardzo źli.

Cały czas bardzo ja żałowałem, że nie mam cywilnego ubrania. Wielki popełniłem błąd, że nie kupiłem sobie, tak jak wielu innych naszych oficerów. Pewnie rozumieli oni, że się skończy nasza wielka przyjaźń z Niemcami i będą musieli uciekać. Ale bardzo mnie dziwi, że Niemcy tak łatwo nas popędzili. Jeszcze ich i znaku nie było, a już całe nasze wojsko drapnęło. A władze pierwsze. Nawet nie zawiadomili, dranie, co mam robić. Nie inaczej – tylko zdrada była. Nigdy ja tego Stalinowi nie daruję! Ot, żeby go teraz w lesie samego spotkać! Nauczyłbym ja go dialektyki marksistowskiej tak, że do śmierci by popamiętał!

Pewnego dnia ja od rana nic nie jadłem i zupełnie z głodu osłabłem. Ale wieczorem w pobliżu lasu chałupę zauważyłem. Zacząłem ja z dala ją obserwować. Ale żadnych Niemców nie zauważyłem. Tylko jakaś baba i dzieci w obejściu się krzątały. Zaczekałem ja dopóki się ściemni i wszedłem na podwórze. Dostrzegłem w oknie domu światło i zajrzałem do środka. Zobaczyłem, że przy stole kobieta i dzieci siedzą. Kolację jadły. To mnie głód aż kiszki skręcił. Postanowiłem wstąpić do nich.

Znalazłem wejście do sieni, a stamtąd otworzyłem drzwi i wszedłem do izby. Od razu zrozumiałem, że i tu burżuazja mieszka. Podłoga z desek. Ściany oklejone tapetami. Obrazy jakieś wiszą. A na łóżkach poduszki w białych powłoczkach są. Chciałem ja się cofnąć, ale było już za późno. Dodała mi trochę odwagi ta okoliczność, że dostrzegłem, iż dzieciaki przy stole boso siedzą.

– Dobry wieczór! – powiedziałem.

– Dobry wieczór! – rzekła kobieta i obejrzała mnie uważnie.

Dzieci też na mnie oczy wytrzeszczyły. Wtedy powiedziałem:

– Sprzedajcie mnie, gospodyni, chociaż trochę chleba, bo bardzo jestem głodny.

– Nie mam ja chleba na sprzedaż – powiedziała kobieta. – Może wkrótce sami będziemy bez chleba. Zniszczyli nas bolszewicy. Męża zabrali razem z koniem i furmanką. Pognali na jakieś roboty i już rok minął, a on nie wraca. Pewnie gdzieś zginął. Syna starszego zabraliście do niewoli w 1939 roku. O nim też nic nie wiem. Więc nie mamy teraz ani konia, ani mężczyzny do pracy... Zniszczyliście nas od razu i nie wiadomo, za co!

– Cóż ja temu, gospodyni, winien jestem? Mnie też bolszewicy zniszczyli. Zabrali do wojska. Przygnali aż tu. A teraz sami uciekli, a mnie zostawili. Nie wiem, gdzie iść ani co robić.

Wtedy kobieta nalała do miski zupy i odkroiła duży kawałek chleba. Wskazała mi miejsce przy stole.

– Siadaj i jedz! – powiedziała. – Chociaż ty i bolszewik, ale nie chcę głodnego człowieka z domu wypędzać.

Po tygodniu czasu suchego jedzenia bardzo mnie tamta zupa smakowała. Więc zjadłem wszystko z miski, a chleb wziąłem do kieszeni na później.

– Wiele wam należy się? – spytałem.

– Nic ja nie chcę od ciebie – powiedziała kobieta. – Dałam ci jeść, żeby nie zgrzeszyć. Chrystus nam kazał głodnego nakarmić, a wrogom wybaczać. Może i moi tam w Rosji, jeśli jeszcze żyją, gdzieś głodni są, to ich też ktoś kawałkiem chleba wspomoże.

Nie bardzo ja w to uwierzyłem, żeby im w Rosji ktoś coś dał. Wiadomo: sami nie mają. A jak zarobią coś, to od razu zjedzą, bo są głodni. Ale podziękowałem ja jej bardzo grzecznie i spytałem:

– Czy nie widzieliście tu Niemców, gospodyni? Bardzo ja ich boję się, bo zastrzelą mnie, jak zobaczą. A cóż ja temu jestem winien, że sołdatem jestem. Wzięli do wojska i kazali służyć, więc musiałem.

– Rozumiem ja to – powiedziała baba. – Naszych chłopaków Sowiety też dużo do wojska popędzili. Zostali ci, co poukrywali się. A Niemców to ja nawet na oczy nie widziałam. Słyszałam tylko od ludzi, że wielka ich siła głównymi drogami posuwa się.

Jak zaczęła ona potem kląć Hitlera i Stalina, to mnie aż strach ogarnął!... Co innego Stalina, bo czort go wie, gdzie on jest. Ale Hitler tuż-tuż! A ta klnie... Tak, nie umieli polscy panowie swego narodu porządnie wychować. A teraz nie wiadomo, jak z nimi i mówić. A ona głośno krzyczała:

– Zwalili się, zarazy, na nasze głowy i niszczą nas! Pracować rzetelnie im się nie chce, to po naszą krwawicę przychodzą. Jeden szatan był. Pozabierał bydło, zboże, ludzi. Teraz drugi przyszedł! I nie ma na nich cholery albo piorunów!

Strasznie ona ich klęła. To i ja zacząłem jej pomagać. Tylko o Hitlerze, naturalnie, nie wspominałem. Ale Stalina to ja porządnie obrobiłem.

– I mnie, gospodyni, ten podły Stalin zniszczył! I całą Rosję tak samo. Nie tylko was.

W ten sposób my im z godzinę czasu wymyślali. Babina Stalinowi i Hitlerowi. A ja Stalinowi. Ona ze złości i żalu to nawet płakać zaczęła. Wiadomo: nie uświadomiony politycznie element. Nie rozumie, że tak ono i powinno być, bo inaczej porządku by nie było. Tylko ten Gruzin, Stalin, tak nas podprowadził i naraził Związek Sowiecki oraz niezwyciężoną Armię Czerwoną na wielką klęskę.

Pożegnałem ja gospodynię i bardzo jej dziękowałem. Pokazała mnie ona jak wyjść na większą drogę... w kierunku litewskiej granicy. Powiedziała, że tam jeszcze spokojnie i Niemców na pewno nie ma.

Trochę weselej mi się zrobiło. Najadłem się dobrze i kawałek chleba miałem w zapasie... Ale głupi ten polski naród! Sama mówi, że bieda u nich, a jednak innemu pomaga. I to komu? Właśnie temu, kto pomógł Stalinowi tu wejść. Że ona pospolita chłopka, to nie bardzo ja w to wierzę. Bo obrazy na ścianach, podłoga, krzesła i poduszki w białych powłoczkach ją zdradziły. No i trzewików kilka par zauważyłem. A najwięcej podejrzany był duży ścienny zegar. Więc przypuszczam, że i jej mąż w rządzie polskim jakieś większe stanowisko miał. Bo gdzieżby chłop zwykłą drogą do takich rzeczy doszedł? Ale najwięcej mnie zdumiewa jej odwaga. Pierwszy raz w życiu człowieka zobaczyła i od razu klnie z ostatnich słów i Stalina, i Hitlera. Żadnej rozwagi nie posiada.

Znalazłem ja większą drogę i poszedłem bocznymi ścieżkami w kierunku na Litwę. Ale starałem się tak iść, żeby ciągle być w pobliżu lasu. Zawsze to bezpieczniej. Ludzi tej nocy nie spotkałem, ale wiele razy słyszałem, jak w pobliżu psy szczekają. I po co tu tyle tego drańistwa trzymają? Przecież im trzeba i żreć dawać!... W Vilniusie my z psami porządek zrobili. Ja sam kilka zastrzeliłem. Wiadomo: pies to element kontrrewolucyjny. Z dala czuje, że patrol idzie, i reakcjonistów szczekaniem uprzedza. Nasze orły z NKWD też psy mają i szkolą je odpowiednio dla zwalczania wrogów ludu pracującego. Więc jeśli szczekają, to tylko w celu socjalistycznym w tenże sposób.

28 lipca 1941 roku
W stodole

Wczoraj nie dokończyłem ja opowiadania o moich przygodach, więc dzisiaj piszę dalej. Teraz jestem ja, można powiedzieć, najszczęśliwszym człowiekiem na ziemi, bo okropnej śmierci z rąk niemieckiego NKWD uniknąłem i może jeszcze jakoś w ogóle ocaleję. Bo szkoda by było, żeby Rosja straciła takiego dzielnego obrońcę socjalizmu jak ja. Jedynie to mnie bardzo martwi, że nie wiem ja, co się stanie z moją własnością pozostawioną w Vilniusie. Co prawda drzwi są dobrze zabezpieczone, ale mogą je wyłamać, żeby do moich skarbów dobrać się. Teraz bardzo ja żałuję, że niezgodnie z nauczycielkami żyłem i od ostatnich słów je przezywałem. Mogą teraz ze złości na mnie skarby moje przywłaszczyć.

Ale trzeba opowiedzieć o moich przygodach. Po wyjściu z miasta błąkałem się ja przeszło dwa tygodnie po lasach. I nie wiedziałem: gdzie iść i co robić? W tym czasie bardzo osłabłem, bo ostatnie dni tylko jagodami żywiłem się. A pewnej nocy kartofli w polu nakopałem i przy ognisku je upiekłem. Ale tak żyć długo było mi trudno, bo jako oficer bardzo delikatne mam zdrowie i lubię codziennie chleb jeść. A gdy w Polsce się znalazłem, to zupełnie rozpieściłem się i do różnych kiełbas oraz masła przyzwyczaiłem się całkiem niepotrzebnie. Myślałem, że zawsze tak będzie. I tak by było, gdyby nie podła zdrada Stalina. A zdrada musiała być, inaczej Hitler nigdy by się nie odważył napaść na potężny Związek Radziecki i niezwyciężoną Armię Czerwoną.

Pewnego wieczora wyszedłem ja z lasu i ostrożnie rozglądam się po okolicy. Zauważyłem w pobliżu jakieś osiedle. Dom stoi na wzgórzu, a w dole stodoła, stajnia i chlew. Ludzi nie było widać i innych osiedli blisko nie dostrzegłem. Ale czekam ja, co dalej zobaczę. Długo nikogo nie było. Potem jakaś babina wyszła z domu i udała się ścieżką w kierunku stodoły. W rękach niosła piłę i siekierę. Zeszła w dół i zaczęła obok stodoły drzewo piłować. Wówczas ja, przyciśnięty głodem, nabrałem odwagi i z ukrycia wyszedłem. Zobaczyłem, że kobieta niemłoda i że trudno jej samej drzewo piłować, więc powiedziałem:

– Dobry wieczór, mateczko! Może wam pomóc drzewa napiłować.

Ona popatrzyła na mnie i pyta:

– A ty skąd tu się wziąłeś?

– Z lasu – powiadam. – Wielkie mnie nieszczęście spotkało. Zabrali mnie do wojska ci przeklęci bolszewicy, przywieźli aż do Wilna, a jak Hitler na nich uderzył, to uciekli sami, a mnie zostawili na zgubę. Teraz nie wiem, co robić. Do domu nie trafię, bo to daleko. A tu też żyć nie ma jak. I bardzo ja Niemców boję się. Dlatego z dala od ludzi się trzymam i po lasach chowam się. Cały tydzień już chleba nie jadłem. Może sprzedacie mnie chociaż kawałeczek?

A ona powiedziała:

– Dam ja tobie jeść, tylko porządki w gospodarstwie skończę. A Niemców nie bój się. Drogę stąd daleko widać. W razie czegoś złego do lasu pójdziesz. Tam ciebie nikt nie złapie. A teraz, jeśli chcesz mi pomóc, to przygotuj drzewa do pieca. A ja pójdę krowę wydoić.

Chwyciłem ja siekierę i dawaj drzewo szastać. Bardzo starałem się, żeby wiedziała, że nie leń jestem. W głowie mi się kręciło z głodu, ale pracowałem ze wszystkich sił. Ona tymczasem krowę wydoiła i kazała mnie drzewo do kuchni zanieść. Poznosiłem ja tam wszystko, co narąbałem, a ona pod płytą ogień rozpaliła i zaczęła kolację szykować. Mnie poprosiła siadać i pracując rozmawiała ze mną. Kilka razy z mieszkania wychodziła na drogę popatrzeć: czy ktoś obcy nie idzie? A do mnie powiedziała:

– Ty się nie bój. Tu naród wszystko polski. Niemców i bolszewików nie lubią. Jeśli ciebie ktoś i zobaczy, to nikomu nie powie. Zresztą nikt ciebie tu i nie zobaczy, bo osobno żyjemy. To jest majątek Burki.

Jak powiedziała mi ona, że to jest majątek, to i zdrętwiałem ze strachu. Potem spytałem:

– A gdzie wasz dziedzic?

– Nie ma – powiedziała. – W Anglii jest. W polskim wojsku tam służy.

– A gdzie jest dziedziczka?

– Ja jestem dziedziczka.

Chociaż byłem strasznie głodny i zmęczony, śmiać się zacząłem. Wiedziałem, że źle robię, ale wytrzymać nie mogłem. Bo ja tyle nasłyszałem się i tyle w książkach i pismach czytałem o tych krwiopijcach, polskich panach i dziedzicach! Jak w złocie chodzą, rozkosznie żyją i znęcają się nad chłopami. A tu taka babina, byle jak ubrana, spracowana, ręce od roboty aż czarne, mówi mi, że jest dziedziczką. Pomyślałem nawet, że kpi ze mnie. A ona powiada:

– Ty czego zęby szczerzysz?

To ja nie wiedziałem, co robić i prawdę jej powiedziałem:

– Zabawne mi to jest, że wy sami pracujecie i mówicie, iż dziedziczką jesteście.

– Tak ono i jest! – powiedziała. – Wszyscyśmy tu pracowali. Mieliśmy w dobrych czasach dziewkę i parobka do roboty, ale i dla nas pracy nie brakowało. A teraz sama zostałam, więc sama pracuję. Ale trudno mi poradzić, bo bolszewicy gospodarstwo nasze zniszczyli zupełnie. Zabrali wszystkie konie i trzy krowy. Jedną tylko zostawili... najgorszą. Dwóch synów moich do wojska wzięto i nie wrócili. Mąż też. Tak nasza praca wielu lat została zmarnowana. Ale najwięcej mnie rodziny szkoda, bo nie wiem, czy jeszcze kiedyś do domu wrócą i czy się zobaczymy.

Pomyślałem ja, że może w tym, co ona mówi, trochę prawdy i jest. Ale bardzo dziwnie było mi to słyszeć.

Dała mi ona jeść. I to jeszcze jak! Od tego czasu, jak z miasta wyszedłem, tak nie najadłem się. Tymczasem ona mnie o różne rzeczy wypytywała. Kto jestem? Skąd pochodzę?... To ja jej wszystko kłamałem. Powiedziałem, że jako poborowy byłem do wojska wzięty i w armii jako szeregowiec służyłem. Że przedtem w kołchozie pracowałem. A bolszewików bardzo kląłem. Szczególnie Stalina. Bo wiedziałem, że Polscy ogromnie go nie lubią. Ale ona nie wymyślała ani bolszewikom, ani Niemcom, ani Stalinowi. Tylko wypytywała mnie i słuchała uważnie. Później powiedziała:

– Co ty chcesz dalej robić? Jeśli w drogę pójdziesz, to dam ja ci bochen chleba i kawałek słoniny. Udało się trochę zboża schować od rekwizycji, więc sama żyto na żarnach mielę i chleb wypiekam.

Wówczas ja powiedziałem:

– Mateńko, kochana! Nie wiem ja, gdzie iść. Jak pójdę w lasy, to gdziekolwiek z głodu zginę albo Niemcy mnie złapią i zabiją. Czy nie można by było tu u was pozostać? Pracowałbym, co tylko każecie. Jadłbym, co dacie. A później może coś się zmieni.

Pomyślała ona i mówi:

– Dobrze. Zostań tu na razie. A potem zobaczymy, co będzie. Spać będziesz dla bezpieczeństwa w stodole. Chodź, pokażę ci miejsce.

Wzięła ona latarkę. Dała mi stary kożuch i koc. Nalała butelkę wody, żebym miał co pić w nocy. I poszliśmy. Latarnię pod kożuchem niosła, żeby w nocy światła z daleka nie było widać.

Przyszliśmy do stodoły. Ona w jednym miejscu specjalnie włożone tam deski wyjęła i poświeciła mnie do środka. Była to skrytka trudna do znalezienia. Wytłumaczyła ona mnie, że drzwi do stodoły na klucz zamknie, ale ze skrytki jest wyłaz pod dachem. Więc w razie niebezpieczeństwa mogę tamtędy do rowu uciekać i stamtąd krzakami w las zbiec. Zapewniła ona mnie, że tu w nocy będzie spokojnie, bo Niemców nigdzie w pobliżu nie ma. A do miasteczka stąd daleko. Zamknęła stodołę i poszła.

Położyłem ja na sianie kożuch, buty z nóg zdjąłem i kocem się nakryłem. Poczułem się bardzo szczęśliwym człowiekiem. Jednak ci Polacy nie są tak strasznie podli, jak nam o nich mówiono. Bo, prawdę powiedzieć trzeba, nikt z nich mnie jeszcze nie skrzywdził, wszyscy zaś pomagali. U nas to by nikt mnie pomocy nie okazał. Takim typom, co od władz się ukrywają, nikt nie pomaga. A tu naród inny. Tylko ta podła Irka bardzo mnie skrzywdziła. Ale może ja jeszcze na niej się zemszczę.

Spałem ja bardzo mocno, dopóki posłyszałem, że mnie ktoś woła.

– Miszka!... Miszka!...

Poznałem ja głos dziedziczki i odezwałem się.

– Wyłaź – powiedziała. – Trzeba śniadanie zjeść.

Poszedłem ja do mieszkania. Dała ona mnie jeść znakomicie. A potem przyniosła cywilne ubranie, buty, czapkę, skarpetki i czystą bieliznę.

– Zebrałam to w domu – powiedziała. – To są rzeczy moich synów. Przebierzesz się w to, bo w twoim bolszewickim uniformie chodzić teraz niebezpiecznie.

Zagotowała ona dwa sagany wody. Postawiła ceber zimnej. Dała mi ręcznik, mydło i kazała porządnie wymyć się.

– Pewnie wszy masz – powiedziała.

– Jest trochę – rzekłem. – Rzecz w wojsku nieunikniona.

– Jak w jakim wojsku – powiedziała. – U was tego bogactwa i w wojsku, i bez wojska dość jest. Taką już macie kulturę.

Wyszła ona z izby. Zacząłem ja cały myć się. Wyszorowałem się porządnie i ubrałem się. Tak: od razu widać, że to dziedzice byli. Bielizna czysta, całkiem biała. Ubranie sukienne. Buty mocne, z dobrej skóry. Trochę to wszystko do mnie nie pasowało. Ale nic, uleży się z czasem.

Posprzątałem ja kuchnię i brudną wodę na dwór wylałem. Tymczasem dziedziczka przyszła i mówi do mnie:

– Ty teraz zapomnij, że Miszka nazywałeś się. Teraz jesteś Janek, mój syn. Mam nawet dla ciebie dokumenty, dopóki inne, formalne, wyrobimy. Jeśli Niemcy tu przyjdą albo policja z gminy, to ty nie uciekaj i nigdzie nie chowaj się. Ale i w oczy im nie leź. Do roboty zabieraj się, żeby nic nie mówić. A gadanie z nimi, to już moja sprawa będzie. A sąsiadom, gdy o tobie się dowiedzą, powiem, że uchodźca jesteś. Czy dobrze mnie zrozumiałeś?

– Tak. Zrozumiałem.

– Przy policji albo Niemcach, jeśli trzeba będzie do mnie odezwać się, wołaj mnie: mama. A przy sąsiadkach czy w ogóle, gdy trzeba, nazywaj mnie: pani Józefa.

Bardzo ja się ucieszyłem. Poczułem się tak, jakbym na nowo na świat narodził się. Zrozumiałem, że ta dziedziczka zginąć mnie nie da. Z radości to nawet łzy mnie z oczu poszły. Chwyciłem ja panią Józefę za rękę i pocałowałem.

– Dziękuję wam bardzo – powiedziałem. – Póki żyć będę, tego nie zapomnę, i jeśli będę mógł, wywdzięczę się za wszystko, bo zginąłbym ja bez pani.

A ona powiedziała:

– Bogu podziękuj, że tu dobrzy ludzie są i że serca mają nawet dla swych wrogów, jeśli w nieszczęściu są. A ty, widzę ja, młody i głupi jesteś, bo może jeszcze nie całkiem zepsuty. Więc poratuję ciebie, jak mogę.

W taki to sposób ja tam i zostałem. Spałem nadal w stodole, a w dzień już śmiało po całym folwarku chodziłem. Roboty jest dużo, więc pracuję całe dni. Zresztą i pani Józefa ciężko pracuje. Nawet więcej i lepiej ode mnie. Bo ja dopiero od niej roboty się uczę.

Bardzo jestem szczęśliwy. Niedawno jeszcze myślałem, że zginę ja na pewno. I zginąłbym gdzieś albo z głodu, albo od choroby, albo z rąk niemieckich. A teraz mam i dom, i jedzenie, i ubranie dobre, i dokumenty, i gospodynię, która mnie jak matka syna traktuje. Ale gdzież tam: jak matka syna?!... Od matki swojej ja nic prócz połajanek nie słyszałem. A jak mały byłem, to często też i biła. A pani Józefa nigdy złego słowa nie powie. I dba, żebym był syty, czysty, bezpieczny. Nie zapomnę ja jej tego nigdy i jak tylko będę mógł, koniecznie wywdzięczę się. Niech wie, że my, bolszewicy, bardzo dobre i wdzięczne serca mamy!

Towarzyszowi W. Churchillowi

3 października 1941 roku
Folwark Burki

Pisać nie ma kiedy.

Roboty dużo, bo tylko we dwoje pracujemy... Jednakowoż będę ja te moje *Zapiski* po trochu dalej prowadził. Postanowiłem ja zadedykować je towarzyszowi W. Churchillowi. Tak. Bo okazało się, że jest to bardzo wielki i ważny człowiek. Szkoda tylko, że nie jest komunistą i że to Anglik. Lecz teraz wygranie wojny od niego zależy... Pani Józefa to wszystko mnie dokładnie wytłumaczyła. Bo przedtem cała polityka w głowie mi się pomieszała.

W parę tygodni po moim przyjściu na folwark zacząłem ja przy kolacji bardzo silnie Stalina kląć. Wiedziałem, że go Polacy nie lubią, więc chciałem w ten sposób pani Józefie dogodzić. A ona powiedziała:

– Grzeszysz ty, chłopcze! Nie wolno tak brzydko przeklinać. Świadczy to o braku dobrego wychowania. A że nowa wojna rozpętała się, to Stalin wcale jej nie chciał. To Hitler na Rosję napadł, tak jak poprzednio na Polskę. To jest jego szatańskie dzieło!

Ja na nią oczy wytrzeszczyłem ze zdumienia. Nawet przestraszyłem się, bo pomyślałem, że może komunistką jest albo agentką NKWD. A ona dalej mówiła:

– Ty teraz naszym sprzymierzeńcem jesteś, bo 30 lipca Stalin i Mołotow na Kremlu w Moskwie umowę z naszym naczelnym wodzem, generałem Sikorskim, zawarli. I teraz Polacy i Rosjanie będą walczyć o wyzwolenie Rosji i Polski od wspólnego wroga, Hitlera. A kiedy jego zwyciężymy, wówczas Polska będzie znów wolna i w Rosji inne życie się zacznie. Bo rząd wasz będzie musiał zatroszczyć się o naród rosyjski, który wskutek wojny dużo ucierpiał. Przypuszczam nawet, że i u was też demokratyczny ustrój wprowadzą.

– Ale chyba nie zwyciężymy Hitlera, bo to bardzo sprytny dowódca i armię ma potężną.

A ona powiedziała:

– To nic. My sami może i nie zwyciężylibyśmy, ale nam Anglia pomoże.

– Anglia?! – spytałem i poczułem, że mi w oczach ciemno robi się i że pomieszania zmysłów dostaję.

Pomyślcie sobie ludzie: czego dożył Związek Radziecki!... Ta sama Anglia, która przez tyle lat przeszkadzała nam żyć w dobrobycie i pracować; która chciała zrobić z nas niewolników i naród rosyjski obrabować, będzie teraz nas od Hitlera wyzwalać, który był tak wielkim naszym przyjacielem. Poczułem ja, że już zupełnie niczego zrozumieć nie mogę. A pani Józefa tak dalej mówiła:

Naturalnie Anglia. Jest to wielki naród o ogromnej cywilizacji. Za nimi też Ameryka ujmie się, jeśli będzie trzeba... Jest w Anglii wspaniały polityk, Winston Churchill się nazywa. On Hitlera na pewno pokona. Na razie im jeszcze trudno, bo nie byli przygotowani do wojny. Ale mają oni wspaniały przemysł, więc bardzo prędko uzbroją się i wówczas wykończą Hitlera.

Od tego czasu zaczęła ona mnie dużo o Anglii i Ameryce opowiadać. Mówiła mi, że Anglia nigdy żadnej wojny nie przegrała i że z nią pięćset milionów ludzi współpracuje. I że od wielu setek lat na ich ziemi wróg nie był. Że potrafiła nawet Napoleona wykończyć. Więc na pewno da sobie radę i z Hitlerem.

Ale mnie najwięcej Churchill zainteresował, bo okazało się, że to on właśnie potrafi Hitlera zwyciężyć. Powoli zacząłem ja nawet wierzyć pani Józefie, bo przekonałem się, że ona dużo wie o tym, co się dzieje na świecie. Nawet o naszym Związku Radzieckim dużo ciekawych rzeczy mi opowiedziała. I skąd taka babina to wszystko zna?!

Otóż postanowiłem ja te moje *Zapiski* Churchillowi zadedykować, żeby wiedział on o tym, jak bardzo go szanuję. Bo niezawodnie Anglicy tu przyjdą, żeby Niemców wypędzić. A gdy przyjdą, żeby nas wyzwolić, to rzecz jasna na zawsze zostaną, żeby za wyzwolenie odpowiedni zysk z ludności dla siebie ściągnąć. Warto więc zabezpieczyć się i w razie potrzeby będę mógł dowieść angielskiemu NKWD, że ja ich wodza bardzo uwielbiam. Szkoda tylko, że nie mamy portretu Churchilla, żeby zawczasu powiesić, a nie wówczas, gdy Centralny Komitet Angielskiej Partii Kapitalistycznej taki rozkaz wyda.

Towarzyszowi J.W. Stalinowi

17 października 1941 roku
Folwark Burki

Okazało się, że Stalin, chociaż jest Gruzinem, nigdy zdrajcą Rosji nie był. Tylko Hitler podstępnie go oszukał. Umyślnie przez dłuższy czas udawał przyjaciela, żeby wspólnie Polaków rozbić, bo Francji się obawiał. Potem wybrał sprzyjający mu moment i zdradziecko łamiąc zobowiązania państwowe, napadł na nas. Ale mu tego towarzysz Churchill nie daruje. Bo Anglicy są ogromnie honorowym narodem i nie lubią, jeśli ktokolwiek słowa nie dotrzymuje. Tak.

Spostrzegłem ja, że pani Józefa zawsze przed jedzeniem krótką modlitwę odmawia. A pewnego razu spytała mnie ona:

– Ty pewnie nie ochrzczony, bo nigdy nawet nie przeżegnasz się.

Nie wiedziałem ja, co jej na to odpowiedzieć, ale wolałem skłamać.

– Mnie matka sama ochrzciła, kiedy byłem małym dzieckiem. Ale modlić się nie nauczyła.

– Wiem, że u was religia jest prześladowana – powiedziała pani Józefa. – Ale to jest bardzo źle. Ja ci zaraz wytłumaczę, dlaczego. Bo tobie i zrozumieć to trudno. Ot, na przykład, ja jestem chrześcijanką. To znaczy, że staram się postępować w moim życiu tak, jak nam Chrystus nakazał. Najważniejsze jego przykazanie jest: „Kochaj bliźniego jak siebie samego”. Jak ty uważasz: czy to źle tak postępować, czy dobrze? Czy lepiej kochać tylko siebie, a innych nienawidzić?... Jeślibym nie była ja chrześcijanką, to i ciebie z tamtej biedy, w której jako człowiek znalazłeś się, nie ratowałabym. Po co ryzykować dla obcego człowieka i do tego jeszcze naszego wroga. Bo wiem, że was uczą tylko nienawiści i do Boga, i do innych ludzi. Lecz ponieważ Chrystus nam kazał nawet wrogom przebaczać, a ludziom w nieszczęściu pomagać, to i ja tobie pomogłam. Otóż: pomogłam ci tylko dlatego, że jestem chrześcijanką. Czy to jest źle?

– To bardzo dobrze, pani Józefo! I ogromnie jestem wam za to wdzięczny. Ale Bogu modlić się ja nie umiem. Za późno mnie tego się uczyć.

Kilka razy my o sprawach religijnych rozmawiali. I ostatecznie ja nawet zgodziłem się z tym, że chrześcijanie to niezupełnie podli ludzie są. Oczywiście nie powiedziałem ja jej tego, co naprawdę myślę. Że każda religia jest oszustwem, kapitalistycznym wybiegiem i opium dla biednego ludu. Tak nas wyuczyła partia i tak ono i jest. Bo jeśliby religia była czymś dobrym, to dlaczego tacy mądrzy ludzie jak Lenin i Stalin uznali ją za szkodliwą dla proletariatu? Nawet przypuszczam ja, że to w ogóle żydowska robota. U nas Trocki zdradził Związek Radziecki. A wówczas pewno Chrystus był reakcjonistą i anglo-amerykańskim kapitalistom wysługiwał się. Ale tego ja pani Józefie nie powiedziałem, aby nie dorozumiała się, że kulturalnym człowiekiem jestem, a nie jakimś tam szeregowcem, chłopem albo robotnikiem.

Pewnego razu ona do mnie powiedziała:

– Wiesz co, Janku, ponieważ jesteś chrześcijaninem, warto żebyś wyuczył się chociaż jednej modlitwy. Jest piękna modlitwa: *Ojcze nasz*. Zostawił ją nam sam Chrystus. Jeśli ty zechcesz i potrafisz ją przemyśleć, to tobie wszystkie drogi, jakimi człowiek powinien w życiu się kierować, wyjaśni. Wyuczę ja ciebie tej modlitwy. A ty ją, dla dobra swej duszy, chociaż raz dziennie zmów, aby tobie w życiu lepiej się wiodło i abyś zrozumiał, że masz w sobie duszę nieśmiertelną, a nie pustkę, którą wam bolszewicy wypełniali złością i nienawiścią do ludzi.

Otóż zaczęła ona mnie tej modlitwy uczyć. A ja musiałem na to się zgodzić. Bo jakże się nie zgodzić?... Wiedziałem co prawda, że i bez tego by ona mnie nie wyrzuciła i pomocy swej nie pozbawiła. Ale –

pomyślałem ja sobie – lepiej tę sprawę załatwić politycznie. Ta jej modlitwa na kołnierzu wisieć mnie nie będzie. Zresztą może to mi się nawet i przyda kiedyś. A znowuż pani Józefa chyba jeszcze lepsza dla mnie będzie.

Nie bardzo mi ta nauka szła z początku. Trudno było słowa spamiętać. Ale po kilku dniach umiałem ja całą modlitwę i razem z panią Józefą odmawiałem ją wieczorami. Ona również żegnać się mnie wyuczyła.

Jak to modlenie się u mnie zaczęło, to ja zupełnie humor straciłem i szanować siebie przestałem. „Ot – pomyślałem – jak ja strasznie poniżyłem się! Sam te zabobony religijne, które zawsze wyśmiewałem, uprawiać zacząłem! Do czego ja, ideowy komsomolec i uczciwy zupełnie człowiek, doszedłem! Jak nisko upadłem! A wszystko to przez tamtych przeklętych Niemców i przez Hitlera!".

Ale pewnego razu zacząłem ja nad tą modlitwą zastanawiać się. I nagle wszystko zrozumiałem i ogromnie ucieszyłem się. Toż modlitwa ta jest nasza – bolszewicka. Można nawet powiedzieć, że zupełnie komunistyczna. „Ojcze nasz...". Któż to?... Jasna rzecz, że ON!... Zawsze OJCEM nazywaliśmy GO. „Święć się imię twoje! Bądź wola twoja!". Oczywiście, że tak. Przecież do tego zawsze dążyliśmy. I – jeśli wszystko dobrze się skończy – dalej dążyć będziemy. I z tym „chlebem powszednim" też zupełnie słusznie. Bo tylko od Niego, towarzysza Stalina, nasz chleb i życie zawsze były zależne. I z tymi „winami naszymi" też racja! Trzeba zawsze winy te i w sobie, i dookoła wyszukiwać i władzom o nich w porę donosić. Tylko z tym „niebem" nie bardzo się zgadza. Ale później domyśliłem się ja, że to tylko przenośnia taka i ogólne określenie miejsca pobytu Słoneczka naszego. Więc zastąpiłem ja słowa „któryś jest w niebie" słowami: „któryś jest w Kremlu". Nawet o Hitlerze w tej modlitwie wspomniano: „Ale zbaw nas od złego"... To znaczy od tamtego podleca germańskiego.

Gdy ja to wszystko zrozumiałem, to bardzo się ucieszyłem i nawet sam pani Józefie o modleniu się przypominałem. Tylko słowa „w niebie" zastępowałem, w myśli, słowami „w Kremlu". I w ten sposób bardzo nawet składnie nam szło. Ona swoje, a ja swoje. I oboje jesteśmy zadowoleni. A ojciec Stalin nie zgniewa się, że mówiłem ja głośno zamiast w Kremlu, w niebie. Lecz myślałem uczciwie co innego. Tak.

Ja nawet sam od czasu do czasu tę modlitwę odmawiałem i wkrótce dobrałem do niej rewolucyjną melodię i ją śpiewałem. Jestem teraz bardzo wdzięczny pani Józefie, że dokładnie mnie wytłumaczyła, iż Stalin Rosji nie zdradził. Więc znów święcie w niego wierzę i znów JEMU moje *Zapiski* dedykuję. Bo, naturalnie, i Churchill jest bardzo porządnym człowiekiem, ponieważ nas od Hitlera ratuje. Ale gdzież jemu, osobnikowi z burżujską przeszłością, z ojcem Rosji i całego świata się równać!

OJCZE NASZ, KTÓRYŚ JEST W KREMLU, ŚWIĘĆ SIĘ IMIĘ TWOJE! BĄDŹ WOLA TWOJA! PRZYJDŹ KRÓLESTWO TWOJE JAKO W KREMLU, TAK I W RESZCIE ŚWIATA.

15 stycznia 1942 roku
Folwark Burki

Wykryłem ja wielką tajemnicę pani Józefy. Zawsze dziwiłem się: skąd ona ma wiadomości z całego świata! A teraz wiem. Okazało się, że ma ona radio. I to jeszcze jakie! Takie, że zagranicznych stacji można słuchać.

Pewnego razu pani Józefa pojechała do miasteczka. Ona prawie każdego tygodnia jeździ tam z sąsiadami. Wówczas ja sam zostaję w domu jako gospodarz. Gdy ona odjechała, zacząłem ja dokładnie wszystko przeszukiwać. Nie zaszkodzi wiedzieć: co ona ma i gdzie chowa? Ale długo nic podejrzanego znaleźć nie mogłem. Wreszcie w pewnym miejscu, w kuchni za piecem, zauważyłem obluzowane cegły. Wyjąłem ja jedną cegłę i poświeciłem do środka. A w skrytce tamtej aparat radiowy stał i duża bateria. Mnie nawet strasznie się zrobiło, bo był rozkaz władz, żeby odbiorniki radiowe oddać. A za słuchanie zagranicznych audycji mają być bardzo surowe kary nakładane, a nawet kara śmierci... Najlepiej było u nas w Związku Radzieckim. U nas nikt nie zabraniał słuchać zagranicznych stacji. Co prawda nikt ich i nie słuchał, bo ludność takich aparatów odbiorczych nie posiadała. Więc wszystko w porządku.

Bardzo to mi się nie podobało. W razie wsypy to i ja mogę przez tę burżujkę zginąć!... Nie mogę ja zrozumieć: jak to można występować przeciw rozkazom władz!... Rzecz jasna, że władze te są niemieckie. Ale są to władze i jeśli coś rozkazują, to należy wykonywać posłusznie. Bo kto obcej władzy nie słucha, ten i swojej nie uszanuje!

Długo ja o tamtym radiu myślałem. Wreszcie postanowiłem ja, że będę udawał, iż nic nie wiem. A w razie czego to tak i powiem, że nic nie wiedziałem, bo zameldowałbym natychmiast. Od tego czasu zacząłem ja bardzo nieufnie odnosić się do pani Józefy. Okazało się, że i ona jest zatwardziałą reakcjonistką. Okropne to jest, że Polacy żadnego poszanowania dla władz nie mają i nie uznają porządku publicznego!

Teraz jestem ja legalnym człowiekiem i nikogo się nie obawiam. Pani Józefa wyrobiła dla mnie w gminie dokumenty. Powiedziała mi, że to ją sporo kosztowało, ale teraz możemy żyć bez obawy, bo wszystko jest w porządku. I jak ona tego dokonała, pojęcia nie mam. Ale posiadam ja teraz metrykę i sześciomiesięczne zaświadczenie, wydane na podstawie metryki. Nazywam się teraz Jan Buśko, urodzony w 1919 roku we wsi Dokudowo, lidzkiego powiatu. Poza tym mam ja zaświadczenie z PKU o niezdolności do służby wojskowej i jeszcze jedno, z gminy tutejszej, o tym, że jestem zatrudniony w charakterze robotnika rolnego w folwarku Burki. Słowem: wszystko w porządku. Pani Józefa wyuczyła mnie trochę mówić po polsku i już nieźle sobie w tym języku porozumiewam się. A narodowość moja jest wymieniona: Białorusin.

Na początku stycznia pani Józefa powiedziała mi, że Związek Radziecki podpisał „kartę atlantycką".

– Co to jest – spytałem.

– Jest to – powiedziała – bardzo ważny dokument polityczny, którym się gwarantuje nienaruszalność terytorialną poszczególnych państw. W ten sposób nawet małe narody są zabezpieczone od zaboru ze strony państw silnych i agresywnych.

Powiedziałem ja jej, że to rzeczywiście bardzo dobrze. Ale wiedziałem, że nic w tym dobrego nie ma, bo jest to jedynie wybieg kapitalistów, żeby utrzymać w rękach to, co zrabowali innym narodom. Polska, na przykład, zrabowała tę część Białorusi, a także Ukrainy, która powinna była należeć do szczęśliwej rodziny narodów Związku Radzieckiego!... Ja patrzę na tę panią Józefę jak na trochę głupawą, bo ona tak bardzo wierzy w te podpisy, karty i umowy, jakby nie rozumiała wcale: czego są warte? Hitler w 1939 roku podpisał umowę ze Związkiem Radzieckim, a w 1941 roku na ten sam Związek podstępnie napadł. Tak samo jest i z tą „kartą atlantycką". Pewnie ktoś chce kogoś oszukać i dymną zasłonę puszcza.

Przed świętami Bożego Narodzenia pani Józefa kupiła dla mnie nowe, dobre buty. Specjalnie po to na rynek pojechaliśmy. Dała też przerobić dla mnie ubranie jednego ze swych synów. I teraz wyglądam ja bardzo elegancko. Nigdy w życiu tak pięknego ubrania nie miałem. Mimo to bardzo mi się nie podoba, że eksploatuje ona moją pracę jako dziedziczka. Co prawda to i ona pracuje. Nawet więcej jak ja ma roboty, bo i krowę doi, i świnie karmi, i gotuje, i pierze, i chleb piecze, i w gospodarstwie co trzeba robi. Jest zajęta od rana do nocy. Ale jest to przecież burżujka, która w przyzwoitym ustroju socjalistycznym powinna być zabita od razu. Więc przykro mi pracować dla niej. Nie po to ja ja w szkołach byłem, komsomolcem stałem się i oficerski stopień mam. Ale muszę cierpieć, dopóki sytuacja nie zmieni się na lepsze.

Kilka razy jeździłem ja z nią do miasteczka na targ. Musieliśmy kartofle i zboże sprzedawać, żeby były pieniądze na wydatki gospodarcze. Konia ona od sąsiadów pożycza, bo swojego nie ma, ponieważ władze radzieckie jej konie zarekwirowały. Bardzo ona na to narzekała i powiedziała, że takim postępowaniem tylko gospodarstwa niszczą i sami sobie szkodzą. Nie może zrozumieć tego, że jej konie i krowy gdzie indziej są więcej potrzebne. A może nawet wzięte są do pracy nad obroną Związku Radzieckiego. Rzeczywiście, bez konia trudno się obejść. Ale państwo musi być na pierwszym miejscu. Bo ona sobie poradzi. Burżuj z każdej sytuacji się wykręci. Sama powiedziała mi niedawno, że pieniądze na kupno konia zbiera, bo inaczej wiosną nie damy sobie rady z pracą w polu. Okazało się, że za władzy radzieckiej sąsiedni chłopi pomogli jej ziemię zaorać. Głupi są ci polscy chłopi, że pomagają dziedziczce. Jeszcze ja ich nie poznałem. Ale ciekaw jestem zobaczyć: jak oni żyją. Bo tamci, którzy w miasteczku na rynku widziałem, bardzo są zamożni. Ubrani są dobrze. Wszyscy mają skórzane buty. A u jednego nawet zegarek zauważyłem. A może to nie są chłopi, lecz dziedzice? Jestem więc ciekaw: kogo oni eksploatują, żeby tak rozkosznie żyć i ubierać się? Tę sprawę chcę ja koniecznie zrozumieć, bo jest bardzo dla mnie niewyraźna. Zauważyłem ja nawet młodych chłopaków z sąsiedztwa, którzy często na rowerach w kierunku miasteczka jeżdżą, wiec spytałem pani Józefy:

– Kto to są ci, co rowerami rozjeżdżają?

A ona powiedziała:

– Sąsiedni chłopcy. Wygodniej im za małymi sprawami rowerami do miasteczka jeździć, jak wozem. Niektórym chłopom władze sowieckie nie zdążyły rowerów odebrać, bo dobrze je schowano. A jest to duża wygoda. Ja dwa rowery miałam: męski i damski. To mnie, jak pierwsza partia waszych żołnierzy przyszła, odebrano je.

Tak: zdumiewający to kraj! Nawet chłopi rowerami jeżdżą. I skąd oni je wzięli? Pani Józefa mówiła mi, że w sklepach sprzedawano rowery na spłaty... Dobrze się żyło reakcjonistom w tej kapitalistycznej Polsce.

A pewnego razu miałem ja bardzo straszną przygodę i myślałem, że zginę. Ogromnie przestraszyłem się i nigdy w życiu tego nie zapomnę. Otóż pojechałem ja z panią Józefą do miasteczka na targ. Pani Józefa sprzedała dość prędko owies i jęczmień, potem kupiła, co było potrzebne dla gospodarstwa. A ponieważ konia mieliśmy pożyczonego od sąsiadów, nie chciała ona długo w miasteczku marudzić. Więc zaraz pojechaliśmy z powrotem. Jedziemy sobie i rozmawiamy. Ja po stronach patrzę i wszystko uważnie obserwuję. Domy wszędzie ładne. Pewnie w każdym nawet podłoga jest. W oknach są firanki i kwiaty. Więc to wszystko mnie interesowało. Minęliśmy miasteczko i wówczas zauważyłem ja z dala jakiś wojskowy oddział. Spytałem ja pani Józefy:

– Kto to może być?

A ona zupełnie spokojnie powiedziała:

– Niemcy. Tu ich kawaleryjskie oddziały drogi patrolują. A czasami autami jeżdżą.

Jak posłyszałem ja „Niemcy", to poczułem, że serce mi w piersi zatrzymało się. Stanęło i nie działa. Ot i już... Myślałem nawet, że umrę. My dalej jedziemy, a Niemcy naprzeciw nam walą. Ja nawet chciałem zeskoczyć z wozu i uciekać. Ale gdzie tam ucieknę? Dogonią, bo przecież są konno. I teren był niewygodny do ucieczki. Poza tym straciłem ja zupełnie władzę w rękach i nogach.

Zrównaliśmy się z Niemcami. Oddział ich był mały. Może ze dwudziestu konnych. Ale jaki oddział! Na pewno najlepszych kawalerzystów z całej hitlerowskiej armii wybrali. Konie duże, syte, aż lśnią. Nigdy takich w Rosji nie widziałem. Uprząż na nich błyszczy okuciami i wszystko z dobrej skóry. Chłopy jak lwy. Ubranie na nich porządne, siwego koloru. Uzbrojeni są potężnie. Nic dziwnego, że tacy żołnierze zwyciężają. Pewnie nawet mięso jedzą codziennie, a nie, jak nasi żołnierze, śmierdzącą rybę. I to nie zawsze dają. Bo czasem po tygodniu i dłużej tylko spleśniałe suchary są, co po wiele lat w składach leżały.

Otóż zrównali się oni z nami. Mnie dech w piersi zaparło i tylko patrzę na nich. Chciałem oczy zamknąć, ale powiek poruszyć nie mogłem. A na plecach mnie jakby ktoś pod koszulę śniegu nasypał. „Przepadłem – pomyślałem ja – zarąbią mnie za polską burżujską sprawę. I nikt w Związku Radzieckim się nie dowie: jak bohaterską śmiercią zginąłem!".

Jeden z kawalerzystów przy nas się zatrzymał i coś do mnie powiedział po polsku. Ale ja go nie zrozumiałem, bo język jego był jakiś dziwny. Ale pani Józefa zaraz zaczęła do niego coś po niemiecku mówić. To on do niej uśmiechnął się nawet i jeszcze coś powiedział. A ona mu śmiało i głośno odpowiedziała. I nawet tak samo prędko trajkotała jak i on. Widzę: Niemiec na mnie głową skinął i o coś spytał. Pani Józefa na mnie spojrzała i powiedziała coś. A ja siedzę zupełnie zdrętwiały.

Wreszcie zostawił nas tamten Niemiec i pojechał prędko swych kolegów dopędzać. Wówczas i my w drogę ruszyliśmy. Po pewnym czasie pani Józefa spytała mnie:

– Czego tak bardzo przestraszyłeś się?

– Wcale – powiedziałem – nie przestraszyłem się. A nawet całkiem przeciwnie: zgniewałem się.

A ona powiedziała:

– Nawet Niemiec to zauważył i spytał, co tobie jest? Powiedziałam mu, że chory jesteś i że ciebie do miasteczka do doktora woziłam.

– To ja ze złości tak zmieniłem się na twarzy i zbladłem. Bo bardzo mi się chciało tamtego Niemca porządnie zbić za to, że tak podle napadli Polskę w 1939 roku. Ale bałem się, żeby tym nie narazić pani na przykrości.

A ona na to powiedziała:

– Nic. Trzeba jeszcze pewien czas przecierpieć. I na nich koniec przyjdzie. Anglicy na pewno nas od tej zarazy hitlerowskiej wyzwolą.

– Tak. Cała nadzieja na Churchilla! – powiedziałem ja i dodałem: – Ale pani po niemiecku gada jak Niemka!

– Bardzo dobrze nie mówię. Ale potrafię wszystko powiedzieć i zrozumieć, bo w gimnazjum tego języka uczyłam się. Po francusku ja lepiej mówię.

Ogromnie to mi podejrzane się zdaje! Czy nie jest ona angielską agentką? Bo i radia potajemnie słucha. I obce języki zna. I taka śmiała. Bardzo to wszystko jest podejrzane! Muszę ja z nią ostrożny być.

3 lutego 1942 roku
Folwark Burki

Po tamtym spotkaniu z Niemcami więcej ja w miasteczku nie byłem. Jak trzeba było następnym razem jechać, to ja wszystko do drogi przygotowałem, worki kartofli na sanie załadowałem i powiedziałem do pani Józefy:

– Proszę na mnie się nie gniewać, ale ja do miasteczka nie pojadę. Nie chcę ja Niemców więcej na oczy widzieć!

– Dlaczego – spytała. – Ze mną nie masz czego się bać. Ja po niemiecku dobrze mówię. Ze wszystkiego się wykręcę... Ty przecież masz dokumenty w najlepszym porządku. Możesz ze mną śmiało jechać.

– Nie pojadę ja za nic! – powiedziałem. – Boję się ja, że jak Niemców zobaczę, to ze złości nie wytrzymam i bić ich zacznę. Taki już mam gorący charakter. A ponieważ bardzo tych faszystów nie lubię, to ze zdenerwowania mogę wielkie nieszczęście i na siebie, i na panią sprowadzić. Lepiej ja w domu zostanę, bo i roboty dużo jest.

– Dobrze – powiedziała – zostań w domu. Ale chciałam ja, żebyś miał rozrywkę i na ludzi popatrzył.

– Wolę ja sam siedzieć, niźli Niemca zobaczyć. Bo ja ich nawet za ludzi nie uważam. Są gorsi od wilków.

I zostałem ja w domu. Roboty nawet dużo odwaliłem, bo nudno było. A sił mi od dobrego jedzenia przybyło, więc łatwo było pracować.

Pani Józefa wróciła do domu późno i była bardzo zmęczona. Więc ja konia wyprzągłem i sprawunki do domu zaniosłem. A ona napisała kartkę i powiedziała do mnie:

– Odprowadź konia do Malugi, bo ja jeszcze dużo roboty w domu mam. Oddasz im konia, tę kartkę i sól, którą prosili dla nich kupić.

Nie bardzo mi się chciało sąsiadom pokazywać. Ale pani Józefa widocznie domyśliła się tego i powiedziała:

– Ty sąsiadów naszych poznaj i ich nie obawiaj się. Wszyscy tu są Polacy. Chociaż są to biedni ludzie, ale honorowi i żadnej krzywdy od nich nie będziesz miał. Zresztą wszyscy tu już wiedzą, że u mnie jako robotnik pracujesz i domyślają się, żeś od ruskiego wojska został. Możesz być pewien, że nikt na ciebie nie doniesie. U nas takich zwyczajów nie ma. Nie ty jeden w tych okolicach się ukrywasz. Dużo waszych żołnierzy zostało i ukrywają się u chłopów albo po folwarkach.

Cóż było robić?... Wziąłem ja sól i kartkę, wsiadłem na oklep na konia i pojechałem do sąsiadów. Nawet byłem ciekawy zobaczyć: jak prawdziwi chłopi tu żyją. Bo pani Józefa przecież dziedziczką jest. To znaczy z wyższej klasy pochodzi i wykształcenie ma. Pewnie wojna tylko zmusiła ją uczciwie pracować i zaprzestać eksploatowania ludzi biednych.

Wydostałem się ja na lepszą drogę i jadę do Malugów. Blisko to było, ale droga marna, bo w ostatnich dniach dużo śniegu spadło. Z daleka ognie w oknach osiedli widać, bo są dookoła naszego folwarku położone... Przyjechałem ja wreszcie do Malugów. Dwa psy duże do mnie wyskoczyły i zaczęły szczekać. To ja z konia zejść bałem się, bo sobaki jak wilki wyglądały. Ale ktoś z domu wyszedł na dwór i spytał po polsku:

– Kto tam?

Odpowiedziałem:

– Robotnik od pani Józefy z Burków. Konia wam odprowadzam i sól przywiozłem. Kartka też jest do gospodarza.

Mężczyzna tamten psów odpędził i poprowadził konia do stajni.

– Zaczekaj tu chwilkę – powiedział do mnie.

Wrócił on zaraz i poszliśmy do domu. Ja wszystkich pozdrowiłem i kartkę z kieszeni wyjąłem.

– Nie wiem, komu to oddać – powiedziałem.

– Wiadomo: mnie – rzekł starszy, zupełnie już siwy mężczyzna. – Ja tu gospodarzem jestem.

Dałem ja jemu kartkę i po izbie rozglądam się. Bardzo dziwne wydało mi się wszystko, co u nich zobaczyłem. Pod sufitem duża naftowa lampa pali się. Na ścianach wiele różnych obrazów wisi i zegar w szklanym pudle. Na oknach dużo kwiatów w doniczkach i białe, ładne firanki. Po prostu zdumienie mnie ogarnęło i nie mogłem ja sam sobie uwierzyć, że tu zwykli chłopi mieszkają. Szczególnie dziwne mi było to, że wszyscy są porządnie ubrani i obuci. Kobiety w trzewikach, a mężczyźni w butach z cholewami. Ogromnie to mi się podejrzane wydało. Pomyślałem nawet, że tu jacyś kapitaliści ukrywają się i udają chłopów.

Stary kartkę przeczytał i schował ją do szuflady u stołu. Potem do mnie się zwrócił:

– Ty z jakich stron jesteś?

To ja jemu powiedziałem tak, jak w papierach miałem napisane:

– Z Dukudowa jestem. Z lidzkiego powiatu.

A on mówi:

– Ty będziesz to na policji gadał albo Niemcom. A ja po twojej mowie wiem, skąd jesteś. I nie tylko po mowie, ale i po wszystkich twoich obrotach. Od nas nie masz czego się ukrywać. My nie tacy ludzie, żeby człowieka w nieszczęściu prześladować albo władzom donosić.

Więc ja mówię:

– Od wojska ja zostałem. A jestem z Rosji.

– To co innego – rzekł stary. – Znam ja Rosję dobrze. Za cara to ja ją wzdłuż i wszerz przejechałem. Jeszcze kiedy młody byłem. Wówczas można było po całej Rosji swobodnie jeździć. A po rosyjsku ja nie gorzej jak po polsku mówię.

Rzeczywiście dobrze mówi po rosyjsku. Tak czysto i gładko, jak politruk, a nie zwykły chłop. Powiedziałem ja jemu prawdę, że z moskiewskiego okręgu pochodzę i że w Moskwie mam brata, który jest robotnikiem w fabryce mebli. O tym, że jestem oficerem i komsomolcem, a brat kierownikiem magazynu materiałowego, nie wspomniałem nawet. Rozmawiałem ja z nim i po izbie rozglądałem się. Prócz nas było tam jeszcze dwóch młodych mężczyzn i dwie dziewki. Okazało się, że są to dzieci Malugi. Jedna dziewka na krosnach tkała. A druga często na czarną połowę domu chodziła do kuchni. Kolację szykowała.

Wkrótce potem siedli oni do stołu i mnie zaprosili. Ja odmawiałem się. Powiedziałem, że w domu kolację otrzymam. Ale stary i słuchać tego nie chciał.

– W domu – powiedział – jeszcze raz zjesz. A od nas głodny nie wyjdziesz, bo potem obmawiać będziesz, że Polacy to taki naród, że głodnego z domu wypędzają. A ty u nas jako gość jesteś. Siadaj i jedz!

Siadłem ja do stołu. Stary modlitwę głośno zmówił. Wszyscy przeżegnali się. I ja też. Potem zaczęliśmy jeść. I okazało się, że ci chłopi nie gorzej jedzą jak moja dziedziczka. Zdumiewające rzeczy! Bo od pani Józefy ja potem dowiedziałem się, że to są rzeczywiście włościanie. I nawet nie z zamożnych kułaków, bo w rodzinie mają sześć osób, a ziemi, niezbyt dobrej, 15 hektarów.

Dziewki mnie bardzo się podobały. Duże, rumiane, ładne i czysto ubrane. A trzymają się tak, jakby były córkami jakiegoś ważnego burżuja. Żadna z nich palcami w nosie nie dłubała ani się czochrała od swędzenia. Nawet nie klęły ani na podłogę nie pluły. Wprost zdumiewające!

Po kolacji zebrałem się ja do domu. Bardzo grzecznie podziękowałem za przyjęcie. Stary zaś do mnie powiedział:

– Tobie tam na folwarku samemu nudno. To ty przychodź do nas. W dzień my czasu nie mamy, bo pracujemy. Ale najlepiej wieczorem w sobotę albo w niedzielę. Więc przychodź, bo zdziczejesz ty bez ludzi. Mnie i pani Józefa mówiła, że tobie smutno u niej samemu.

Pożegnałem ja Malugów i poszedłem do domu. Przez całą drogę myślałem nad tym, jak dobrze polscy chłopi żyją. Z tego wynika, że i bez kołchozów można dobrze sobie radzić. Ale jak do takich bogactw dochodzą, tego zrozumieć nie mogę... Ani u nich traktorów nie ma, ani rolnych instruktorów, ani państwowego planowania, ani kierowników, a tak dobrze im się powodzi!... Postanowiłem ja, że trzeba istotnie do Malugów częściej chodzić i dobrze wszystkiemu się przyjrzeć. A poza tym bardzo mi się dziewki spodobały.

Z tego, co ja dotychczas widziałem, zrozumiałem ja, że polscy chłopi zupełnie inaczej żyją, niźli nam o tym opowiadano. Gdzież to znaleźć w Rosji chłopa, który miałby zegarek. A u tych zegarki zwykła rzecz. Są też syci, porządnie ubrani. I nikt ich nie bije, nie sprzedaje, nie trzyma w więzieniach. Nawet nasza dziedziczka musi od chłopa konia pożyczać. Tylko tę wielką wadę mają, że są to Polacy i że w Boga wierzą. I to marnie, że w kołchozy się nie łączą, lecz każdy sam dla siebie pracuje.

Przyszedłem ja do domu. Pani Józefa już kolację zjadła, a dla mnie do duchówki odstawiła. Spytała ona mnie:

– Jak ci u Malugów podobało się?

– Bardzo dobrzy są ludzie – powiedziałem – i bardzo rozkosznie żyją.

A pani Józefa zaprzeczyła:

– Gdzie tam „rozkosznie"? To biedna gospodarka. Ani lasu nie mają, ani łąki. Zgodnie trzymają się i dobrze pracują. Dlatego i biedy u nich nie ma... Tak samo nie marnują dobytku na wódkę. Bo to jest najgorsze.

Powiedziałem ja jej, że Malugi zapraszali mnie przychodzić do nich wieczorami w sobotę albo w niedzielę.

– Bardzo dobrze – powiedziała pani Józefa. – Może którą dziewkę upodobasz sobie, a ona ciebie, to się ożenisz i zostaniesz tu na zawsze. Po co ci do Rosji wracać i w kołchozie nie wiadomo na kogo przez całe życie pracować, głodować i nic swego nie mieć? Tu będziesz sam sobie gospodarzem... Jak nadejdą lepsze czasy, to i ja ci pomogę. A teraz, jak sam widzisz, nie ma z czego. Wasze władze zupełnie nam majątek zniszczyły, a rodzina po świecie rozproszyła się. Ot, żyją byle jak, aby tylko przetrwać do lepszych czasów. I tak samo wszyscy tu żyją.

Poszedłem ja spać, ale długo usnąć nie mogłem. Ciągle myślałem o tutejszym życiu. Całkiem inaczej wygląda, niż nam opowiadano. A przecież wszyscy tu narzekają i mówią, że to są złe czasy i żyją byle jak. Więc jak żyli przed wojną?

Poprzednio ja swój zegarek w stodole schowałem, aby nie zdradzić się, że nie byłem zwykłym sołdatem, lecz zamożnym oficerem. Lecz teraz, gdy zobaczyłem, że tu nawet chłopi zegarki mają, to ja swoją „Omegę" wydobyłem ze schowka i znów na ręku nosić zacząłem. To doda mi powagi i znaczenia. Tak.

3 kwietnia 1942 roku
Folwark Burki

Przed dwoma miesiącami pisałem ja, że postanowiłem, iż do miasteczka nigdy więcej nie pojadę. A jednak ośmieliłem się później i już kilka razy tam byłem. Pierwszy raz pani Józefa mnie namówiła, bo chciała mi kilka koszul z kołnierzykami i krawat kupić, żebym mógł, pięknie wystrojony, do sąsiadów w odwiedziny pójść. Kupiliśmy trzy dobre koszule, dwa krawaty i kapelusz z szerokim rondem. Jak ubrałem się ja nazajutrz wieczorem w to wszystko i popatrzyłem w lustro, to sam siebie poznać nie mogłem. Jak artysta filmowy wyglądałem. Ale nie mogę wyuczyć się krawatów zawiązywać i pani Józefa ciągle mi pomaga.

Teraz mamy już własnego konia i nie potrzebujemy od sąsiadów pożyczać, aby na targ pojechać. Koń, co prawda, marny, bo na dobrego trzeba dużo pieniędzy. Ale w naszej gospodarce i ten bardzo się przyda. Zawsze przyjemniej własnym koniem do miasteczka pojechać, niż od jakiegoś chama go pożyczać. To nam nawet i niewypada, bo nie jesteśmy chłopami, lecz lepszym elementem.

Niedawno wykonałem ja bardzo piękną robotę. Ukarałem porządnie Irkę za jej podły charakter, za zrujnowanie mego majątku, no i za zawód miłosny. Długo ja zastanawiałem się nad tym: co tej burżujskiej gadzinie zrobić za oszukanie mnie, honorowego oficera i komsomolca? Potem zrozumiałem, że właśnie teraz jest dobra sposobność do ukarania Irki. Otóż kupiłem ja w miasteczku znaczek pocztowy, papier do pisania oraz kopertę, i w domu, gdy pani Józefa nie widziała, taki oto list do gestapo ułożyłem:

„Wielce Szanowna Instytucjo!

Mam zaszczyt zawiadomić Was, że w Wilnie mieszka znana komunistka i agentka bolszewickiego NKWD, która utrzymywała łączność z sowieckimi oficerami i pracowała dla wojskowego wywiadu.

Uprzejmie proszę o unieszkodliwienie tej podłej i chytrej agentki przez zastrzelenie jej lub wysłanie do obozu pracy przymusowej, gdzie powinna zdechnąć, żeby nie mogła szkodzić armii hitlerowskiej.

Jako dowody jej podstępnej, kontrfaszystowskiej działalności podaję następujące fakty:

Pierwszy: agentka ta utrzymywała stałą łączność z komunistami i armią rosyjską. Na przykład: bardzo się przyjaźniła i oddała wielkie usługi słynnemu komuniście i bohaterowi armii czerwonej, lejtnantowi Zubowowi.

Drugi: zebrane informacje wywiadowcze przekazywała do użytku wywiadu i kontrwywiadu NKWD, przez majora z Komendantury miasta Wilna, Pawła Slinnikowa.

Uprzejmie proszę o aresztowanie jej i unieszkodliwienie. A gdyby wypierała się swej podłej roboty kontrhitlerowskiej, to proszę należycie ją przycisnąć i na pewno przyzna się do łączności z wyżej wskazanymi komunistami i stalinowcami.

Uważam, że obecnie może ona być bardzo niebezpieczna dla bohaterskiej Armii Niemieckiej i dla jej wielkiego WODZA, Adolfa Hitlera.
Życzliwy obywatel i wielbiciel niezwyciężonej Armii Niemieckiej, oraz jej wielkiego WODZA I OJCA narodu niemieckiego, Adolfa Hitlera".

Podałem ja dokładny adres oraz imię i nazwisko Irki, i zaadresowałem kopertę:

ŚCIŚLE TAJNE

Do rąk własnych naczelnika
Okręgowego GESTAPO
WILNO
plac Łukiski

Za następnym razem, gdy byłem w miasteczku, wrzuciłem ja ten list do skrzynki pocztowej i uspokoiłem się. Jestem pewien teraz, że Irkę spotka zasłużona kara za podłe potraktowanie ideowego komsomolca i honorowego oficera Armii Czerwonej. Bardzo to przyjemne samopoczucie.

Jest jeszcze jedna korzyść z wysłania tamtego listu. W wypadku, jeśli mnie Niemcy kiedyś złapią, to mogę od razu oświadczyć, że jestem ich przyjacielem i nawet oddałem usługi dla gestapo, dekonspirując wrogów ludu niemieckiego. Poza tym wskażę, gdzie pani Józefa chowa radio, za pomocą którego słucha zagranicznych audycji antyhitlerowskich. W ten sposób ja bardzo dobrze i mądrze zabezpieczyłem się na wypadek pochwycenia mnie. Więc czuję się teraz o wiele bezpieczniejszym. Jednak jestem ja bardzo mądrym człowiekiem i z tego względu ogromny mam dla siebie szacunek. Tak: rozumu mnie nie brak.

U Malugów byłem już kilka razy. Wkrótce po pierwszym zapoznaniu się poszedłem ja do nich znowu. Było to w niedzielę wieczorem. Naturalnie ubrałem się wspaniale. Pani Józefa mnie krawat porządnie zawiązała i wyglądałem na bardzo wysoką osobistość. „Omegę" na ręku tak przysposobiłem, żeby było zawsze widać.

Przyszedłem ja do nich. Już z dziedzińca słyszałem, że dziewki pieśni śpiewają. A nie nasze, lecz w polskim, faszystowskim języku. Przyszedłem ja do mieszkania i bardzo grzecznie wszystkich pozdrowiłem. Zaraz rozmowy się zaczęły i różne żarty. Najwięcej młodszy syn Malugi, Andrzej, dokazywał. Nie bardzo to mi się podobało, ale udawałem, że i mnie jego żarty bawią. W pewnej chwili spytał on mnie, czy ja byłem w szkole. Powiedziałem, że byłem i że bardzo dobrze się uczyłem. Więc on mówi do mnie:

– Jeśli byłeś w szkole, to powiedz mi: ile to będzie 7 razy 8?

– 56 – powiedziałem od razu, nie namyślając się wcale. Więc przekonał się: jak wielka jest w Związku Radzieckim nauka i kultura.

– Dobrze – powiedział on. – A jakie jest największe miasto na świecie?

Powiedziałem:

– Moskwa.

A on zaprzeczył i twierdził, że Londyn. A po Londynie New York... Jest to najlepszym dowodem tego, jak potrafiła otumanić go i zaślepić anglo-amerykańska propaganda i reklama. Ale nic, rozmawialiśmy i się bawili dalej.

Później stary Maluga zaczął mi opowiadać o Ameryce. Okazało się, że on 15 lat tam żył i pracował w fabryce Forda, w Detroit. Następnie z uzbieranymi pieniędzmi tu wrócił i gospodarstwo kupił. Więc spytałem ja go dorzecznie, że jeśli tam tak dobrze mu się żyło, iż mógł duże pieniądze uskładać, żeby gospodarstwo kupić, to dlaczego nie został tam na zawsze. Ale on mi powiedział, że bardzo mu było smutno za swym krajem i swoimi ludźmi. Dlatego nie został tam, chociaż żył i zarabiał bardzo dobrze.

Zainteresowała mnie ta Ameryka, więc ja go spytałem, czy tam nad nim bardzo znęcali się i jak bili, aby wielkie normy osiągać. A on odpowiedział:

– Nie znam takiego wypadku, żeby tam ktoś robotnika uderzył. Tam robotnik jest bardzo szanowany i ma wielkie prawa.

– A głodu ty tam chyba nacierpiałeś się?

– Głodu? – stary roześmiał się. – O głodzie mowy nie ma. Jadłem dużo i smacznie. Niczego mi tam nie brakowało.

Zainteresowała mnie inna kwestia, więc spytałem ja go:

– A jak tam postępują z takimi robotnikami, którzy do pracy się spóźniają?... Czy ich tylko, tak jak u nas, za pierwszym razem na trzy miesiące do więzienia pakują, a dopiero za drugim razem do łagru na wykończenie wysyłają, czy od razu zabijają?

Lecz stary odpowiedział mi na to wykrętnie:

– Twoje pytanie to mnie nawet głupie wydaje się. Po pierwsze: tam żadnych łagrów nie ma. A następnie: do roboty, jeśli nie chcesz, to możesz wcale nie przyjść. I pracować możesz, gdzie chcesz. Naturalnie do pracy trzeba na czas przychodzić, aby był porządek.

– Dobrze – mówię ja. – A jeśli ktoś daleko od fabryki mieszka, bo w Ameryce ludzi dużo i nie każdy przy fabryce może żyć. Więc czasem zdarzy mu się opóźnić...

– Ja – powiedział stary – mieszkałem o 25 kilometrów od fabryki, w której pracowałem i nigdy nie spóźniłem się. Budzik zawsze w porę mnie budził, a gospodyni, u której pokój miałem, śniadanie dla mnie zawczasu przygotowywała. Więc z tym nigdy kłopotu nie było.

Widzę ja, że on mnie zrozumieć nie może, więc tłumaczę mu jak małemu dzieciakowi:

– Otóż: mieszkałeś o 25 kilometrów od fabryki. Więc na samą drogę do pracy musiałeś najmniej cztery i pół godziny tracić. A jeśli na przykład, śnieg bardzo drogi zawalił, albo po deszczu wielkie błoto się zrobiło, to mogłeś i o godzinę się opóźnić.

On roześmiał się i powiedział:

– Błota tam nie ma, bo drogi są asfaltowe. A jeśli śnieg spadnie, to zaraz specjalne auta jadą i śnieg z dróg zgarniają. A 25 kilometrów do pracy wcale nie musiałem chodzić, tylko zawsze jeździłem. W ogóle tam nikt na większą odległość pieszo nie idzie.

– To znaczy, że musiałeś codziennie przepustki na jazdę z amerykańskiego NKWD brać!

– Nikt w Ameryce przepustek na jazdę nie potrzebuje i NKWD żadnego tam nie ma. Kto chce jechać, to kupuje bilet i po wszystkim. A ci, którzy często jeżdżą, kupują tanie bilety sezonowe.

– No dobrze – mówię ja – a jeśli wagony są przepełnione i nawet na dachu miejsca nie ma, to przecież zdarzy się opóźnić i fabrykę na stratę narazić. Więc chyba takich osobników w Ameryce nie karzą, lecz całują?

A on powiada:

– Trudno mi z tobą mówić. Ale w Ameryce nikt na dachach nie jeździ. Tam wszystko jest obliczone i tyle pociągów oraz autobusów kursuje, że każdy ma siedzące miejsce. Ja zaś do pracy własnym autem jeździłem.

– Własnym autem!!!

– Tak. Czego się dziwisz? Ja tam za cały czas dwa auta miałem. Pierwsze sprzedałem, gdy było stare i nowe, lepszej konstrukcji, kupiłem.

– A skąd ty pieniądze na kupno auta wziąłeś?

– Jak to: skąd?... Zarobiłem.

– Żeby auto kupić?!

– Nie od razu kupiłem. Dałem firmie zadatek, a potem spłacałem raty. Pierwsze auto spłaciłem w dwa lata. A na drugie miałem więcej pieniędzy i w rok czasu spłaciłem. Zresztą tam nie tylko ci robotnicy, którzy daleko od pracy mieszkają, mają auta, ale i ci, którzy blisko miejsca pracy żyją. Tylko tacy aut nie kupują, którzy nie mają gdzie garażu zbudować albo wynająć. Inni znów nie chcą mieć z tym kłopotu. W naszej fabryce bardzo mało było robotników, którzy własnych aut nie mieli.

Popatrzyłem ja na niego – chciałem powiedzieć mu coś do słuchu. Ale przemilczałem. Tylko natychmiast zrozumiałem: kto on jest i skąd pochodzą i firanki na oknach, i u wszystkich dobre buty! Od razu jasne to mi się zrobiło. Tym właśnie autem on siebie i zdradził! Bo żeby powiedział, że jakiś robotnik, stachanowiec, w Ameryce pracą wielu lat do roweru się dochrapał, to bym może mu i uwierzył. Ale auto!... Mnie nawet śmiech ogarnął, jak wyobraziłem ja sobie robotnika siedzącego we własnym aucie. To nawet i nieprzyzwoicie!

Tak: jednak potężna jest ta amerykańska propaganda, jeśli nawet tu potrafiła swych agentów ulokować i zamęt pojęć szerzyć!... żebym ja to u nas od niego posłyszał, to bym wiedział, jak postąpić z takim typem. A tu musiałem zamilknąć i o nic więcej nie pytałem. Bo mnie nawet strasznie się zrobiło. Toż podłość i bezczelność nie mają granic!

3 maja 1942 roku
Folwark Burki

Mam wolny czas, bo dzisiaj niedziela, więc piszę dalej. W piątek również nie pracowałem, ponieważ pani Józefa rano, przy śniadaniu, powiedziała do mnie:

– Włóż dzisiaj dobry garnitur i odpocznij. Robotę w następnym tygodniu przyśpieszymy.

Zdziwiłem się ja:

– Dlaczego dzisiaj nie pracujemy?

– Przecież jest święto robotnicze: pierwszy maja.

– To i wy to święto obchodzicie?

– Jak kto chce.

Podstępny jednak naród są ci Polacy. Nawet nasze, proletariackie święto przywłaszczyli sobie. Ale nic, to mi się przydało nawet, bo byłem zmęczony. Wiadomo: we dwoje tylko pracujemy, więc trudno nadążyć ze wszystkim. W kołchozie to by naszą robotę ze dwudziestu ludzi robiło... Mnie kiedyś pani Józefa powiedziała:

– Rób, ile możesz, bo ty tu jesteś jak na swoim gospodarstwie. Ty pracujesz dla mnie, a ja pracuję dla ciebie. A oboje pracujemy po to, żeby było z czego żyć.

Bardzo mi przyjemnie było to słyszeć, chociaż, właściwie, powinienem, przy moim wykształceniu, nie pracować, lecz pracą innych kierować. Ale wygląda na to, że też jestem dziedzicem, szczególnie gdy włożę lepsze ubranie, zawiążę krawat i „Omegę" uwidocznię. Bardzo to przyjemne samopoczucie. Jeślibym mógł jeszcze z Wilna pozostawione tam rzeczy zabrać, to można powiedzieć, całkiem byłbym zadowolony. Szczególnie katarynki mi brakuje, ponieważ jestem człowiekiem uczuciowym i muzykę tak sam silnie uwielbiam, jak i kiełbasę.

Na Stalina ja już wcale nie gniewam się, bo chociaż i jest on obcokrajowcem, lecz okazało się, że bardzo dba o ruskie interesy. I wcale on temu nie winien, że Hitler nas oszukał. Bo to taka podła bestia, która żadnych przyrzeczeń nie dotrzymuje i honorowe zobowiązania łamie. Pani Józefa to wszystko dokładnie mi wytłumaczyła i powiedziała, że Stalin teraz, razem z Polską, Anglią i Ameryką, przeciw Hitlerowi walczy i podpisał „kartę atlantycką", w której jest powiedziane, że wszystkie narody muszą być wolne i żyć bez strachu i w dobrobycie. Bardzo to przyjemnie, że nareszcie burżuazja zrozumiała, że bez wolności żyć nie można. Więc jest nadzieja, że wszystkie państwa dobrowolnie zostaną przyłączone do Związku Radzieckiego. Tylko trzeba tę imperialistyczną zarazę, Hitlera, zwyciężyć. Wówczas pewnie uda się światowy kołchoz zbudować, wszystkich burżujów, posiadających zegarki i rowery, wyrżnąć i za pomocą NKWD nasz ruski socjalizm wszędzie wprowadzić.

Po dobrym śniadaniu poszedłem ja do stodoły i uroczyście *Międzynarodówkę* oraz *Ojcze nasz* odśpiewałem. Bo ja już do tej komunistycznej modlitwy bardzo piękną rewolucyjną melodię dobrałem. Więc śpiewam ją często na chwałę OJCU naszemu, Stalinowi.

Towarzyszom: generałowi Sikorskiemu i prezydentowi Raczkiewiczowi

10 maja 1942 roku
Folwark Burki

Do Malugów ja chodzę teraz w każdą niedzielę, chociaż bardzo mnie jego funkcja kapitalistycznego agenta nie podoba się. Ale dziewki są bardzo piękne i chciałbym którąś z nich przygruchać. Gdy byłem u nich ostatnim razem, to młodszy syn Malugi, Andrzej, powiedział do mnie:

– Szkoda mnie ciebie bardzo.

– Dlaczego? – spytałem.

– Że taki głupi jesteś... Otumanili ciebie wasi politrucy i nic ty o świecie nie wiesz. A nawet o tym, co u was się dzieje, też pojęcia nie masz.

Bardzo mi przykro było to słyszeć. Ale czy mogłem mu powiedzieć, że i ja jestem oficerem, i że to oni właśnie są ciemną masą, a nie my. A on dalej mówił:

– W ogóle twoje położenie jest kiepskie. Bo jeśli Hitler zwycięży, to musisz zawsze pod fałszywym nazwiskiem żyć i wszystkiego bać się. Jeśli Rosja zwycięży, to też do domu wrócić nie możesz ani się ujawnić.

– Jak to: nie mogę?

– Rzecz jasna, że nie możesz, bo w łeb ci od razu palną albo na wykończenie do łagru wyślą za to, że zostałeś od wojska. Ty przecież dezerter jesteś, a nawet za zdrajcę możesz być uznany. Znam ja wasze porządki.

– Ale mnie przecież zostawili i sami uciekli. Cóż ja miałem robić? Sam jeden Niemców zatrzymać?

– O to ciebie i pytać nie będą. Wiem ja dobrze, że u was żołnierz, który nawet walcząc i ranny do niewoli się dostanie, jest uważany za zdrajcę. A cóż dopiero taki jak ty!

– Pomyślałem ja sobie: prawdę mówi. Marna moja sprawa. Więc pytam go: – Cóż mnie teraz robić?

– Nie wiem – powiedział. – Jeśli wasi znów tu przyjdą, to kula ciebie nie minie. Albo kula, albo śmierć z głodu i przepracowania w łagrze. Jedynie to może cię uratować, jeśli tu, po zwycięstwie nad Hitlerem, znów wolna Polska będzie. Wówczas ocalejesz.

– Ale wówczas wasi kapitaliści mnie zabiją!

– Jacy tam kapitaliści – powiedział Andrzej. – I po co im ciebie zabijać? Nagadali ci głupstw i wierzysz waszym bzdurom. U nas żyli bezpiecznie i swobodnie nawet tacy, którzy tu, przed wojną jeszcze, z Rosji uciekali. I nikt im krzywdy nie robił.

– Ale przecież jestem Rosjaninem.

A on powiada:

– U nas obcokrajowców dużo było i każdy mógł swobodnie żyć i pracować, jeśli przeciw naszym prawom nie występował.

Zepsuł ten Andrzej mój humor. Zrozumiałem, że rzeczywiście moja sytuacja jest bardzo marna. Nie interesowały mnie już ani pieśni, ani poczęstunek, ani dziewki. Nawet wcześniej do domu poszedłem. Zapytałem pani Józefy:

– Pani jest bardzo uczona. Bo ja, cóż: zwykły sołdat jestem i mało co wiem. Niech mi pani powie prawdę: czy zwyciężymy Hitlera?

– Naturalnie – powiedziała – że zwyciężymy. Przeciw niemu przecież pół świata teraz walczy. Na razie on jeszcze się trzyma, ale długo to nie potrwa.

– Dobrze – powiedziałem. – A jak hitlerowców stąd wypędzimy, to jaka tu będzie władza: angielska czy sowiecka?

– Ani angielska, ani sowiecka – odparła. – Tu będzie znów Polska, tak jak i była. O to przecież walczyliśmy i walczymy wciąż z Niemcami... Mamy zagwarantowaną naszą wolność umowami międzynarodowymi. Bo o to, żeby tu był obcy rząd, nie potrzebowaliśmy wcale walczyć. A z Rosją nasz naczelny wódz, generał Sikorski, już się porozumiał. On teraz w Anglii mieszka. A jak Niemców pokonamy, to zaraz tu z polskim wojskiem przybędzie.

– To ten Sikorski jest dla was teraz tym, kim dawniej był Piłsudski?

– Owszem, cały naród jemu ufa i czeka, kiedy on tu zawita. Rząd nasz, wraz z prezydentem, też tu przyjedzie i będziemy Polskę odbudowywać po tych spustoszeniach, które nam sowiecka i niemiecka okupacja wyrządziła.

– A kto u was teraz jest najgłówniejszy?... Ot, u nas Stalin. A u was?

– U nas prezydent Raczkiewicz.

– Raczkiewicz?

– Tak.

– Z tego wynika, że dwóch wodzów macie. Jeden cywilny to prezydent. A drugi wojskowy to generał Sikorski. Nie jest to dobrze.

– Dlaczego?

– Bo porządku nie ma. Nie wiadomo nawet, komu telegramy posyłać z wyrazami uwielbienia i wierności. I wojsko nie wie, o kim ma pieśni śpiewać.

Długo mi pani Józefa o polityce, o demokracji i o różnych innych sprawach opowiadała. Ale ja tym wszystkim mało interesowałem się. Najgorszą rzeczą jest to, że moja sytuacja teraz jest bardzo marna. Nasi przyjdą: kula w kark! Niemcy złapią: kula w łeb! I okazało się, że jedynie na Polaków ja mogę liczyć. Na ich burżujski, pański rząd. Ot, do czego sprawa doszła!!!

Całą prawie noc ja nie spałem i o tym wszystkim myślałem. Bo wyszło tak, że jestem ja dezerter, wróg ludu i proletariatu. A cóż ja zawiniłem? Zawsze przecież kochałem ponad wszystko na świecie Stalina i Rosję. Zawsze ich chwaliłem i uwielbiałem, tak jak się należy każdemu prawdziwemu i uczciwemu komuniście na całym świecie. I tylko na kulę w łeb albo na zesłanie do łagru zasłużyłem!... Nawet okazało się, że tylko burżuazja i kapitaliści mogą mnie z tej sytuacji wyratować i żyć mi dadzą... Bardzo to przykre samopoczucie. Tak.

Będę musiał ja wyuczyć się mówić po polsku i słów polskiej *Międzynarodówki*, oraz melodii jej dokładnie się dowiedzieć. A *Zapiski* moje muszę ja chyba zadedykować aż dwom panom naraz. Temu generałowi Sikorskiemu i prezydentowi Raczkiewiczowi. Tylko kogo z nich pierwszego wymienić? Ważna to kwestia i obawiam się, żeby omyłki nie popełnić. Ale chyba lepiej generała. Bo jak on Hitlera pokona, to rzecz wiadoma, władzę w swoje ręce capnie i wówczas prezydenta jakoś tam sprytnie zlikwiduje. Więc będzie pierwszym w państwie. A jeśli omylę się co do ważności persony, to chyba będę musiał prosić o wybaczenie i przyznać się polskiemu NKWD, że mnie Niemcy do tego namówili, ja zaś przez głupotę posłuchałem. Może łagodniejszą karę wymierzą. Tak: trudno mi bardzo do nowych okoliczności się przystosować.

Zacząłem ja codziennie panią Józefę prosić, żeby mnie koniecznie portrety prezydenta Raczkiewicza, generała Sikorskiego oraz Piłsudskiego kupiła. Powiedziałem jej, że zapłacę za nie każdą cenę. Gotów jestem nawet zegarek sprzedać, aby tylko je mieć.

– Po co ci to potrzebne? – spytała ona mnie.

– Bardzo ja tych wielkich wodzów i ojców narodu polskiego kocham!

Obiecała mi ona, że gdy będzie w Wilnie, to postara się te portrety znaleźć. Byłoby to wspaniale! Mógłbym Piłsudskiego pośrodku powiesić. To jakby ich kapitalistyczny Lenin. A z lewa i z prawa Sikorskiego i Raczkiewicza. To tak jak Stalin i Mołotow. Tylko muszę koniecznie się dowiedzieć: jak kapitalistyczny Marks się nazywał. Bo przydałoby się bardzo i jego portret powiesić. Dobrze by było i portret polskiego naczelnika reakcyjnego NKWD nabyć. Inaczej mogłoby to być poważne odchylenie od burżuazyjnej generalnej linii.

11 czerwca 1942 roku
Folwark Burki

Pod koniec maja pani Józefa pojechała do Wilna, a gdy wróciła za trzy dni, to przywiozła dla mnie duży portret Piłsudskiego i fotografie Sikorskiego oraz Raczkiewicza, wycięte z przedwojennych ilustrowanych pism. Portret Piłsudskiego bardzo mi się podoba, ale fotografie obecnych wodzów są na cienkim papierze i w ogóle marne. Jednak nakleiłem ja je porządnie na tekturki i w moim pokoiku na ścianie powiesiłem. Ale za kilka dni pani Józefa zobaczyła to i kazała zdjąć. Byłem ja tym bardzo zdziwiony.

– Dlaczego? – spytałem. – Przecież to są wodzowie polskiego narodu. Należy się, żeby każdy, kto ich kocha, portrety miał na ścianie.

– U nas takiego zwyczaju nie było – powiedziała pani Józefa. – A portrety te, w obecnej sytuacji, mogą nieszczęście sprowadzić. Wstąpi tu policja albo Niemcy, to jeśli zauważą, mogą nas aresztować. Zdejm to i schowaj!

Zdjąłem ja portrety i w stodole ukryłem. Ale dobrze to sobie zapamiętałem i postanowiłem, że jak będzie tu znów Polska, to koniecznie do ich faszystowskiego NKWD zamelduję, że nie pozwoliła mnie portretów wodzów na ścianie mieć. Za takie coś na pewno ją duża kara spotka. Ja zaś będę miał uznanie i wyróżnienie dla szanownej instytucji, zwalczającej wrogów ludu kapitalistycznego.

Kilka dni później powiedziałem ja pani Józefie, że bardzo chcę wyuczyć się polskiego języka, bo jeśli tu Polska będzie, to nie zamierzam ja do Rosji wracać. Ona chętnie na to się zgodziła i od razu zaczęła mnie uczyć. Tylko bardzo mnie ich kapitalistyczny alfabet się nie podoba. Widać, że jakiś zatwardziały reakcjonista go wymyślił. Litery śmiechu warte. Ale pani Józefa powiedziała mi, że to jest alfabet łaciński i że nim prawie wszystkie państwa europejskie, Ameryka i wiele innych krajów posługują się, bo jest wygodny i prosty.

Powoli zacząłem ja litery poznawać oraz je czytać i pisać. A mówiliśmy teraz tylko po polsku. Jedynie jeśli czegoś nie mogłem dobrze zrozumieć, to pani Józefa po rosyjsku mnie tłumaczyła.

Pewnego razu spytała mnie ona o życie w Związku Radzieckim. Powiedziała:

– Powiedz ty mi, Janku, prawdę: jak wy tam w ogóle żyjecie? Ja o tym sama dużo wiem, ale i ty możesz mi wiele ciekawych rzeczy opowiedzieć. Rozumiem to dobrze, że jesteście tacy nieszczęśliwi i tak od dzieciństwa wychowani, że nigdy prawdy nie mówicie. Twierdzicie tylko jak papugi to, co wam sowiecka propaganda do głowy wbiła. Ale ty tu życie zobaczyłeś dobrze i możesz porównać je z waszym. Więc: czy tobie było lepiej w Rosji i czy życie rosyjskiego narodu jest naprawdę lepsze niźli nasze?

Zastanowiłem się ja: co jej powiedzieć? Powiem prawdę – czort wie, co z tego może być w przyszłości! Jeśli nasi tu wrócą, to może na mnie do NKWD donos zrobić. Jeśli zaś nadal będę kłamał, to pomyśli, że mam fałszywy charakter. Ona pewnie zauważyła, że boję się ja szczerze mówić, i tak do mnie odezwała się:

– Żyjesz u mnie długo i wiesz jaka jestem. Możesz mówić mi śmiało wszystko i być pewnym, że żadna przykrość z tego powodu cię nie spotka. Ja i bez ciebie bardzo dużo wiem o życiu w obecnej Rosji. I nie tylko o Rosji, lecz i na całym świecie. Sama zawsze mówiłam i mówię ci tylko prawdę. A ty albo kłamiesz, albo wykręcasz się od mówienia prawdy. Pomyślałam nawet, że bardzo przebiegły i podstępny jesteś, chociaż ja za tobą jak matka za synem patrzę i wszystko, co mogę, robię, żeby ci tu dobrze było.

Zrozumiałem ja, że muszę jej prawdę powiedzieć... Taką prawdę, o jakiej ja nawet myśleć nie chcę. Zresztą jeśli tu Polska będzie, to ja nawet nie bardzo ryzykuję. Bo do Rosji postanowiłem ja nigdy dobrowolnie nie wracać, ponieważ tu jako parobek żyję lepiej i jestem lepiej szanowany niźli w Rosji jako oficer.

Obejrzałem się, żeby przekonać się: czy jeszcze ktoś nas nie słyszy i mówię do niej:

– Żyliśmy gorzej jak u was psy. Nic u nas dobrego nie było, nie ma i nigdy nie będzie. Pracujemy bez końca i miary, a nawet marnego jedzenia nie ma dość. I każdy każdego się boi. Mnie w domu matka i ojciec się bali, bo w szkołach kazano nam rodziców śledzić i władzom o wszystkim donosić. Nie było u nas ani ubrania dobrego, ani obuwia, ani jedzenia. Chodziliśmy w łachach, głodowali i wierzyli, że to wielkie szczęście. Bo myśleliśmy, że za granicą jeszcze gorzej jest. Że u was ludzie ziemię jedzą i korę z drzew.

– A czy nie mogliście z radia zagranicznego posłyszeć albo od starszych ludzi dowiedzieć się, jak gdzie indziej albo i w Rosji przed rewolucją ludzie żyli?

– Przez całe moje życie ja takiego radia, żeby można było zagraniczne stacje słuchać, nawet nie widziałem. A starzy ludzie wyginęli albo muszą milczeć. Dopiero jak ja tu przyszedłem, to zobaczyłem: jak dobrze ludzie mogą żyć. Z początku nawet myślałem, że to wszystko propaganda kapitalistyczna albo że wszyscy tu są burżuje. Dopiero potem się przekonałem, że tu nawet robotnik ma takie życie, o jakim my nawet i pomyśleć nie możemy. Dużo rzeczy ja dotychczas zrozumieć nie mogę. Ale to rozumiem dobrze, że oszukiwano nas przez całe życie.

– Nieszczęśliwym jesteście narodem – powiedziała pani Józefa – ale bądź pewien, że po wojnie to się zmieni. Ludzie młodzi też dowiedzą się, jakie jest na świecie życie, i nie zechcą żyć dalej w tak strasznej niewoli i poniewierce.

– Nic u nas się nie zmieni i nic cały naród o lepszym życiu wiedzieć nie będzie. Bo ci, co wiedzą, jeśli ocaleją, nawet jednym słowem o tym nikomu nie wspomną. A gdyby nawet cała Rosja o tym wiedziała, to też nic zrobić nie potrafią. Taki już jest nasz los. Jedynie kapitaliści, którzy zechcą, mogą inne życie w Rosji zaprowadzić. Ale tylko wówczas, gdy usuną nasz rząd i zlikwidują NKWD. Sami my i przez tysiąc lat nie wyzwolimy się.

Nie rozumiem: jak ja się zdobyłem na powiedzenie tego pani Józefie. Pierwszy raz w życiu komuś (i samemu sobie) prawdę o tej sprawie powiedziałem. Żałuję ja tego nawet, ale stało się. Zresztą, w razie czego, nie przyznam się, że to mówiłem. Mogą zabić nawet, a nie przyznam się. Zły jestem i na siebie, i na panią Józefę, że taka rozmowa u nas była. Wiem, że nikomu ona o niej nie doniesie, bo i sama zostałaby zlikwidowana. Ale bardzo mi przykro, że kapitalistów wychwalałem, a nasz rząd rosyjski krytykowałem.

Od tego dnia zaczęliśmy częściej o tych sprawach mówić. Ja już nic nie ukrywałem, bo jestem pewien, że nasi nie przyjdą tu nigdy. Jeśli Niemcy wojnę wygrają, to nasz rząd zlikwidują, NKWD wyrżną i rozpędzą, i swój porządek zaprowadzą. Jeśli zaś Anglicy i Amerykanie zwyciężą, to oni wszystko zagarną, a tu pewnie znów będzie Polska. Mimo tego bałem się ja tych myśli i zacząłem marnie spać nocami. Ciągle mi się śniły aresztowania, donosy, zsyłka do łagru, więzienia, egzekucje...

Jednak byłem ja szczęśliwy, kiedy żyłem w Rosji, i o tym wszystkim, co wiem teraz, nie wiedziałem nic. Co z tego, na przykład, że ja mam teraz dobry kostium, trzewiki i zegarek, kiedy tu każdy ma zegarek i w trzewikach albo butach ze skóry chodzi. Albo tutejsze dobre jedzenie... Jak jest zawsze, to i myśleć o tym nie ma co. A jak ja w Rosji czasem funt cukru na przydział otrzymałem, to byłem i dumny, i bardzo zadowolony, bo wiedziałem, że jestem wyróżniony nadzwyczajnie i mam wielkie szczęście. Naturalnie były miliony takich, którzy zawsze głodowali i w łachmanach chodzili. Ale co to mnie obchodziło? Przecież każdy musi sam o siebie dbać. Ja zaś należałem do lepszej klasy, byłem oficerem i komsomolcem, więc musiałem być lepiej cenionym niźli byle jaki obywatel. A teraz, jako parobek, żyję lepiej niźli dawniej jako oficer, ale żadnego specjalnego poważania nie mam, każdy mnie za durnia uważa i nikt mnie nie zazdrości. Tam mogłem ja z czasem wysokie stanowisko zająć, a tu do końca życia parobkiem zostanę. A jeśli nawet ożenię się tu i potrafię własne gospodarstwo założyć, to takich gospodarzy tu wszędzie pełno... Myślałem ja dawniej, że jestem bardzo szczęśliwym człowiekiem żyjąc w Rosji, a nie zagranicą. A teraz wiem, że była to głupota moja. Ale od tego lepiej się nie czuję.

Do Malugów w dalszym ciągu chodzę w sobotę albo w niedzielę. Wszyscy tam bardzo dobrze mnie traktują, a jedna z jego córek, Antosia, to nawet bardzo życzliwie na mnie patrzy i chętnie ze mną rozmawia. Wiem ja, że niedobrą drogą Maluga do swego bogactwa doszedł, ale co to mnie obchodzi? Zresztą jeśli i jest agentem amerykańskich kapitalistów, to wcale to mnie nie szkodzi. Niech już tu będą lepiej Amerykanie niźli Niemcy albo bolszewicy. Bo będę życia swego pewien.

Wiele razy stary Maluga wyciągnął mnie na rozmowy o Związku Radzieckim. Ale ja zawsze mówiłem mu, że mało o tym wiem, ponieważ byłem zwykłym robotnikiem i pochodzę z chłopskiej rodziny. W wojsku zaś byłem szeregowcem, wziętym z poboru. Ale on do mnie pewnego razu tak się odezwał:

– Kręcisz ty, chłopcze, jęzorem jak pies ogonem. Wszystko ty wiesz, ale mówić boisz się czy też nie chcesz. Tak ciebie politrucy wytresowali.

A Andrzej kiedyś ze mną długo w polu rozmawiał. Pola nasze obok są, więc gdy mnie pani Józefa w południe jeść przyniosła, to on przyszedł do mnie na pogaduszkę. Dziwne rzeczy mi opowiadał. Mówił, że przed wojną tu prawie wszyscy młodzi chłopcy ze Związkiem Radzieckim trzymali i było dużo takich, którzy należeli do partii komunistycznej.

– Trudno mi w to uwierzyć – powiedziałem.

– Szczerą prawdę ci mówię – rzekł Andrzej. – Ja również byłem przeciwny polskiemu rządowi. Czytaliśmy różne wasze pisma i broszury. Czasem przyjeżdżali do nas komuniści z powiatu lub z Wilna. I prawie cała młodzież za Rosją była. Bo myśleliśmy, że u was tam naprawdę wielki dobrobyt i wolność są. Że podatki są bardzo małe, że życie wesołe. Kilkunastu naszych chłopaków nawet przez granicę do Rosji poszło. Ale wrócił tylko jeden i zaczął nam opowiadać, że u was tam nie raj, lecz piekło. Takie historie nam opowiadał, że aż złość brała, bo uwierzyć w to nie mogliśmy. Myśleliśmy, że policja go przekupiła, aby przeciw Sowietom agitację prowadził. Później zastrzelono go przez okno we własnej chałupie. Dotychczas nikt nie wie: kto go sprzątnął... Ale dopiero, gdy wy sami tu przyszliście, to wyleczyliśmy się z komunizmu od razu. Czego policja polska i księża z ambon w 20 lat nie zrobili, to wy sami w 20 dni dokonaliście. Nawet tak się stało, że wolimy Niemców jak was, chociaż to też wróg nasz wielki i pijawka dobra. Ale jak świnia do chałupy chłopskiej nie lezie, portretów Hitlera wszędzie nie pakuje i ludziom butów z nóg nie zdziera.

Na zakończenie on tak mi powiedział:

– Wiesz ty: czym wyście nas najwięcej wzięli, dopóki was nie znaliśmy?... Pieśniami... Wszystkie wasze pieśni o wolności, o miłości, o swobodzie, o radosnym życiu sowieckim śpiewaliśmy i do was nasze serca ciągnęły. A teraz to my nawet z czortem śpiewalibyśmy, aby tylko was diabli wzięli!

Drugi raz prawie to samo posłyszałem. Bo w Wilnie mnie kiedyś kontrik Kolka to gadał. Wówczas myślałem, że jest on zatwardziałym reakcjonistą. Teraz ja dopiero zrozumiałem, że nas tylko tam kochają, gdzie na oczy nie widzą. Kiepskie to samopoczucie. Nigdy się nie przyznam, że byłem komsomolcem i oficerem. Zresztą nie uwierzyliby mnie nawet. Bo jako sołdat i to jestem uważany przez nich za głupiego.

15 listopada 1942 roku
Folwark Burki

Dawno nie pisałem. Było nawet wiele ciekawych, chociaż drobnych spraw, ale nic tak ważnego, żeby koniecznie trzeba było upamiętnić. Poza tym roboty było dużo, więc jeśli znalazła się wolna godzina, to wolałem wypocząć albo pójść do Malugów, niźli pisać.

Obecnie skończyliśmy większe roboty. W żniwa nie podołaliśmy sami, ale sąsiedzi pomogli. Prócz mnie trzech Malugów pracowało i pięć kobiet z sąsiedztwa. Prędko skończyliśmy robotę i pani Józefa dla nich w sobotę wieczorem przyjęcie urządziła. Było dużo różnego jedzenia i nawet wódki parę butelek. Zabawiliśmy się wesoło.

Z kartoflami jeszcze lepiej nam poszło, bo z miasta kobiety do kopania przyszły i sześć dni pracowały. Ja tylko pługiem bruzdy odwracałem, a baby zbierały kartofle i zsypywały na wóz. Tymczasem pani Józefa w domu pracowała i dla nas wszystkich szykowała jedzenie. Zrobiliśmy dwa duże kopce kartofli na zimę, a resztę zsypaliśmy do piwnicy. Słowcm: mamy wszystko w gospodarstwie w porządku. Teraz ja powoli opał na zimę szykuję. Lasu dużego nie mamy, tylko młodziak, więc ja tam, gdzie drzewka gęsto rosną, wybieram gorsze brzózki, olszynki, sosenki i je ścinam. A zimą, gdy śnieg spadnie, zwiozę wszystko do domu. Tak że i opał będziemy mieli zapewniony na długo.

Pani Józefa powiedziała, że na zimę zrobi dla mnie dobre palto. Ma takie po jednym z synów. Bardzo dobry materiał i ładnie uszyte. Trzeba będzie tylko trochę przerobić, żeby lepiej na mnie pasowało. Bardzo ja się tym cieszę. Będę i ja wreszcie jak burżuj w palcie wspaniałym paradować.

Mamy już trzydzieści kur i hodujemy trzy wieprze. Jednego pani Józefa zamierza przed świętami Bożego Narodzenia zabić, aby na zimę było mięso i tłuszcz. Teraz pani Józefa każdego tygodnia własnym koniem i wozem na rynek jeździ i wozi na sprzedaż masło, jaja, jarzyny. Ogród ona zrobiła duży, więc mamy mnóstwo pomidorów, ogórków, kapusty. Słowem: gospodarstwo nasze bardzo się poprawiło i zamierzamy nawet lepszego konia kupić.

Pewnego razu znalazłem ja w zagajniku stare okopy. Zarosły one różnym zielskiem i trawą, ale są głębokie i przez cały zagajnik idą. Pani Józefa powiedziała mi, że okopy te po wojnie 1914-1918 roku zostały, bo przez pewien czas tędy front przechodził. Tam też, pośrodku zagajnika, duży podziemny bunkier jest. Tyle czasu minęło od tamtej wojny, a bunkier jeszcze i teraz w dobrym jest stanie. Ja tam słomy zaniosłem i latem, w upały, do bunkra spać chodziłem. Tam, jeśli piec zrobić i nowe drzwi wprawić, to i zimą żyć można, bo jest głęboki i dużą warstwą ziemi pokryty. Jego tam i znaleźć trudno, bo ze wszystkich stron, a nawet i z wierzchu krzakami zarósł.

Pani Józefa w dalszym ciągu uczy mnie czytać i pisać po polsku. A rozmawiamy teraz tylko po polsku i już dobrze w tym języku porozumiewam się. Może nawet lepiej mówię jak tutejsi chłopi, bo oni mają język mieszany z białoruskim i niektóre słowa przekręcają. A pani Józefa po polsku czysto mówi. Ja nawet kilka książek przeczytałem, ale nie wszystko mogłem zrozumieć, więc pani Józefa zawsze mnie trudne miejsca objaśniała.

Do Malugów w dalszym ciągu chodzę w niedzielę albo w sobotę. Oni bardzo dobrze mnie traktują i nawet wyśmiewać przestali. Dopiero teraz zrozumiałem ja, że stary Maluga żadnym agentem kapitalistycznym nie jest i że rzeczywiście w Ameryce, w ciągu 15 lat pracy, tyle pieniędzy zebrał, że mógł tu wrócić i gospodarstwo kupić. Mnie poprzednio wprowadziło w błąd jego opowiadanie o własnym aucie. Ale później spytałem się o to pani Józefy i ona mi powiedziała, że istotnie w Ameryce dużo zwykłych robotników ma własne auta. Jest tam tyle tego, że na każdych czterech czy pięciu ludzi auto przypada. Więc jeśliby Amerykanie zmówili się na jeden dzień i godzinę, to cała ludność ich mogłaby jednocześnie autami jechać. Zdumiewający to kraj! A u nas tak dużo pisali i mówili nam, że tam tak potworna nędza i ucisk. Że tam ludźmi handlują jak psami, że panuje głód, że brak szkół i szpitali. Że robotników za byle co zabijają i pakują do więzień. Jednak sprytnie bujały nas nasze władze i durniów z nas fabrykowały. Przecież u nas w całej Rosji nie znajdziesz nawet jednego robotnika, który by miał auto. I nie tylko auto, ale radio wielolampowe albo dobry zegarek, lub kostium porządny. Kiedy tu, w Polsce, ludziska żyją w porównaniu z nami wspaniale. A cóż dopiero w Ameryce!

Ja teraz z panią Józefą często o Rosji gadam i jej prawdę o tym, jak tam jest, opowiadam. Ale wszystko opowiedzieć to mnie nawet strach i wstyd. Bo i tak jestem wśród nich jak dziki człowiek. Dopiero w Polsce zacząłem ja świat poznawać i dobre życie zobaczyłem. Poza tym i to dobrze, że nikogo prócz Niemców ja się nie boję. Bo ludność tu taka, że donosów nie robią i jeden drugiemu umyślnie nie szkodzi.

Ponieważ poznałem ja kilku chłopów z okolicy, to okazało się, że rzeczywiście Malugi nie są tak bogaci, jak ja sobie wyobrażałem z początku. Inni więcej ziemi mają. U niektórych łąki są albo kawałki lasu i żyją o wiele lepiej od Malugów. Okazało się więc, że i bez kołchozów chłopi potrafią dobrze gospodarzyć. Bo w naszych kołchozach ludziska pracują całe dni i nawet chleba nie mają dość.

Przypomniała mi się nasza pieśń, którą wszyscy wszędzie śpiewają i przez radio ciągle grają:

Chorosza strana moja rodnaja:
Mnogo w niej lesow, polej i riek.
Ja drugoj takoj strany nie znaju,
Gdzie tak wolno dyszit czielowiek![4]

Cała Rosja tę pieśń śpiewa i wierzy, że nigdzie nie jest lepiej jak u nas. I ja sam tak myślałem. I chłopi polscy – dopóki nas nie zobaczyli – też tak o Rosji myśleli i o naszych rządach marzyli. A teraz oni ją inaczej śpiewają:

Ja drugoj takoj strany nie znaju,
Gdzie tak wolno dochniet czielowiek![5]

Albo i tak:

Mnogo w niej lesow, riek i polej!
Ja drugoj takoj strany nie znaju,
Gdzie funt chleba stoit piać rublej![6]

---

[4] *Piękna moja ojczyzna:*
Dużo w niej lasów, pól i rzek.
Nie znam innego kraju,
Gdzie tak swobodnie oddycha człowiek!

[5] *Nie znam innego kraju,*
Gdzie tak swobodnie zdycha człowiek!

[6] *Dużo w niej lasów, rzek i pól!*
Nie znam innego kraju,
Gdzie funt chleba kosztuje pięć rubli!

Tak: wpakowali nas w butelkę ojcowie rewolucji! W butelkę wpakowali, propagandą zakorkowali i na zawsze durniami zrobili.

Mnie niedawno Andrzej spytał:

– Powiedz ty mnie: dlaczego wasza Rosja, która ma takie bogactwa na ziemi i w ziemi, tak marnie żyje? Widzisz sam, że u nas w Polsce ciasno, ziemi dla wszystkich brak, a jednak dobrze sobie radzimy i nawet, przed wojną, innym państwom żywność sprzedawaliśmy. A wy przecież pół świata moglibyście karmić, a tymczasem nawet sami głodujecie. I to tyle lat!

A stary Maluga kilka razy opowiadał mi o tym, jak się żyło w carskiej Rosji. Mówił, że wszystkiego było aż nadmiar, chociaż rząd carski nie umiał dobrze państwem kierować. Że była dużo większa swoboda. Że robotnik mógł pracować, gdzie chciał. I że nie tylko na chleb i nędzne życie zarabiał, ale i na porządne ubranie i dobre życie. A komu w Rosji się nie podobało, to mógł swobodnie stamtąd wyjechać za granicę. Tak jak on zrobił.

Uwierzyłem ja jemu, bo przekonałem się, że zawsze tylko prawdę mówi. Uwierzyłem i zrozumiałem, że rewolucja w Rosji nie po to się dokonała, żeby robotnika i chłopa od eksploatacji uwolnić, lecz po to, żeby ich ogłupić, obrabować, wpędzić w nędzę i zrobić całkowicie niewolnikami. I że tylko dla garstki ludzi ta rewolucja na korzyść wyszła, bo żyją wspaniale. A dla milionów zwykłych obywateli jest to najstraszniejsza katorga.

– Powiedz ty mi – spytałem Malugi – dlaczego właśnie my nic nie mamy? Przecież nie może być, żeby 1000 albo nawet sto tysięcy ludzi, którzy lepsze stanowiska zajmują i nami kierują, zżerali wszystko, co praca 160 milionów obywateli Rosji wytwarza.

– Na zbrojenia to idzie i na propagandę zagraniczną – powiedział Maluga. – Poza tym rząd wasz wcale nie chce, żeby naród był syty albo miał dostatek. Oni dobrze wiedzą, że człowiek syty zaczyna o czymś innym prócz jedzenia myśleć. A tak to każdy ma tyle tylko, żeby z głodu nie zdechnąć i gołym nie chodzić, i boi się to utracić. A jednocześnie wbijają mu w głowę przez tyle lat, że nigdzie na świecie tak dobrze nie jest jak u nich. Ty przecież tak samo w to wierzyłeś. A tymczasem za wasze pieniądze za granicą ogromna propaganda idzie o waszym socjalizmie, wolności, kulturze, dobrobycie. I ludziska w to wierzą – tak jak i my, w Polsce, wiejscy ludzie, wierzyli, że tylko wy nam wolność i szczęście dać możecie.

W ten sposób powoli, powoli zaczęły mnie na wszystko oczy się otwierać. I aż strach mnie ogarnął na myśl, że mógłbym ja znów w Sowietach znaleźć się! Ciężko by było mnie tam żyć po tym, co ja w Polsce zobaczyłem i czego o świecie dowiedziałem się.

Teraz pytam ja ciągle pani Józefy o nowiny polityczne, bo wiem, że ona, gdy mnie w domu nie ma albo może nocami, radia zagranicznego słucha i wie, co się dzieje na świecie. Powiedziałem ja jej, że bardzo się boję, aby nasi tu nie wrócili. Ale ona mnie uspokoiła. Powiedziała, że Hitler bardzo Rosję zniszczył i że armia rosyjska ogromne straty poniosła. Tak, że jeśli Anglia i Ameryka nie pomogą Rosji, to wykończy ich Hitler. Lecz teraz sojusznicy ogromne ilości sprzętu i materiałów wojennych, jak również prowiantów posyłają do Rosji okrętami. A jednocześnie wielkie naloty robią na Germanię i rujnują Niemcom porty, miasta oraz okręgi przemysłowe. Więc jeśli razem zwyciężą, to na pewno Rosja będzie inna. Wówczas Polska znów wolność odzyska i będzie całkowicie niezależna.

Bardzo to mnie pocieszyło, bo wiem, że od naszych nic innego prócz śmierci spodziewać się nie mogę. A jeśli nie zlikwidowaliby od razu, to musiałbym do końca życia w łagrze ponad siły pracować i marnie zginąć. Teraz ja to dobrze rozumiem, ale od tego tylko mi strasznie się robi.

Towarzyszowi J.W. Stalinowi

3 lutego 1943 roku
Folwark Burki

Jednak muszę ja te moje *Zapiski* Stalinowi zadedykować. Taki już mój los!

Teraz wszystko mi w głowie poplątało się i nie wiem, co robić. Było już mi całkiem dobrze i wierzyłem, że zawsze tak będzie. Tymczasem czuję, że nadchodzą dla mnie marne dni.

Niedawno pani Józefa mocno się zaziębiła i nie mogła pojechać do miasteczka na targ. A trzeba było koniecznie kupić szkło do lampy i gwoździ. Poza tym potrzebne było lekarstwo dla pani Józefy. Więc ja musiałem sam te sprawy załatwić. Wytłumaczyła mi ona wszystko dokładnie, dała pieniądze i kartkę do aptekarza.

Droga była bardzo marna. Nie wiadomo, jak jechać: saniami czy wozem. W dolinach śnieg leży. A tam, gdzie droga wyżej idzie, zamarzniętą ziemię widać. Więc powiedziałem ja do pani Józefy:

– Lepiej ja na piechotę do miasteczka pójdę. Nic ciężkiego nie ma do niesienia, więc prędzej ja to załatwię pieszo, niźli jadąc saniami albo wozem.

Ona się zgodziła na to. Wdziałem ja nowe palto, wziąłem brezentową torbę na rzeczy i poszedłem. W miasteczku bardzo prędko załatwiłem wszystko i skierowałem się do domu. W połowie drogi zachciało mi się bardzo pić. Zobaczyłem ja w pobliżu drogi chłopski dwór i wstąpiłem na dziedziniec. Widzę: obok szopy jakiś mężczyzna, w kożuszku bez rękawów, drzewo rąbie. Zbliżyłem się ja do niego, pozdrowiłem bardzo grzecznie i mówię:

– Dajcie mi gospodarzu wody napić się.

On do mnie się obrócił. Patrzę ja jemu w twarz i poczułem, że mi krew w głowę uderzyła, a potem w nogi poszła. Od razu poznałem: kto on jest! Pomyślałem sobie: „Teraz ja na pewno zginę!". Chciałem nawet uciekać, ale nogi mi zdrętwiały i jakby w ziemię wrosły. Widzę ja: siekiera mu z rąk wypadła, a oczy jakby zbielały. To znaczy, że i on mnie poznał.

Był to tamten major NKWD, który mnie w Wilnie kiedyś badał w sprawie termosu i mordę mi poważnie zbił, oraz zęby nieco nadwerężył. Pewnie on pomyślał, że teraz ja na nim za tamto urzędowe mordobicie się zemszczę. A ja sobie co innego pomyślałem: „Jeśli on już tu jest, to kiepskie są moje sprawy! To znaczy, że NKWD tu działać zaczyna!". W tym momencie chwycił on mnie za rękę i mówi:

– Towarzyszu, drogi! Proszę nikomu nie mówić, kto ja jestem. Wy tak samo jesteście oficerem jak i ja, więc musicie mnie zrozumieć i za tamtą przykrość, którą wam wyrządziłem, nie gniewać się. Taką służbę miałem, która mi nakazywała formalnie klientów załatwiać. Myślicie, że mnie w mordę nie bili?... Jeszcze jak bili!... I to zupełnie bez powodu. Ja zaś do bicia was państwowy powód miałem.

– Towarzyszu majorze... – powiedziałem.

Ale on mnie mówić nie dał i ręką na mnie macha:

– Tsss... – mówi. – Psss. Ani słówka, że byłem majorem! A jeszcze do tego majorem NKWD!... I mnie zgubisz takim sposobem, i siebie!... Ja tu jako zwykły sołdat jestem i u chłopa jako robotnik pracuję. Bo oni oficerów i naszego NKWD nienawidzą strasznie! A jako szeregowca zwykłego bardzo dobrze mnie traktują.

Oświadczyłem ja majorowi, że to wszystko rozumiem należycie i że może być zupełnie pewny, że tajemnicę jego zachowam odpowiednio. A co się tyczy mordy mojej, poważnie przez niego potrzaskanej, to powiedziałem mu szczerą prawdę, że właściwie ja to uważałem nawet za zaszczyt. Wtedy major zrozumiał, że jestem nadal człowiekiem socjalistycznie dobrze uświadomionym, więc uspokoił się.

Chciałem ja z nim więcej pogadać, bo powinien, jako enkawudzista, dużo ciekawych rzeczy o obecnej sytuacji wiedzieć. Ale on dał mi wody do picia i wyprowadził z dziedzińca na drogę. Tam spytał mnie:

– Gdzie mieszkasz?

Mnie to pytanie jak szpilką ukłuło. Ale musiałem mu przecież prawdę powiedzieć.

– Wspaniale! – rzekł on. – Blisko siebie mieszkamy. Tylko trzy kilometry drogi. Dlatego lepiej my teraz nie rozmawiajmy, ale spotkamy się tak, żeby nas nikt nie mógł widzieć. Najlepiej w sobotę wieczorem w połowie drogi. Jest tam długi wąwóz i obok wysoka brzoza stoi. Otóż w tamtym miejscu w sobotę wieczorem, gdy się zrobi zupełnie ciemno, będę na was czekał. A teraz idź do domu. O mnie nie wspominaj nikomu ani słówkiem.

Poszedłem ja dalej. Bardzo smutno i strasznie mnie się zrobiło. Żyłem ja cicho, spokojnie i myślałem, że zawsze tak będzie, a jeśli się zmieni, to na lepsze. Aż tu, jak kamień na głowę, ten major NKWD spadł. I po jakiego czorta ja tam po wodę poszedłem! Wolałbym trzy dni nie pić, niźli go spotkać! Czułem się ja tak paskudnie, jakbym w sprawie politycznej do NKWD został wezwany. Tak: marne są moje sprawy i zdaje mi się, że nic z moich planów na lepsze życie nie będzie. Niedawno jeszcze marzyłem ja, że u pani Józefy będę zawsze pracował, a może nawet do jakiejś chłopskiej rodziny się przyżenię i sam na gospodarza wykieruję się. A teraz koniec! Jeśli nawet nie zastrzelą mnie, to na wykończenie do łagru wyślą. A w najlepszym razie będę znów przez całe życie młodszym oficerem na pajok czekał i bał się każdego słowa.

Kiedy przyszedłem ja do domu, to pani Józefa spytała mnie:

– Czegożeś taki wystraszony?... Zbladłeś zupełnie... Może znów Niemców spotkałeś?

– Nie – powiedziałem. – Coś gorszego od Niemców mnie spotkało. Wilka dużego ja zobaczyłem i bardzo przestraszyłem się.

– Jeden wilk nie jest straszny – powiedziała ona. – Gorzej jest, jak stado wilków spotkasz. Ale teraz nie powinno ich tu dużo być.

A ja do niej tak powiedziałem:

– Gdzie jest jeden wilk, tam może ich i dużo znaleźć się. Teraz właśnie ich pora.

Tak skończyło się moje szczęśliwe życie i zginął na zawsze mój spokój.

7 lutego 1943, niedziela
Folwark Burki

Wczoraj wieczorem poszedłem ja na spotkanie z majorem. Blisko to jest od naszego folwarku. A brzozę, która rośnie na brzegu wąwozu, z daleka widać dobrze. Codziennie ja na nią patrzyłem i nie jak drzewo w moich oczach wyglądała, lecz jak szubienica.

Do wąwozu ja wszedłem nie od strony drogi do miasteczka, lecz od lasu. Właśnie nasz zagajnik z tamtym lasem się łączy. W ten sposób mogę ja do wąwozu tak dojść, że nikogo nie spotkam, bo wszystkie drogi ominę.

Gdy znalazłem się w wąwozie, to było już zupełnie ciemno. Myślałem, że ja pierwszy przyszedłem, ale major już na mnie czekał. Na dużym kamieniu siedział, mnie zaś inny, mniejszy, wskazał i powiedział:

– Siadaj!

„Tak – pomyślałem ja sobie – akurat na to wygląda, że na badanie do NKWD trafiłem".

Usiadłem ja i zacząłem cygaretkę z samosiejki kręcić. Major też zapalił. Potem spytał mnie:

– Jak ci się udało Niemcom z łap wydrzeć?

Opowiedziałem ja jemu, jak mnie porzucono w Wilnie i jak ja potem tułałem się jak zwierz po lasach, dopóki tu schronienia nie znalazłem. Tylko o dokumentach swoich i o nowym nazwisku nie powiedziałem mu. Lepiej, żeby tego nie wiedział, bo nie wiadomo jeszcze, co może być w przyszłości. Może z tymi dokumentami będę musiał gdzieś uciekać z tych stron i innego ukrycia szukać.

Spytałem ja go: jak on pozostał, bo wiem, że całe NKWD w porę uciekło. A on mówi:

– Byłem ja w powiecie, w delegacji służbowej, kiedy Niemcy na miasto nalot zrobili. Myślałem, że to Anglicy. A nazajutrz rano przyjechałem do Wilna i już nikogo z naszych nie zastałem. Nie wiedziałem: gdzie i jak jechać, i co robić? Na szczęście miałem ja cywilny garnitur i dokumenty aresztowanych Polaków. Więc przebrałem się po cywilnemu, swoje dokumenty spaliłem, a paszport i metrykę jednego z aresztowanych sobie wziąłem. Potem na piechotę z miasta wyszedłem. Myślałem, że może gdzieś do naszych się dołączę. Ale nigdzie nikogo nie znalazłem. Długo ja tułałem się, dopóki mi Polacy dali schronienie. Przez całą zimę u nich byłem, a na wiosnę 42 roku tu przyszedłem, bo gospodarz właśnie człowieka do pomocy w gospodarstwie potrzebował. Stary jest. Synowie mu gdzieś poginęli, więc sam nie może w pracy podołać, chociaż gospodarkę ma małą. Tylko jedna starsza córka jest przy nim i wnuk mały. Prawie rok już u nich żyję.

Dowiedziałem się ja od majora, że dużo naszych żołnierzy w polskich folwarkach i osiedlach się ukrywa.

– Co z nami teraz będzie? – spytałem ja go.

– Dobrze będzie – powiedział. – Niemcy ledwie się trzymają. Jak nie w tym roku, to w następnym koniec im będzie. Nasi też są słabi, ale Anglicy i Amerykanie potężne armie wystawili. Pewnie w tym roku uderzą na całego. Wówczas Niemcy na pewno nie wytrzymają. Zbyt długi mają front.

– Więc nasi znów tu przyjdą?

– Oczywiście przyjdą.

– Co będzie wówczas z nami? Władze radzieckie mogą uważać nas za dezerterów.

Major na to powiedział:

– Nad tym trzeba zawczasu pomyśleć i tak sprawą pokierować, żebyśmy nie dezerterami, lecz bohaterami walki o wyzwolenie Rosji od najeźdźców byli. Dlatego będziesz mi potrzebny. A ja tobie też się przydam. Na razie musimy tylko uważnie śledzić: co w tym terenie Polacy robią? Wiem, że już po lasach są ich partyzanckie oddziały. A jak cieplej się zrobi, to więcej ich będzie. Ta sprawa może być dla nas bardzo pożyteczna. Więc ty po chłopach więcej chodź, z nimi gadaj, wypytuj ich i uważaj na wszystko. A w każdą sobotę będziemy tu się spotykać i naradzać. Jeśli zaś będzie coś bardzo pilnego i ważnego, to do mnie przyjdź, pokaż się tylko, wtedy wieczorem ja tu przyjdę. Droga bliska. A teraz najważniejszą jest rzeczą obserwować nastrój tutejszej ludności i ruch partyzancki. W ten sposób możemy bardzo pożyteczną dla Związku Radzieckiego robotę wykonać. Przyda się to na ten czas, gdy Niemców stąd wypędzimy.

– Więc uważasz, że Polski tu nie będzie... takiej, jaka była przed 1939 rokiem.

– Rzecz jasna, że nie będzie. Nie po to my olbrzymie straty ponieśli i wojnę prowadzimy, żeby panom ich państwo odbudowywać!

Pożegnaliśmy się i poszedłem ja do domu. Smutno mi się zrobiło bardzo. Zrozumiałem, że muszę na zawsze w Rosji pozostać i że wielkie będzie to szczęście, jeśli ja życie swoje zachowam. Teraz jedyna moja nadzieja: ten major. Widać, że jest on wielkim spryciarzem i może mnie poratować. Zresztą i siebie musi obronić. Teraz muszę ja bardzo uważnie wszystko dookoła obserwować i majorowi donosić. Nie udało mi się wykierować na samodzielnego gospodarza, więc trzeba zatroszczyć się chociaż o to, żeby w Rosji kulą w kark nie dostać albo nie trafić na wykończenie do łagru.

25 lipca 1943 roku
Folwark Burki

Dawno nie pisałem, bo do pisania chęć straciłem. Nie mogę ja zrozumieć tego, co na świecie się dzieje. Po prostu dom wariatów się zrobił!

Kiedyś pani Józefa powiedziała mi, że Niemcy za Smoleńskiem, w miejscowości Katyń, groby znaleźli, w których są ciała 10 tysięcy zamordowanych[7] polskich oficerów. Dodała, że Niemcy twierdzą, iż morderstw tych dokonali Rosjanie. A rząd rosyjski tej zbrodni się wypiera. Ja jej od razu powiedziałem, że to na pewno niemiecka robota, bo nie może być w socjalistycznym państwie, którym rządzi znany całemu światu ze swej nadzwyczajnej dobroci i sprawiedliwości Stalin, żeby mogli takiej zbrodni dokonać. Ale ona twierdzi, że to na pewno sowiecka robota. Bo Niemcy, owszem, potrafili miliony ludzi wymordować, ale jeńców wojennych nie zabijają i trzymają ich w specjalnych obozach.

Gdy w sobotę spotkałem się z majorem, to spytałem go: kto tamtych oficerów w lesie katyńskim pozabijał? A on mi na to odpowiedział:

– Wiadomo: nasza robota. I bardzo dobrze, że ich unieszkodliwiono na zawsze. Byli to nasi wrogowie i nic dobrego nie mogliśmy od nich oczekiwać. Ich by trzeba wszystkich w Polsce wytępić i tylko małe dzieci zostawić, żeby po naszemu wychować. Bo z dorosłymi zawsze tylko kłopot będzie. Cały polski naród jest podły. Zawsze przeciw Rosji się buntowali, różne powstania i rewolucje urządzali. I nigdy nie mieli poszanowania dla państwa, prawa i władzy.

Może on i ma rację. Chyba lepiej ode mnie na tych sprawach się zna. Na to on specjalne wykształcenie otrzymał.

Przy ostatnim spotkaniu major powiedział, że z Niemcami jest zupełnie krucho i chyba niedługo wytrzymają. Że możemy spodziewać się wkrótce wielkich zmian. Kazał mi odwiedzać częściej chłopów, zawierać znajomości wśród młodzieży i śledzić uważnie, co robią. Powiedział mi też, że znalazł jeszcze trzech naszych żołnierzy, którzy od wojska zostali i ukrywają się u chłopów. Ma z nimi stałą łączność, lecz oni nie wiedzą, że on jest majorem NKWD. Powiedział mi rów-

---

[7] Taką ilość mordów podało radio niemieckie w komunikacie z 13 kwietnia 1943 r.

nież, że zamierza w przyszłości, gdy Niemcy będą wycofywać się w tym kierunku, zacząć przeciw nim dywersyjną działalność, aby dopomóc Armii Czerwonej zwyciężyć wroga. Byłaby to wielka zasługa wobec Rosji. Nie bardzo to wszystko mi się podobało, ale nie zaprzeczałem mu w niczym. Sami rozumiecie: major NKWD!

23 września 1943 roku
Folwark Burki

Przed tygodniem dowiedziałem się od młodszego syna Malugi, Andrzeja, że w lesie, który się łączy z naszym zagajnikiem, jest oddział polskich partyzantów. Okazało się, że on z nimi łączność utrzymuje i od czasu do czasu im prowiant nocami wozi. To mi się bardzo nie podobało, bo przecież mogą Niemców zgniewać i oni wówczas obławę zrobią. Wtedy i my, jako mieszkający w pobliżu tego lasu, będziemy grubo odpowiadać. Ma rację major, który mówi, że Polacy to są buntownicy i dla władz poszanowania nie mają.

W dwa dni później poszedłem ja do lasu. Chciałem uschniętą brzózkę ściąć, żeby płot naprawić. Gdy przechodziłem w pobliżu bunkra, ktoś krzyknął do mnie po polsku: „Stój!". Stanąłem ja. Zobaczyłem, że do mnie dwóch uzbrojonych ludzi się zbliża. Strach mnie ogarnął. Nie wiedziałem, co robić. A oni pytają mnie:

– Kto ty jesteś? Czego tu łazisz?

Więc ja im powiedziałem, że jestem robotnikiem w folwarku pani Józefy i przyszedłem tu, aby brzózkę ściąć. Ale oni na mnie bardzo podejrzliwie patrzyli. Jeden z nich o dokumenty mnie spytał. Powiedziałem im, że w domu zostawiłem, ale mogę zaraz je przynieść albo niech ze mną do folwarku idą i tam zobaczą.

Przypomniało mi się opowiadanie Andrzeja o partyzantach. Więc ja do nich mówię:

– Czy znacie Andrzeja Malugę?

Jeden z nich powiedział:

– Ja znam.

– Otóż – powiedziałem – to nasz sąsiad. On mnie dobrze zna. Często u nich bywam. A wy pewnie partyzanci jesteście. Andrzej mnie mówił, że w tym lesie wasz oddział jest.

Widocznie uwierzyli mnie oni, lecz kazali do lasu dalej nie iść i do bunkra się nie zbliżać.

Wróciłem ja do domu i o tym spotkaniu pani Józefie powiedziałem. A ona dawno o tym wiedziała, że ich oddział w naszym lesie kwateruje. Nawet cieszy się tym. Mówi, że wkrótce pełne lasy polskiego wojska będą. I jak Niemcy cofną się bliżej, to mogą im poważne straty zadać i zwycięstwo nasze przyśpieszyć.

W sobotę poszedłem ja na spotkanie z majorem i to wszystko jemu opowiedziałem. On kazał mi starać się jak najwięcej szczegółów o partyzantach się dowiedzieć. Objaśnił mnie: dlaczego to jest ważne.

– Teraz oni przeciw Niemcom są, więc jest to dla nas pożyteczne. Ale gdy Niemcy wycofają się, to mogą być i dla nas niebezpieczni. Więc trzeba zawczasu dowiadywać się: jakie są ich siły? gdzie są rozlokowani? jak uzbrojeni? jak utrzymują łączność między oddziałami? kto nimi dowodzi? kto z miejscowej ludności im pomaga?

Będę musiał więcej z Andrzejem o tych sprawach mówić, żeby zebrać jak najwięcej informacji dla majora.

Na ogół zrobiło się bardzo niespokojnie. Pani Józefa mówiła mnie, że Niemcy cofają się na całym froncie i że opuścili już Smoleńsk. Ona tym bardzo się cieszy i mówi, że wojna wkrótce się skończy.

14 listopada 1943 roku
Folwark Burki

Kilka razy woziłem, razem z Andrzejem, prowiant dla partyzantów. Jeździliśmy do lasu nocami. Po każdej takiej wyprawie pani Józefa zwalnia mnie w dzień od pracy, bo mówi, że muszę odespać się i wypocząć. Ona właśnie mnie tam posyła. Myśmy już jeden kopiec kartofli i dużo jarzyn tam zawieźli. Teraz znam ja dużo szczegółów o partyzantach i każdej soboty melduję o wszystkim majorowi. W czasie ostatniego spotkania on mnie powiedział, że nie tylko ja obserwuję działalność polskich partyzantów, lecz ma on już dużą sieć wywiadowczą z naszych ludzi i polskich komunistów, którzy nadal trzymają stronę Rosji. Zaznaczył, że obserwacja polskich partyzantów jest teraz bardzo ważna, aby mieć możność, po wypędzeniu Niemców, oczyścić teren z niepewnych elementów.

Zorientowałem się z rozmów z majorem, że mowy nie ma, aby tu niepodległa Polska powstała.

– Nie po to my walczymy z Niemcami – powiedział major – żeby uwolnioną od nich Polskę innemu naszemu wrogowi oddać. A Polacy zawsze byli, są i będą naszymi wrogami.

Natomiast pani Józefa zupełnie wierzy w to, że po zwycięstwie nad Niemcami Polska będzie niezależna. Powiedziała mnie, że zawsze u niej dla mnie miejsce się znajdzie. A jeśli zechcę ożenić się w tych stronach i tu zostać, to zrobi wszystko, co może, aby mnie nowe życie ułatwić. Lecz ja na to wcale już nie liczę. Wiem, że znów będę musiał w wojsku służyć, a później mnie do Rosji wyślą.

Mam ja jednak szczęście, że z tym majorem spotkałem się. On mnie poratuje. Bo sam musiałbym ja i od naszych władz ukrywać się. A przy pomocy majora znów wypłynę i będę legalnym, a może i zasłużonym obywatelem.

9 grudnia 1943 roku
Folwark Burki

Okazało się, że w bunkrze, w naszym zagajniku, partyzanci skład broni urządzili. Kilku ich tam mieszka i warty trzymają. A dla łączności z głównym oddziałem mają telefon. Znam ja już dużo szczegółów o nich i o wszystkim majorowi donoszę. On zaś mi powiedział, że gdy Niemcy będą się zbliżać, to musimy własny partyzancki oddział sformować i wrogowi poważnie zaszkodzić, żeby przyspieszyć zwycięstwo Armii Czerwonej. Nie bardo to mi się podoba, lecz jeśli on tak zarządzi, to będę musiał jego rozkaz wykonać. Ale na razie mam spokój.

Pracy w gospodarstwie teraz mało, więc pani Józefa więcej uczy mnie teraz polskiego języka. Już łatwo czytam polskie książki i nawet trochę piszę. Major mnie powiedział, że wiedza polskiego języka może bardzo mi się przydać w służbie, gdy zabierzemy się do likwidowania i poskramiania Polaków.

Z rodziną Malugów bardzo się zżyłem i oni traktują mnie jak swego człowieka. Stary Maluga powiedział mnie niedawno, że jak wojna się skończy, to jeśli Antosia zechce wyjść za mnie za mąż, on temu się nie sprzeciwi. Da nam na nową gospodarkę konia i krowę, i pomoże dom wybudować. A pani Józefa przyrzekła, że wydzieli nam ze swego majątku 5 hektarów ziemi, którą będziemy spłacali jej przez bardzo długi okres czasu. Ale zdaje mi się, że z tych planów nic nie będzie, bo nie zobaczą oni wolnej Polski nigdy. A przy sowieckiej władzy, jeśli mi się dobrze powiedzie, mogę stać się ważną osobistością. Wówczas z takimi chamami jak Malugi zadawać się nie będę. Ich zaś na pewno do kołchozu włączą.

Tymczasem ja coraz częściej do Malugów chodzę i jestem uważany przez nich za narzeczonego Antosi. To dla mnie jest bardzo pomyślne, bo zdobyłem całkowite zaufanie u wszystkich w okolicy i dowiaduję się wielu ciekawych rzeczy. Wiem na przykład, kto z chłopów przechowuje broń. Malugi też mają trzy karabiny i dużo amunicji. Specjalną skrytkę w stajni zrobili i tam broń chowają. A pani Józefa na strychu brauning męża ma. Kiedyś wyjęła go stamtąd, wyczyściła i znów schowała. Jednak ci Polacy są rzeczywiście bardzo niebezpiecznym elementem. Wiedzą przecież, że za takie sprawy obecnie kara śmierci grozi. A jednak nie podporządkowują się istniejącej władzy.

Major bardzo się cieszy, gdy mu podobne informacje o okolicznej ludności przynoszę. Mówi, że gdy nasi przyjdą, trzeba będzie tu porządek zrobić. Wiem, że on to potrafi. Ja zaś chętnie mu pomogę.

17 maja 1944 roku
W stodole u chłopa

Od połowy kwietnia jestem w lasach. Utworzyliśmy swój oddział partyzancki. Major jest jego dowódcą, a ja jego zastępcą. Mamy w oddziale siedmiu ludzi. Z nich czworo to są nasi bojcy, którzy u chłopów ukrywali się. A trzej są polscy komuniści z miasteczka.

Major powiedział mi w kwietniu, że w tym okresie jest bezpieczniej siedzieć w lesie, niźli być w domu, skąd każdego dnia żandarmi niemieccy albo policja mogą nas wyciągnąć. Poza tym trzeba się zabezpieczyć na przyszłość, wykazując się piękną i bohaterską walką na tyłach wroga. Stanowi to ważną akcję dywersyjną. Uznałem, oczywiście, że jest to zupełnie słuszne.

O broń było łatwo. Dostarczyli jej nam polscy komuniści z miasteczka. O komunizmie naszym to oni mają takie pojęcie, jak ja o astronomii. Ale szykują się zawczasu na jakieś lepsze stanowiska, gdy władze sowieckie znów tu przyjdą. Polacy ci bardzo nam się przydają, bo znają dobrze miejscowość i mają wszędzie znajomych. Oni właśnie załatwiają wszystkie sprawy z tutejszą ludnością i mówią wszędzie, że jesteśmy polskim oddziałem. Więc wszyscy nam sprzyjają. Mamy dość jedzenia i dobre informacje.

Dokonaliśmy już kilku poważnych akcji dywersyjnych. Oddział nasz nazywa się: „Komunistyczny Partyzancki Oddział imienia Wandy Wasilewskiej". Ja proponowałem nazwać nasz oddział imieniem, naturalnie, Stalina. Lecz major powiedział, że działamy wśród ludności polskiej, więc najlepiej nazwać oddział imieniem tej największej polskiej patriotki. Spytałem go:

– Dlaczego w takim razie nie nazwać go imieniem największego polskiego patrioty, Dzierżyńskiego?

On na to odpowiedział:

– Owszem, Dzierżyński Feliks był wielką osobistością i dostatecznie czerwonym komunistą. Ale Wanda Wasilewska, prócz tego wszystkiego, ma jeszcze tę zaletę, że jak nam wiadomo, jest największą współczesną pisarką świata. Ma jeszcze i tę ogromną zasługę, że Związek Sowiecki i ojca naszego Stalina kocha więcej niż swą ojczyznę!

Kiedy wybierałem się iść z odziałem w lasy, to pani Józefa bardzo mnie żałowała. Nawet zapłakała z żalu.

– Szkoda mnie ciebie, Janeczku! – powiedziała. – Boję się ja bardzo, żeby tobie w partyzantce coś złego nie przydarzyło się.

Zobaczyłem ja, że w oczach jej łzy ukazały się. Więc i ja chciałem zapłakać, ale nie udało się. Tylko bardzo ja jej dziękowałem za pomoc i opiekę, i za to, że mnie przez trzy prawie lata u siebie od Niemców ukrywała i jak matka syna traktowała. Powiedziałem ja do niej:

– Nie wiem, czy jeszcze zobaczymy się, bo idę ja walczyć z krwiożerczymi hitlerowcami i mogę zginąć. Ale jeśli żywy zostanę, to odwdzięczę się należycie i o pani dobrym sercu do śmierci będę pamiętał!

Pożegnała ona mnie, lecz nagle coś sobie przypomniała.

– Czekaj, Janeczku! – powiedziała. – Dam ja tobie na drogę jedną rzecz, która w niebezpiecznej chwili może cię ochronić. Ale musisz to zawsze przy sobie mieć.

Przyniosła ona srebrny medalik z wizerunkiem Matki Boskiej Ostrobramskiej i zawiesiła go mnie na szyi. Powiedziała jeszcze raz, że jeśli będzie mnie źle albo będę musiał się ukryć, to żebym znów do niej przyszedł.

Potem poszedłem Malugów pożegnać. W domu tylko starego i córki zastałem, bo synowie jego dawno już są w partyzantce. Stary mnie na drogę butelkę bardzo mocnego samogonu dał. A Antosia wsadziła mi do torby dwie pary grubych, wełnianych skarpet, które sama dla mnie zrobiła. A poprzednio pani Józefa spakowała mi do torby dużo kiełbas, słoniny i tytoniu domowego. Więc zaopatrzono mnie na drogę bardzo dobrze. Nie mogę na nich narzekać.

Maluga jeszcze raz powiedział mi, że Antosia zgadza się pójść za mnie za mąż i że on sam nic przeciw temu nie ma. Bo chociaż, jak powiedział, jestem biedny, ale mam dobry charakter. Wreszcie tak do mnie powiedział:

– Jak wroga wypędzicie, to przychodź. Po Bożym Narodzeniu ślub weźmiecie i wesele wyprawimy. A potem jakoś wam gospodarkę wyszykujemy. Chociaż ty i bolszewik byłeś, ale jesteś różny od innych, bo masz dobre serce. Dlatego ciebie lubimy i tobie dopomożemy.

Bardzo to wszystko było wzruszające. Pożegnałem ja ich wreszcie i ruszyłem w drogę. Medalionik pani Józefy ja, naturalnie, od razu po drodze wyrzuciłem. Nie wypada mnie oficerowi i komuniście takie rzeczy na szyi nosić.

1 czerwca 1944 roku
W lesie, blisko Landwarowa

Prowadzimy wspaniałą akcję dywersyjną i można powiedzieć, poważnie zagroziliśmy od tyłu armię niemiecką. Jeśli tak dalej pójdzie, to okryjemy się wielką sławą jako nieustraszeni partyzanci Związku Radzieckiego.

Pierwszy nalot zrobiliśmy na leśniczówkę, gdzie przez zimę stał na kwaterze niemiecki oddział, który kierował pracą cywilnych robotników w lesie i wywózką drzewa. Na początku wiosny Niemcy stamtąd wynieśli się, zostawiając pusty budynek koszarowy na kilkanaście osób.

Wpadliśmy tam nad wieczór. Polscy komuniści wskazali nam wejście do leśniczówki, a sami zostali w krzakach. Nasza szóstka, z bronią w pogotowiu, odważnie ruszyła naprzód. Zastaliśmy rodzinę leśniczego przy kolacji. Kazaliśmy im podnieść ręce do góry. Major groźnie spytał leśniczego:

– Po co wspierałeś, łotrze, hitlerowców?

A leśniczy powiedział:

– Cóż ja mogłem zrobić? Przyszli tu, pobudowali koszary i kierowali wywózką lasu. Mnie serce bolało, patrząc na ich gospodarzenie się w naszych lasach, ale nie mogłem się sprzeciwić i musiałem milczeć.

– Ale płaciłeś robotnikom za pracę!

– To mnie kazano robić i musiałem słuchać. Zresztą nikogo ja tym nie krzywdziłem.

Żona leśniczego i dzieci bardzo się przestraszyły i wciąż płakały. Major trzasnął burżujkę w mordę i kazał jej milczeć. Potem skonfiskowaliśmy im pieniądze i zabraliśmy ze spiżarni produkty. Żona leśniczego prosiła zostawić cokolwiek dla dzieci chociaż. Ale poskromiliśmy ją kolbami. Ja przy tej sposobności skonfiskowałem jej złotą obrączkę. Zawsze jest to rzecz wartościowa i może mi się przydać. Zabraliśmy im wszystkie ubrania i obuwie, potem wyszliśmy z leśniczówki. Naradziliśmy się: co z nimi zrobić? Ja proponowałem powystrzelać wszystkich od razu, aby zniszczyć to burżujskie gniazdo. Ale major powiedział:

– Nie warto teraz dużego śladu za sobą zostawiać. My ich zlikwidujemy po cichu, gdy nasi tu przyjdą. Bo wszystkich leśniczych i gajowych trzeba będzie w pierwszej kolejce do łagrów wysłać. Tacy ludzie, którzy znają dobrze lasy, dla socjalizmu są bardzo niebezpieczni. Za pierwszym razem my więcej jak połowę tych łajdaków zlikwidowali. Za następnym razem resztę wykończymy.

Na tym też stanęło. Kazaliśmy leśniczemu i jego rodzinie, żeby o naszej wizycie nikomu ani słowa nie mówili, bo wrócimy tu i ich jak psów powystrzelamy. Następnie w zupełnym porządku wycofaliśmy się do lasu.

Drugą ważną akcją partyzancką było zlikwidowanie przez nas poczty w miasteczku. Polacy-komuniści z naszego oddziału dobrze wszystko wiedzieli, lecz poszli tam jeszcze raz na wywiad. Wrócili za dwa dni i powiedzieli, że Niemców w miasteczku nie ma ani jednego. Wynieśli się wszyscy do Wilna, jakby przeczuwali, że jesteśmy w pobliżu.

Wieczorem dotarliśmy polami, od tyłu, do budynku poczty. Polskich komunistów zostawiliśmy na podwórzu, dla zabezpieczenia naszej akcji. Chodzi o to, że oni są znani w miasteczku i nie mogą razem z nami pokazywać się. Więc weszliśmy w sześciu do mieszkania naczelnika poczty. Urząd był dawno zamknięty. Zresztą marny to urząd: mały drewniany domek. Od frontu ulicy w jednym pokoju poczta. A od tyłu są dwa pokoiki naczelnika poczty. Więc wpadliśmy jak burza do mieszkania. Rodzina naczelnika poczty do snu się szykowała. Kazaliśmy im ręce do góry podnieść i zrobiliśmy dokładną rewizję. Znaleźliśmy trochę pieniędzy, znaczków pocztowych i pięć paczek, przygotowanych do wysyłki. Skonfiskowaliśmy to wszystko i wzięliśmy w robotę naczelnika poczty za to, że wysługuje się hitlerowcom. A on do nas powiedział.

– Wcale ja im nie wysługuję się. Ja tu już 25 lat pracuję. Jak wy tu byliście pierwszy raz, to ja też ten urząd prowadziłem, bo ktoś musi to robić. A pensję mam taką, że wyżyć z niej nie mogę. Żona moja szyciem dorabia, abyśmy mieli co jeść. Jakież to wysługiwanie się hitlerowcom?

Wyszczekane Polaczysko! I widać, nie bardzo nas się zląkł. Ale kazaliśmy mu buty zdjąć, bo miał dobre. Zabraliśmy też maszynę do szycia, bo jeden z naszych komunistów o niej wiedział i prosił nas ją zabrać, bo potrzebował maszyny dla swojej dziewki na wsi. Zamierzaliśmy już wychodzić, ale naczelnik poczty do nas powiedział:

– Nie powinniście paczek pocztowych zabierać. Widzicie przecież, że wszystkie są do obozów jenieckich w Niemczech zaadresowane. Nasi żołnierze są tam w niewoli, więc ich rodziny posyłają im stąd, co mogą, żeby dopomóc.

A major jak tupnie nogą:

– Ty głosu nie podnoś, faszystowski psie, bo zaraz ci w łeb palnę!

Naczelnik poczty na to powiedział:

– Żaden ja faszysta. Ja służę ludności. A wy, jeśli zabieracie paczki, pieniądze i znaczki pocztowe, to dajcie mnie pokwitowanie.

Wówczas daliśmy mu takie „pokwitowanie", że do śmierci nie zapomni! A po rozprawie z nim wycofaliśmy się, w bojowym szyku i w zupełnym porządku, w kierunku lasu. Ja na tej wyprawie tylko tyle skorzystałem, że budzik wziąłem. Zapasowy zegarek się przyda. Zresztą i sprzedać będzie można.

Teraz żyjemy ciągle w lasach. I nieźle żyjemy. Żarcia mamy, ile chcemy. A jak czegoś zabraknie, to my nocami na polskie samotne osiedla naloty robimy i w sposób socjalistyczny braki uzupełniamy. Kilka razy dużo wódki zdobyliśmy, bo nasi komuniści z oddziału wielu samogoniarzy znają.

Parę razy przecięliśmy druty telegraficzne na słupach przydrożnych. Major powiedział, że jest to akcja dywersyjna ogromnego znaczenia i może popsuć Niemcom ich działania wojenne. Każdą taką akcję major wpisuje do specjalnego *Dziennika*, na którym zrobił taki nagłówek: *Dziennik działalności dywersyjnej Komunistycznego Partyzanckiego Oddziału im. Wandy Wasilewskiej*. Każdy z nas jest tam wymieniony i wszyscy mamy pseuda. Major ma pseudo „Groźny". Moje pseudo jest, naturalnie, „Stalinowiec". Major niedawno przeczytał mi szczegółowy opis naszego pierwszego wypadu na leśniczówkę. Bardzo on tam wszystko pięknie zobrazował. Szczególnie mi się podobało to miejsce, w którym opowiedział, jak Niemcy, przy naszym brawurowym ataku na leśniczówkę, w popłochu zbiegli, zostawiając nam ogromną zdobycz wojenną w postaci nie wywiezionych z lasu bierwion, wartości wielu milionów rubli.

Ja w dalszym ciągu piszę powoli moje *Zapiski*, które mogą mi się przydać w przyszłości, do pracy nad wielką, socjalistyczną powieścią. Tak: Związek Radziecki, Armia Czerwona i partia komunistyczna mogą być ze mnie dumni!

18 czerwca 1944 roku
W krzakach

Dowiedzieliśmy się, przez polskich komunistów z naszego oddziału, że Niemcy cofają się na całym froncie. Armia Czerwona bohatersko posuwa się naprzód. Alianci wysadzili desant we Francji i gonią stamtąd hitlerowców. Słowem: wzięliśmy Niemców w żelazne kleszcze i już na pewno z nich się nie wymkną.

Zrobiliśmy wojenną naradę, w której wziął udział, demokratycznie, cały nasz, już okryty nieśmiertelną sławą, partyzancki oddział... to znaczy: major, ja, czterech naszych bojców i trzej polscy komuniści. Przede wszystkim krzyknęliśmy trzy razy „hura!" na cześć naszego WIELKIEGO wodza, Stalina. Potem krzyknęliśmy również hura, ale nie tak głośno i tylko jeden raz, na cześć patronki naszego bohaterskiego oddziału, Wandy Wasilewskiej. Dopiero potem odbyliśmy wojenną naradę.

Postanowiliśmy – żeby zadać decydujący cios armii niemieckiej – spalić drewniany most na drodze prowadzącej ze wsi Koszki do miasteczka. Bo zdarzało się kilka razy, że tą drogą przewożono paszę dla koni. Most ten ma około 15 kroków długości i jest 7 kroków szeroki. Więc stanowi on ważny strategiczny obiekt. Mogliśmy przez zniszczenie go poważnie utrudnić aprowizację zezwierzęconych koni armii hitlerowskiej. Byłby to jednocześnie wspaniały wyczyn wojenny.

Dostarczono nam z miasteczka dużą butlę nafty i wyruszyliśmy w drogę. Zrobiliśmy biwak w odległości pięciu kilometrów od miejsca zamierzonej akcji. Było to na dużej polanie. Gdy nadszedł zmierzch, wypiliśmy pięć butelek mocnego samogonu i pokrzepieni na duchu i ciele ruszyliśmy naprzód.

Major szedł pierwszy. Za nim jeden z polskich komunistów, który wskazywał mu drogę. Potem ja, a za mną reszta oddziału. Zbliżyliśmy się do drogi i stanęli. Długo nasłuchiwaliśmy, lecz było zupełnie cicho. Major odbezpieczył pistolet, wziął od jednego z komunistów butlę nafty i ruszyliśmy dalej. Przeleźliśmy zarośnięty krzakami rów i stanęliśmy na drodze. Potem ostrożnie i zupełnie cicho skierowaliśmy się ku mostowi. Szliśmy w zupełnej ciszy, bo piasek był głęboki i miękki, i dobrze tłumił nasze kroki. Noc panowała tak ciemna, że nie mogliśmy dostrzec jeden drugiego. To właśnie najlepiej sprzyjało naszej śmiałej akcji.

Wreszcie zbliżyliśmy się do mostu. I w tym właśnie momencie coś obok nas jak załomocze, zatrzeszczy, zatrzaska, zaturkocze!... We mnie serce zamarło. A dookoła mnie wszystko się zakotłowało. Ktoś jęknął. Ktoś inny krzyknął. Ktoś kopnął mnie w brzuch i obalił na ziemię. Rozległy się wystrzały.

Widzę ja, że sprawa kiepska i że trzeba życie ratować. Więc rzuciłem ja karabin i jak machnę z drogi w las. A za mną słyszę, ktoś goni. To ja jeszcze kroku naddałem. Z kwadrans czasu tak pędziłem, że aż powietrze w uszach furkotało. Później stanąłem, bo przekonałem się, że nikt mnie już nie ściga. Zacząłem ja pośpiesznie iść w kierunku polany, bo była między nami taka umowa, że jeśli ktoś zgubi się od oddziału, to musi czekać na innych właśnie tam. Za jakich dziesięć minut byłem ja na miejscu. Byłem bardzo dumny z siebie, że w zupełnej ciemności tak prędko machnąłem pięć kilometrów. I przypuszczałem, że jestem pierwszy. Tymczasem dostrzegłem, że ktoś w pobliżu naszego biwaku siedzi i papierosa pali.

– Kto tam? – groźnie krzyknąłem.

– Nie wrzeszcz, durniu! – odezwał się major.

Bardzo to mnie zdziwiło. Okazało się, że on nawet mnie wyprzedził. Tak: możemy być dumni z siebie, bo nogi mamy pierwszorzędne. I nie tylko ja i major, lecz cała Armia Czerwona. Przecież w 1941 roku mieliśmy na froncie niemieckim najmniej pięć milionów żołnierzy. A gdy Hitler na nas uderzył, to potrafiliśmy tak dzielnie uciekać, że autami Niemcy nas dogonić nie mogli. I dlatego tylko połowę naszej armii wzięli do niewoli. A reszta sobie: chod-choda! Aż pod Moskwę. Specjalnie w tym celu, żeby hitlerowców w pułapkę zwabić.

– Co tam było przy moście? – spytałem majora.

– Jakaś wielka niemiecka formacja. Pewnie nawet z czołgami, bo coś tam dudniło na cały las. A potem zatrzymali się i chyba cofnęli się w panice.... Tak, można powiedzieć, że dzisiaj opóźnimy poważnie wycofywanie się hitlerowców. To może spowodować wielką ich klęskę.

Po pewnym czasie przyszli nasi bojcy. Dwóch było razem, a dwóch pojedynczo. Jeden z nich miał mocno podbite oko, a drugi naderwane ucho. Słowem: i nam trochę się dostało. A major twierdzi, że go czołg potrącił, lecz wskutek zderzenia wywrócił się do rowu. Lecz ja trochę podejrzewam, że to wcale nie czołg, lecz ja właśnie majora głową w brzuch machnąłem, żeby sobie drogę do ucieczki utorować.

Dopiero nad ranem przyszli polscy komuniści. Dwóch z nich niosło trzeciego. Głowę on miał okrwawioną. Lewego oka wcale nie widać. I strasznie cuchnął naftą. Major zbadał go dokładnie i stwierdził, że po nim niemiecki czołg przejechał i zalał go benzyną. A nie zmiażdżył tylko dlatego, że droga była wklęsła. Lecz ja dlaczegoś jestem pewien, że to właśnie major, w zamieszaniu, machną go butlą nafty po głowie.

Zaczęliśmy pytać: kto strzelał? Jeden z bojców powiedział, że to on wystrzelił do niemieckiego generała, który jechał na białym koniu na czele armii... Jednak było tam coś bardzo poważnego i mamy wielkie szczęście, że wszyscyśmy ocaleli. Zawdzięczać to możemy tylko swej odwadze i niezwykłej przytomności umysłu.

Major wpisał całą tę akcję do *Dziennika Komunistycznego Partyzanckiego Oddziału im. Wandy Wasilewskiej*. Następnie zaczęliśmy przezornie wycofywać się z niebezpiecznego miejsca. Bo Niemcy mogli opamiętać się i za dnia zrobić obławę w pobliskich lasach.

A ponieważ mają poważną liczebną przewagę nad nami, więc mogliśmy na tym ucierpieć. Zresztą w starciu z Niemcami przy moście straciliśmy wszystką broń. Tylko u majora drugi pistolet, który był w kaburze na pasie, ocalał. Więc musimy jak najprędzej znów się uzbroić, aby móc nadal prowadzić walkę z Niemcami. Nie będzie to zbyt trudne, bo polscy komuniści mają możność z miasteczka dla nas broń dostarczać. Jest tam tego dużo.

20 czerwca 1944 roku
W lesie

Stwierdziłem ja bardzo przykrą rzecz. Ale na szczęście nikt z oddziału o tym nie wie. Otóż po wycofaniu się z niebezpiecznego miejsca, w pobliżu tamtego mostu strategicznego, zatrzymaliśmy się na dłużej w bardzo wygodnym miejscu – w lesie obok strumienia. Pewnego razu poszedłem ja nieco dalej, żeby teren zbadać. Miałem ze sobą pistolet i granaty, bo komuniści już dla nas broń z miasteczka sprowadzili.

Dzień był bardzo piękny i ciepły. Oddaliłem się ja spacerkiem dość daleko od naszego biwaku. Zachciało mi się pić. A ponieważ słyszałem, że w pobliżu strumień szemrze, zacząłem ja przez zarośla olszyny ku wodzie się przedzierać. W tym momencie coś jak zahuczy, jak zatrzeszczy... Więc ja w nogi. Przedarłem się przez zarośla i wpadłem do wody. Dopiero tu zatrzymałem się, bo dalej uciekać było nie sposób. I w tym momencie zrozumiałem ja, że dudnienie to odbywa się w mojej brezentowej sumce, którą ja zawsze ze sobą zawieszoną z tyłu na pasku nosiłem.

Ja już opowiadałem o tym, jak zrobiliśmy nalot na pocztę w miasteczku i jak ja, zgodnie z komunistycznym prawem socjalizacji, budzik u naczelnika poczty wziąłem. Ale nie umiałem z takim czymś obchodzić się. Nakręciłem go kiedyś, to on zaczął podstępnie buczeć właśnie wówczas, gdy chcieliśmy strategiczny most zniszczyć. Ja wówczas nawet nie domyśliłem się, że ów hałas u mnie w sumce powstał. A dzisiaj ja, nie mając nic do roboty, znów budzik nakręciłem. Kręciłem w nim w ogóle wszystko, co się dało kręcić. A on teraz zaczął hałasować i przez niego omal w strumieniu nie utopiłem się. Dobrze, że chociaż ja sam byłem, bo mogła z tego hałasu albo panika poważna wyniknąć, albo – jeśliby major się domyślił, o co chodzi – solidne mordobicie pod moim adresem.

Wyjąłem ja budzik z sumki i ze złości jak machnę go o kamienie, to on jeszcze raz brzdąknął i wpadł do wody. Jednak bardzo są niebezpieczne te burżujskie wynalazki! Wolę czegoś takiego przy sobie nie mieć. Ech, żebym ja teraz tamtego naczelnika poczty do rąk moich dostał! Drogo by on za taki kawał zapłacił!

Ale chociaż budzik ja zlikwidowałem, jednak wyglądałem bardzo marnie. Byłem cały mokry, bo po szyję do strumienia wpadłem. Poza tym, gdy biegłem przez zarośla, podarłem ubranie i okrwawiłem twarz. Nie wypadało mnie w takim stanie do oddziału wrócić. Zastanawiałem się ja: co robić? Po namyśle zrozumiałem, że ta historia może się stać dla mnie nawet poważnym wyróżnieniem bojowym i wielką zasługą.

Otóż zbliżyłem się ja nieco więcej do naszego biwaku. Następnie rzuciłem granat w jakiś rów. A po wybuchu granatu zacząłem sadzić w powietrze z pistoletu. Wywaliłem jeden magazynek, załadowałem drugi i biegiem do biwaku. Tam już wszyscy porwali się na nogi i nie wiedzieli, co robić, w którą stronę uciekać. Ja do nich krzyknąłem:

– Niemiecka obława lasem szła, ale ja ich zatrzymałem. Zabiłem kilku z pistoletu, a kilku granat rozszarpał!

Major był bardzo wzruszony. Uścisnął mnie mocno dłoń i powiedział:

– Dziękuję, towarzyszu, bardzo za ten bohaterski wyczyn, godny oficera Armii Czerwonej i dzielnego partyzanta Wandy Wasilewskiej! Teraz wróg nie zaskoczy nas!

Zebraliśmy się pośpiesznie i zaczęliśmy wycofywać się w kierunku przeciwnym temu, skąd ja przybiegłem. Dopiero po odejściu stamtąd przeszło trzydzieści kilometrów zatrzymaliśmy się na dłuższy wypoczynek. Wówczas major wciągnął do *Dziennika* mój bohaterski wyczyn.

– Ilu hitlerowców zastrzeliłeś z pistoletu? – spytał mnie major.

– Pięciu na pewno, bo widziałem jak upadli.

– Zapiszę ci siedmiu, bo mogłeś dwóch nie zauważyć.

– Zupełnie słusznie – powiedziałem.

– A ilu rozszarpał granat?

– Przypuszczam, że bardzo dużo, bo rzuciłem go w sam środek kupy Niemców.

– Z dziesięciu ich tam było?

– Chyba że dziesięciu.

Więc major wpisał sprawiedliwie: dziesięciu. Słowem, wykaz bohaterskich czynów naszego oddziału wciąż się powiększa. I ja do tego poważnie przyczyniłem się. Bardzo to przyjemne samopoczucie.

2 lipca 1944 roku
W krzakach

Okrywamy się coraz większą sławą i odważnie niszczymy wrogów Związku Radzieckiego oraz socjalizmu. W ostatnich dniach rozgromiliśmy mieszkanie księdza w miasteczku i dwa majątki polskich krwiożerczych panów. Wiadomo, że są to twierdze reakcjonistów, więc trzeba zawczasu je unieszkodliwić. A dla proletariatu wynika z tego znaczna korzyść, bo ja już trzy zegarki mam i pięć pierścionków oraz srebrną papierośnicę. Ubrań i obuwia mógłbym furę nabrać, ale nie ma jak tego ze sobą nosić. Na ogół wszyscy chłopaki z naszego oddziału porządnie się podreperowali w czasie naszej ideowej walki o dobro proletariatu.

Poza tym udało się nam w kilku miejscach, przy leśnych drogach, poprzecinać druty telegraficzne na słupach. A najwspanialszym wyczynem było spalenie dwóch dużych brogów siana dziesięć kilometrów od Wilna. Może teraz niejeden reakcyjny koń z głodu zdechnie.

Przedwczoraj polscy komuniści z naszego oddziału poszli na wywiad do miasteczka. Wrócili wieczorem i oświadczyli, że Niemcy z Wilna ewakuują się; że armia niemiecka pośpiesznie cofa się; że mnóstwo cywilnej ludności wyruszyło na zachód, nie chcąc zostawać na tych terenach, które zajmą wojska sowieckie; że polskie oddziały partyzanckie miały większe starcia z wojskowymi oddziałami niemieckimi i szykują się do opanowania Wilna.

Zrobiliśmy naradę nad obecną sytuacją. Ponieważ oddział nasz nie miał wojskowych mundurów, postanowiliśmy wydelegować jednego z polskich komunistów do miasteczka, żeby kupił tam koniecznie czerwonego materiału na opaski i czarnej farby, abyśmy mogli na nich nazwę naszego oddziału uwiecznić.

Ja zaproponowałem zrobić sztandar dla naszego oddziału. Zawsze miałoby to wielkie znaczenie. Moją propozycję wszyscy przyjęli zgodnie. Major dał rozkaz komuniście, który miał iść do miasteczka, żeby koniecznie kupił tam pięknego materiału na czerwony sztandar. Komunista powiedział, że nie wie, czy jemu to się uda, ponieważ sklepy od dawna są pozamykane. Na opaski dużo materiału nie trzeba, więc jakoś to załatwi. Ale znaleźć coś odpowiedniego na sztandar będzie trudno. Lecz major mu powiedział, że jest to sprawa o znaczeniu państwowym i że musi załatwić ją koniecznie. Dał mu dużo pieniędzy z kasy naszego oddziału i kazał niezwłocznie udać się w drogę.

8 lipca 1944 roku
W lesie

Przedwczoraj ruszyliśmy bojowym marszem przez lasy w kierunku na Wilno. O dziesięć kilometrów od miasta stanęliśmy biwakiem w lesie, żeby zorientować się w sytuacji. Słyszeliśmy silne wybuchy od strony miasta, a wieczorem i nocą całe niebo, w tamtym kierunku, było czerwone od łuny pożarów. W nocy zaś było słychać wyraźnie huk armat, wybuchy i strzelaninę. Jeden z komunistów powiedział nam, że to polscy partyzanci odcięli drogę do odwrotu niemieckiej dywizji i atakują miasto znacznymi siłami.

Zrobiliśmy tajną naradę wojskową sztabu naszego oddziału. To znaczy: major i ja. Rozważaliśmy, co robić w takiej sytuacji. Ja radziłem czekać, dopóki wszystko się nie wyjaśni i wówczas szukać łączności z oddziałami naszej armii regularnej. Major podzielał moje zdanie. Więc postanowiliśmy nie wsadzać nosa w gorącą sprawę, lecz wypocząć tu. A w tym czasie mogliśmy zrobić sztandar bojowy naszego oddziału.

Mieliśmy dużo czerwonego materiału i zrobiliśmy opaski na rękawy dla całego oddziału. Wymalowaliśmy czarną farbą na każdej opasce duże litery „W.W.”. To znaczy pierwsze litery imienia i nazwiska szanownej patronki naszego oddziału, Wandy Wasilewskiej. A obok liter namalowaliśmy trupie czaszki i skrzyżowane piszczele. Wyszło to groźnie, imponująco i w stu procentach socjalistycznie.

Trudniej było zrobić sztandar, bo nie mieliśmy odpowiedniego materiału. Komunista przyniósł z miasteczka tylko czerwoną spódnicę. Powiedział, że nic innego nie mógł zdobyć. Zbadaliśmy wszechstronnie spódnicę. Była bardzo brudna i podarta. Ale major uznał, że to nawet dobrze, bo będzie wyglądało na stary bojowy sztandar bohaterskiego oddziału, jakim ze względu na nasze partyzanckie wyczyny niewątpliwie jesteśmy. Rozpruliśmy spódnicę, wypłukali ją w wodzie i rozciągnęli na trawie do suszenia, żeby składki się wyrównały. Potem, gdy wyschła, wycięliśmy z niej odpowiedni kawał materiału na sztandar. Następnie na jednej stronie wymalowaliśmy czarną farbą skrzyżowane sierp i młot, gwiazdę pięcioramienną oraz duże litery: „SSSR”. U góry umieściliśmy słowa: „ZA OJCZYZNĘ! ZA STALINA!”. A na dole: „ŚMIERĆ WROGOM ROSJI!”. Na drugiej zaś stronie sztandaru namalowaliśmy, pośrodku, trupią czaszkę ze skrzyżowanymi nad nią piszczelami, a po bokach duże litery: „W” – „W”. Więc sztandar nasz wyszedł zupełnie socjalistyczny i uwzględniał główne hasła ideowe komunistów całego świata.

Gdy farba wyschła, umocowaliśmy sztandar na mocnym, długim drzewku. Wyglądał wspaniale i byliśmy zachwyceni swoim dziełem. Zrobiliśmy zbiórkę oddziału. Major stanął przed jego frontem. Ja obok niego. Oddział się uformował w trzech dwójkach. A z prawa, pojedynczo, stanął bojec ze sztandarem, jako chorąży. Wyglądało to pięknie. Teraz nasz oddział prezentuje się groźnie i ideowo!... Związek Radziecki, OJCIEC Stalin i geniusz Polski, Wanda Wasilewska, mogą być dumni ze swych walecznych bohaterów.

14 lipca 1944 roku
Miasto Vilnius

Wczoraj dowiedzieliśmy się od chłopów, że polscy partyzanci zdobyli miasto i że Niemcy skapitulowali. Nasi żołnierze również weszli do miasta. Wówczas postanowiliśmy też udać się tam. Dotarliśmy do przedmieścia wieczorem, lecz było już za późno, ponieważ w każdym polskim mieszkaniu, do którego zaglądaliśmy w celu socjalizacji, poprzednio było dużo bojców i lepsze rzeczy były zlikwidowane. Więc nam mało co dobrego do rąk wpadło. Ja tylko dwa damskie zegarki zdobyłem i jedną obrączkę. Wielki to zawód!

Stanęliśmy biwakiem nad brzegiem Wilii. Major kazał nam trzymać się razem i nie chodzić więcej po mieszkaniach, bo tam mogą być miny. Polecił mi trzymać nadzór nad oddziałem i poszedł szukać łączności ze sztabem naszej armii. Łączność prawdopodobnie nawiązał, bo wrócił na czworakach późną nocą, zupełnie pijany i długo chorował. Potem położył się na ziemi i zasnął.

Ja długo nie mogłem usnąć. Wszędzie nasi bojcy krzyczą, strzelają, biją się o zdobycz wojenną. Po obu stronach rzeki ogniska się palą. Ale później i ja w sen zapadłem. Obudziłem się od zimna poranku. Bojcy już wstali i wodę na herbatę w kotle gotowali. Major również obudził się.

Chciałem ja obuć się. Szukam butów, szukam – nie ma. Znikły. Ukradł jakiś drań podczas mego snu. Spod głowy potrafił mi je wyciągnąć. Bardzo nieostrożnie postąpiłem, że z nóg je zdjąłem. Ale po długim marszu bardzo mnie nogi bolały. Na szczęście zegarki wszystkie ocalały. Ledwie ja potem przyłapałem jakiegoś Polaka i kazałem mu trzewiki z nóg zdjąć. Bo inaczej musiałbym ja boso chodzić. A to mi, jako oficerowi i zastępcy naczelnika groźnego oddziału partyzanckiego, nie wypadało. Trzeba będzie pójść po polskich mieszkaniach i coś odpowiedniejszego poszukać. Lecz nadzieja słaba, bo nasi bojcy miasto już dokładnie zbadali. Zresztą nie miałem ja na to czasu, bo major znów gdzieś ulotnił się, a mnie kazał przy oddziale zostać. Więc mogłem tylko z żalem w sercu obserwować, jak nasi bojcy porządki w mieszkaniach polskich panów robią i workami z nich zdobycz wojenną wynoszą.

Major dopiero po południu wrócił w towarzystwie dwóch oficerów NKWD, pułkownika-tankisty i jakiegoś cywila z opaską na rękawie. Cywil był korespondentem wojennym. Zrobił on kilkadziesiąt zdjęć naszego oddziału, sztandaru oraz mnie i majora. Długo wypytywał on nas o bojowe wyczyny oddziału, coś w notesie zapisywał.

Po dłuższej rozmowie ulokowaliśmy nasz oddział w jednym z ocalałych domów przy ulicy Zygmuntowskiej. Kazaliśmy bojcom i komunistom, żeby nie szli wszyscy razem do miasta, lecz kolejno, po dwóch. Sami zaś ruszyliśmy w drogę.

Okazało się, że NKWD już jest w mieście i już przystąpiło do robienia porządków – tak jak się należy. Po drodze zauważyłem ja kilku polskich partyzantów z biało-czerwonymi opaskami na rękawach i z orzełkami na czapkach. To mi się ogromnie nie podobało. Ale jeden z enkawudzistów powiedział, że wkrótce i z nimi porządek zrobimy.

Major kazał mnie trzymać się przy nim, bo trzeba będzie załatwić sprawę naszych dokumentów. Spytał mnie: czy chciałbym pracować w NKWD. Powiedziałem mu szczerze, że marzyłem o tym zawsze, ponieważ jestem ideowym komunistą. Obiecał, że postara się mnie urządzić.

21 lipca 1944 roku
Vilnius

Wielkiemu Stalinowi hura! hura! hura!

Jestem słynny na cały świat. Piszą o mnie we wszystkich gazetach Związku Sowieckiego. Fotografie moje zdobią mnóstwo ilustrowanych pism: jako bohatera wspaniałych walk partyzanckich na tyłach wrogów Rosji. Tylko to mi jest bardzo przykre, że o majorze, jako o dowódcy naszego oddziału, piszą więcej niż o mnie.

Major mi powiedział, że o naszym bohaterskim oddziale będą pieśni układać, książki pisać i może nawet wielki film zrobią. A sztandar naszego oddziału już został odesłany do Moskwy i będzie tam umieszczony w specjalnym dziale pamiątek historycznych z okresu walk o wyzwolenie Rosji od najazdu hitlerowskiego. Ten sztandar stanie się gwiazdą przewodnią dla Rosji i komunistów całego świata.

Bardzo to przyjemne samopoczucie.

11 sierpnia 1944 roku
Vilnius

Ostatni raz pisałem 21 lipca. Potem nie miałem czasu, chociaż było dużo ciekawych rzeczy do zanotowania. Teraz opowiem trochę więcej.

Otóż, mieszkam ja znów u nauczycielek. Przed dwoma tygodniami poszedłem ja tam. Jak babska mnie zobaczyły, to bardzo przestraszyły się. A ja od razu walę do mego pokoju i widzę, że drzwi są otwarte. A przecież zostawiłem je dobrze pozamykane na wszystkie kłódki i wewnętrzne zamki.

– Kto to zrobił?! – spytałem groźnie.

Maria Iwanowna powiedziała:

– Niemieckie gestapo. Kilka razy tu przychodzili i o was pytali. Potem wyłamali drzwi. Przyprowadziła ich tu jakaś prostytutka, Irena, która mieszkała naprzeciwko i miała z wami jakieś sprawy. Gestapowcy wypytywali nas wszystkich o lejtnanta Zubowa, bo otrzymali skądś informacje, że tu mieszkał i był znanym komunistą.

Zrozumiałem ja, że zrobiłem wielki błąd wysyłając list od gestapo, aby ukarać tamtą podłą Irkę. Z tego wynikło tylko to, że sam siebie ukarałem, bo najdroższe moje rzeczy znikły. Tylko katarynki Niemcy nie zabrali, więc Maria Iwanowna w swoim pokoju ją przechowywała. Natychmiast mi ją oddała. I jeszcze jedna rzecz została w pokoju nie naruszona: portret Hitlera, który ja, wychodząc z Wilna, na honorowym miejscu powiesiłem. Zdarłem ja portret ze ściany, rzuciłem na podłogę i nogami podeptałem. Potem zwymyślałem ja należycie babska i kazałem im natychmiast dla mnie jeszcze jeden pokój zwolnić. Jestem teraz wielką osobistością i nie wypada mnie byle jak mieszkać. A te trzy babcie i dziecko mogą doskonale w jednym pokoju się zmieścić.

Nie mogę odżałować ja straty mojej walizki i butów. Ale pistolet i dokumenty, które przed wyjściem z miasta schowałem pod obicie w fotelu, ocalały.

11 listopada 1944 roku
Vilnius

Ojczulkowi świata, wielkiemu Stalinowi, hura! hura! hura!

Gosizdat wydał w 1 000 000 egzemplarzy książkę słynnego pisarza, Ilii Stalinbzdurga pt. *Niezłomni*. Są to opisy dziejów naszego partyzanckiego oddziału im. Wandy Wasilewskiej. W książce tej na pierwszym miejscu jest portret, naturalnie, Stalina, potem Wandy Wasilewskiej, jako patronki naszego oddziału, potem majora, potem mój i wreszcie całego naszego oddziału w różnych sytuacjach: w szyku bojowym, na biwaku itd. W książce jest też 15 map z terenów naszych bojowych operacji i odpowiednio przerobiony oraz literacko rozpracowany *Dziennik* naszego oddziału. Lecz najciekawszy jest niewątpliwie opis powstania naszego oddziału i jego wielkich wyczynów, pióra Ilii Stalinbzdurga. Tak on tam barwnie i pięknie opisał nasze brawurowe walki z przeważającymi siłami hitlerowców, jakby i sam razem z nami walczył o wolność Rosji i świata. Tak: możemy być dumni z naszych radzieckich pisarzy. Są zdolni niesamowicie!

Poza tym dowiedziałem się, że ma być zrobiony film, pod tymże tytułem *NIEZŁOMNI*. Prawdopodobnie będzie to najwspanialszy film świata, szczególnie wartościowy dlatego, że jest oparty na zupełnie prawdziwych zdarzeniach. Tu dopiero Rosja i świat cały zobaczą: jakich cudów odwagi i poświęcenia potrafią dokonać wspólnie rosyjscy oficerowie i polscy komuniści, którym przyświeca wielka idea stalinowskiego socjalizmu!

Będzie również grana pod tym tytułem sztuka teatralna. A poeci radzieccy już układają o nas poematy i ballady... Jak widzicie: opłaciła mi się moja niezłomna wierność komunistyczna dla Rosji i jej WIELKIEGO wodza!... Jestem też hojnie wynagrodzony za moją odwagę i ciężkie walki z krwiożerczymi faszystami. W dniu święta październikowej rewolucji zostałem ja awansowany na kapitana i odznaczony orderami: Suworowa, Kutuzowa oraz Grunwaldu. Major zaś został awansowany na pułkownika i odznaczony orderami: Lenina, Stalina oraz Dzierżyńskiego.

Ale zdarzyła się pewna historia, która mnie bardzo się nie podobała. Dekorowano nas w uroczysty sposób – po defiladzie wojskowej w Vilniusie, na placu Stalina. Dekorował nas sam dowódca Zachodniego Frontu, generał Wazelinowskij. Do odznaczenia wywołano majora, mnie i jakąś kobietę. Ze zdumieniem zobaczyłem, że obok mnie, z lewej, stanęła Irka. Odznaczono ją złoto-czerwoną gwiazdą z brylantami, imienia Wandy Wasilewskiej.

Po uroczystości zbliżyłem się ja do Irki i spytałem:

– Szanowna Ireno Antonowno, czy poznajecie mnie?

A ona splunęła i powiedziała:

– Idź do cholery, chamie, bo zaraz ciebie w mordę trzepnę!

Dałem ja jej spokój i odszedłem, chociaż byłem bardzo ciekaw: w jaki sposób taka wstrętna i ordynarna dziewka uliczna została odznaczona orderem tak wielkiej polskiej patriotki i największej pisarki świata, Wandy Wasilewskiej? Potem major (obecnie już pułkownik) to mnie wyjaśnił:

– Jest to wielka rewolucjonistka i ofiara gestapowców. Zwolniono ją z więzienia, gdzie siedziała u Niemców jako podejrzana o szpiegostwo na rzecz Związku Radzieckiego. Trzymano ją w więzieniu prawie trzy lata. Jakiś zdrajca sowiecki doniósł na nią do gestapo, że pracowała na korzyść naszego wywiadu. Lecz ona trzymała się dzielnie i niczego Niemcom nie ujawniła. Dlatego uznano ją też za „niezłomną", udekorowano orderem i jako osobie o wyjątkowo wielkim poczuciu moralności socjalistycznej dano jej stanowisko prezeski Wydziału Opieki nad Matką i Dzieckiem przy tutejszym Gorispołkomie.[8] Może zrobić teraz wielką karierę, bo nasze władze zwróciły na nią szczególną uwagę i bardzo wysoko ją cenią.

Bardzo mi przykro się zrobiło, że ja swoim donosem na Irkę do gestapo nie tylko nie zaszkodziłem jej, lecz ogromnie ją wywyższyłem. Ale któż to mógł przewidzieć.

7 grudnia 1944 roku
Vilnius

Major obecnie – jak już pisałem – jest pułkownikiem i otrzymał stanowisko naczelnika NKWD w Vilniusie. Mnie traktuje bardzo dobrze i nie było więcej wypadku, żebym od niego w mordę dostał. Zresztą i ja teraz nie byle jaką jestem figurą. Jestem przecież bohaterem Związku Radzieckiego, odznaczonym wysokimi orderami, no i kapitanem Armii Czerwonej.

Niedawno major wezwał mnie do siebie i spytał:

– Chciałbyś być naczelnikiem powiatowej milicji? Jest to bardzo ważne stanowisko. A ponieważ znasz dobrze teren i ludność powiatu, oraz mówisz po polsku, to dla ciebie to stanowisko jest zupełnie odpowiednie. Podlegałbyś bezpośrednio mnie. Zorganizowałbyś porządnie milicję ludową. Miałbyś do pomocy tamtych polskich komunistów, którzy byli w naszym partyzanckim oddziale.

Bardzo ucieszyłem się tą propozycją i z wielką wdzięcznością ją przyjąłem. Dawało mi to możność pracować korzystnie dla dobra proletariatu i Związku Radzieckiego na samodzielnym stanowisku. Nie wysłano by mnie też na front, gdzie można łatwo przecież zginąć. Poza tym mógłbym przeprowadzać likwidację wrogów ludu pracującego, którymi niewątpliwie są wszyscy Polacy. A takie likwidacje mogą być bardzo korzystne również i dla tego, kto je przeprowadza. Więc odpowiedziałem w sposób następujący:

---

[8] Miejski Komitet Wykonawczy.

– Towarzyszu pułkowniku! Chętnie tę propozycję przyjmuję i dziękuję za zaszczyt, wyróżnienie i zaufanie. Będę się starał niszczyć wrogów Związku Radzieckiego na tym stanowisku nie mniej gorliwie jak w czasie naszych wspólnych walk.

Pułkownik kazał mnie zlikwidować moje sprawy w Vilniusie i za trzy dni zgłosić się do niego po dokumenty i instrukcje. A następnie musiałem wyjechać do powiatowego miasta dla objęcia stanowiska.

Opłaciło mi się jednak być niezłomnym komsomolcem i wiernym synem naszej świętej Rosji. Zostałem hojnie wynagrodzony za moją bezgraniczną wierność OJCU Stalinowi i komunizmowi!

1 stycznia 1945 roku
Vilnius

Wielkiemu Stalinowi hura! hura! hura!

Jestem od 15 grudnia naczelnikiem powiatowej milicji. Zorganizowałem już kilkanaście posterunków w powiecie. Mam do swojej dyspozycji osobowe auto i szofera. Słowem: jestem ja teraz WIELKIM człowiekiem i ogromną osobistością.

Zrobiłem ja, korzystając z informacji polskich komunistów, kilka spisów wrogów ludu pracującego i przesłałem je do NKWD dla decyzji i załatwienia. Okazało się, że cała tutejsza ludność, prócz rodzin komunistów i ich przyjaciół, jest faszystowsko usposobiona i reakcyjnie nastawiona. Będzie więc dużo roboty z aresztowaniami, wysyłkami do łagrów i oddalonych miejsc Związku Radzieckiego. A teraz oczyścić z tych kontrrewolucyjnych elementów trzeba będzie dokładnie.

22 grudnia otrzymałem ja od naczelnika NKWD w Vilniusie rozkaz: znaleźć w powiecie odpowiedni majątek ziemski na „podsobnoje choziajstwo”[9] dla NKWD. Od razu przyszedł mi do głowy majątek pani Józefy. Jest wygodnie położony. Ma dobrą ziemię i budynki. A żywy inwentarz można będzie okolicznym chłopom zsocjalizować. Zresztą od razu włączę do majątku pani Józefy kilka sąsiednich chłopskich gospodarstw. W ten sposób i majątek się powiększy, i będzie zaopatrzony dobrze we wszystko. Gospodarstwo Malugów trzeba będzie włączyć przede wszystkim, ze względu na to, że mają dobre konie i krowy.

W dniu 24 grudnia urządziłem ja wyprawę w teren, dla likwidacji reakcjonistów i zabezpieczenia majątku dla NKWD. Takie sprawy trzeba załatwiać niezwłocznie. Wziąłem ja ze sobą ciężarówkę

---

[9] Podsobnoje choziajstwo – pomocnicze gospodarstwo.

i siedmiu milicjantów ochrony. A sam pojechałem pierwszy autem osobowym. Przede wszystkim zajechaliśmy do majątku Burki. Pani Józefa wyszła z mieszkania na dwór i było widać po jej faszystowskim pysku, że jest bardzo przestraszona. Ja wysiadłem z auta i idę do niej. Po pewnym czasie poznała ona mnie i zawołała radośnie:

– Miszeczka, czy to ja ciebie widzę?! Ja myślałam, żeś zginął i płakałam po tobie!

Wtedy ja powiedziałem do niej ostro:

– Nie ma tu żadnego Miszeczki, a jest kapitan Zubow, naczelnik powiatowej milicji ludowej. Przyjechałem tu zrobić rewizję!

Ona zbladła. Patrzy na mnie, jakby oczom swoim nie wierzyła, i nic nie mówi. A ja kazałem jej iść do mieszkania. Wziąłem ze sobą do środka dwóch milicjantów. Gdy znaleźliśmy się wewnątrz, to powiedziałem do niej:

– Proszę mi wydać natychmiast ukrytą broń!

A ona odrzekła:

– Nie mam ja żadnej broni.

– Nie masz? – spytałem.

– Nie mam – powtórzyła.

Wtedy ja jak trzasnę ją w mordę, jak krzyknę:

– A brauning męża, który, podła żmijo, sama mi pokazywałaś, gdzie jest?

Oddała mnie ona brauning. Wtedy zacząłem ja ją o inne sprawy wypytywać. Przede wszystkim o kontakt z zagranicznymi reakcjonistami za pomocą radia. Ona wyparła się tego. Ale znów dostała w mordę. A radio ja sam ze skrytki za piecem wyjąłem, bo ona nawet nie podejrzewała, iż wiem, gdzie ona ma schowek. Radio to bardzo mi się przyda, bo właśnie o takim czymś myślałem.

W pewnej chwili ona powiedziała do mnie:

– To tak, Miszeczka, wywdzięczyłeś się mnie za to, że ciebie przez trzy lata, narażając się sama, od Niemców ukrywałam i jak syna ciebie traktowałam! Mówiłeś wiele razy, że do śmierci będziesz mi wdzięczny za moją dobroć i ofiarność!

To ja ją jeszcze raz po pysku trzepnąłem.

– Milcz, podła reakcjonistko! – krzyknąłem. – Takich jak ty trzeba jak pluskwy niszczyć, bo nic od was prócz zdrady Związku Radzieckiego nie można się spodziewać!

Zrobiliśmy dokładną rewizję w całym majątku. Ja dobrze wiedziałem, gdzie czego szukać trzeba. Potem spisałem ja protokół rewizji i wymieniłem główne punkty oskarżenia:

1. Mąż w Anglii.
2. Ukrywanie dezertera z Armii Czerwonej.
3. Przechowywanie broni.
4. Utrzymywanie kontaktu z zagranicą za pomocą radia.
5. Wspomaganie działalności partyzantów.
6. Kontakty z Niemcami oraz znajomość języka niemieckiego i francuskiego.
7. Utrzymywanie łączności z organizacją podziemną w Vilniusie.
8. Agitacja faszystowska.
9. Fałszowanie dokumentów.
10. Szerzenie zabobonów religijnych.
11. Szkalowanie Związku Radzieckiego.
12. Wychwalanie ustrojów faszystowskich w Anglii, Ameryce i we Francji.
13. Burżujskie pochodzenie.

Protokołu tego pani Józefa podpisać nie chciała. Stanowczo odmówiła się. Wycierając rękami krew z twarzy powiedziała:

– Możecie robić ze mną, co chcecie, ale ja tych kłamstw nie podpiszę. To wszystko inaczej się przedstawia.

Uprzedziłem ją, że wykazując zatwardziałość reakcyjną jeszcze więcej obciąża siebie. Potem zabezpieczyłem ja majątek i rzeczy w nim. A panią Józefę kazałem milicjantom wrzucić na ciężarówkę i dobrze pilnować, żeby nie uciekła. Następnie pojechaliśmy do Malugów. Szczęśliwie zastaliśmy całą rodzinę ich przy kolacji. Akurat jedli wieczerzę wigilijną. Ja to przewidywałem i dlatego właśnie wybrałem dzień 24 grudnia dla mej wizyty. Antosia, jak zobaczyła mnie, to rzuciła mi się na szyję.

– Miszeczka, kochany! Tak bardzo za tobą się stęskniłam i tyle strachu o ciebie miałam!

Ale ja odrzuciłem ją na bok. Potem kazałem wszystkim wstać i podnieść ręce do góry. Następnie zrobiliśmy rewizję osobistą u wszystkich obecnych i zacząłem z nimi rozprawę.

Stary Maluga wciąż nie mógł uwierzyć, że ja to robię poważnie. Ale dostał parę razy pięścią w zęby i kilka ciosów kolbą karabina, więc uwierzył i zamilkł. Wyciągnęliśmy schowaną w stajni broń, a potem poszliśmy do bunkru w lesie. Tam znaleźliśmy telefon polowy i jeszcze dużo broni oraz amunicji. Załadowaliśmy to wszystko na ciężarówkę. Starego Malugę i jego synów, porządnie związanych, jako szczególnie niebezpiecznych przestępców wpakowaliśmy na ciężarówkę.

Zostawiłem ja na miejscu dwie córki Malugi, aby było komu gospodarstwa dopatrzyć u siebie i w Burkach. Do pilnowania ich przydzieliłem dwóch milicjantów. Powiedziałem im, że jeśli będzie im tu nudno, to mogą sobie z dziewczynami zabawić się.

Główne punkty oskarżenia Malugów są następujące:

1. Ukrywanie broni.
2. Działalność partyzancka.
3. Szerzenie reakcyjnej propagandy.
4. Szkalowanie Związku Radzieckiego.
5. Agitacja faszystowsko-kapitalistyczna.
6. Rozpowszechnianie zabobonów religijnych.
7. Znajomość języka angielskiego właściciela gospodarstwa.
8. Uchylanie się od służby w Armii Czerwonej synów Malugi.

Nazajutrz wysłałem ja ich, pod silną eskortą, do więzienia przy NKWD w Vilniusie. A raport szczegółowy i protokoły skierowałem jako dokumenty ściśle tajne do rąk własnych naczelnika NKWD. Teraz jestem pewien, że i panią Józefą, i Malugami władze nasze odpowiednio się zaopiekują! Tak.

W ten sposób, energicznie i chlubnie, rozpocząłem ja swą nową działalność na chwałę Rosji i WIELKIEGO wodza ludzkości, Stalina, oraz dla zwycięstwa partii komunistycznej na całym świecie.

KONIEC ZAPISKÓW

Sergiusz Piasecki

JABŁUSZKO

Pierwszy tom trylogii, której akcja rozgrywa się w Mińsku Litewskim od wiosny 1918 do lata 1919 roku. Tragiczne wydarzenia z dzieciństwa sprawiły, że główny bohater książki trafił do środowiska przestępców. Na kartach powieści Aleksander Baran (postać autentyczna) dokonuje kolejnych włamań, odsłaniając przy tym kulisy działania złodziei, a także wprowadza w złodziejski fach chłopca z sąsiedztwa, ukazując prawa i mechanizmy rządzące światem melin, oszustów i paserów. Ale złodziej doskonały, jakim jest z pewnością Baran, wciąż pozostaje człowiekiem.

Sergiusz Piasecki

SPOJRZĘ JA W OKNO...

Drugi tom trylogii. Jaś, młody adept sztuki złodziejskiej, wzorem swego mistrza Olka Barana i pod jego okiem, porywa się na coraz śmielsze i wymyślniejsze wyprawy. Nigdy jednak nie działa sam. Przed oczami Czytelnika przesuwa się więc barwny korowód postaci włamywaczy, oszustów, koniokradów - kobiet i mężczyzn, „grubych ryb" i „płotek" – a także rozwija się cały wachlarz sposobów ich działania. Ale nad złodziejskim klanem Mińska zaczynają gromadzić się czarne chmury – gra toczy się o wolność i życie.

Sergiusz Piasecki

NIKT NIE DA NAM ZBAWIENIA...

Trzeci tom trylogii. Z nastaniem bolszewików nadchodzą czasy terroru, strachu, głodu. Szaleje terror, pojawiają się komisarze i tajni agenci. Złodzieje próbują więc nowych metod działania – napadów z bronią w ręku. W siłę rosną partyzanckie bandy ukrywające się po lasach. Oszuści przenikają do sfer rządzących. W tym bezwzględnym świecie bohaterowie przekonują się, ile warte jest życie i jak silne są więzy ludzkich uczuć. Pytanie tylko, czy w tych okolicznościach uda się im ujść z życiem, czy ocalą jedynie swój złodziejski honor.

Sergiusz Piasecki

KOCHANEK WIELKIEJ NIEDŹWIEDZICY

Jest to pierwsza i najsłynniejsza powieść Sergiusza Piaseckiego wydana po raz pierwszy w 1937 roku, oparta na własnych przeżyciach. Zdobyła ona olbrzymią popularność, o czym świadczą aż cztery wydania do wybuchu II wojny światowej. Wysoko oceniło tę powieść wielu pisarzy, w tym Stanisław Mackiewicz, Melchior Wańkowicz, Juliusz Kaden-Bandrowski i Marian Hemar. Powieść napisana w formie autobiografii stanowi opis życia przemytników na pograniczu polsko-sowieckim w latach dwudziestych.

Sergiusz Piasecki

PIĄTY ETAP

Oparta na wydaniu z 1938 roku powieść szpiegowska zawierająca wiele elementów autobiograficznych. Książkę tę Sergiusz Piasecki napisał w więzieniu na Św. Krzyżu, gdzie odsiadywał wieloletni wyrok. Akcja rozgrywa się na pograniczu polsko-sowieckim w latach dwudziestych.

Sergiusz Piasecki

BOGOM NOCY RÓWNI

Kontynuacja *Piątego etapu*. Powieść ta napisana i wydana w rok po opuszczeniu więzienia przez Piaseckiego (1938) opowiada o przygodach pracowników i współpracowników polskiego wywiadu. Jej akcja rozgrywa się na pograniczu polsko-sowieckim i w Rosji sowieckiej w latach dwudziestych.

Edycja niniejsza jest oparta na ostatnim pełnym wydaniu książkowym z 1938 roku.

Sergiusz Piasecki

CZŁOWIEK PRZEMIENIONY W WILKA

– Powieść z cyklu *Wieża Babel* część 1

Bogata w wątki autobiograficzne powieść, której akcja rozgrywa się na Wileńszczyźnie z latach 1939–1942. Według Mariana Hemara:

Uderzająca to rzecz, jak spowinowaceni są ze sobą Józef, bohater Sergiusza Piaseckiego, i James Bond, bohater dreszczowców Fleminga, obaj z dwóch różnych światów, obaj stworzeni dla innych celów i dla innego rodzaju czytelników ale według podobnej, chyba tej samej „archetypalnej" recepty.

Sergiusz Piasecki

DLA HONORU ORGANIZACJI

– Powieść z cyklu *Wieża Babel* część 2

Bogata w wątki autobiograficzne powieść, której akcja rozgrywa się na Wileńszczyźnie z latach 1942–1943. Według Mariana Hemara:

Józef też jest „specjalnym agentem" upoważnionym do zabijania ludzi. Józef też, jak James Bond, wypełnia swoje funkcje samopas, on też jest panem każdej sytuacji, z każdego niebezpieczeństwa wychodzi obronną ręką, wszystko mu się udaje, każda napotkana przezeń kobieta spieszy z nim do łóżka i gorąco mu dziękuje.

Sergiusz Piasecki

UPADEK WIEŻY BABEL
i inne opowiadania oraz opowiastki

Zbiór opowiadań i opowiastek pióra autora *Kochanka Wielkiej Niedźwiedzicy*. Na tom składają się teksty prezentowane wcześniej w prasie emigracyjnej lub odnalezione w archiwum pisarza (dotychczas niepublikowane), poprzedzone wstępem o twórczości Piaseckiego.

Sergiusz Piasecki

ADAM i EWA

Jest to pierwsze wydanie książkowe oparte na maszynopisie autorskim. W romansie, którego akcja rozgrywa się na Wileńszczyźnie w 1939 roku, autor ukazał, jak system polityczny zabija szczęście wartościowych jednostek. Marian Hemar, wypowiadając się o powieści Adam i Ewa, stwierdził, że: „powieść «lepiła się» do czytelnika, coraz bardziej czymś urzekała, czytałem każdy odcinek skwapliwie, nie pominąłem żadnego, każdy utwierdzał mnie na nowo w zainteresowaniu i przyjemności".

Sergiusz Piasecki

SIEDEM PIGUŁEK LUCYFERA

Bohaterem tej satyry jest – jak twierdzi autor – Marek, autentyczny diabeł dziewiątej kategorii. Swego bohatera umieszcza Piasecki w Polsce w latach 1945–1946. Dla podkreślenia „autentyczności" przygód Marka, „dokumentuje" je wycinkami z ówczesnej prasy krajowej. Pierwsze wydanie powieści zostało opublikowane w 1948 roku i spotkało się z dużym zainteresowaniem czytelników. Jak pisał na łamach londyńskich „Wiadomości" Ferdynand Goetel: *jako lektura książka bawi, zajmuje i śmieszy.*

Sergiusz Piasecki

ŻYWOT CZŁOWIEKA ROZBROJONEGO

Książka ta powstała z zapisków autora zebranych jeszcze w więzieniu. Piasecki przechował zapiski przez lata okupacji i po zniszczeniu znacznej części dowiózł resztę do Anglii. Zrekonstruował powieść dopiero w 1957 roku, a opublikował w 1962. Bohaterem tej, bogatej w wątki autobiograficzne książki jest młody weteran walk o niepodległość po pierwszej wojnie światowej. Żywot tego „rozbrojonego" człowieka prowadzi go przez ohydne piwnice, spelunki, karczmy, meliny, domy publiczne, studio zdjęć pornograficznych, fałszerstwo czeków i sprzedaż tychże, aż do więzienia.

Ewa Tomaszewicz

GWIAZDY WIELKIEJ NIEDŹWIEDZICY

Kobiety w życiu i twórczości Sergiusza Piaseckiego

Gwiazdy Wielkiej Niedźwiedzicy to przede wszystkim opowieść o życiu osobistym pisarza, które częstokroć jest też życiem jego bohaterów. Pracę uzupełniają nigdy dotąd niepublikowane rysunki i akwarele wykonane przez Sergiusza Piaseckiego oraz dokumenty pochodzące z rodzinnego archiwum autorki.

Piotr Kościński

PRZEZ CZERWONĄ GRANICĘ

Powieść historyczno-sensacyjna, której akcja rozgrywa się na pograniczu polsko-ukraińskim. Książka porywająca i pełna dramatyzmu. Radziecka Marchlewszczyzna przełomu lat 20. i 30. XX wieku i bohater – młody Polak w sowieckim państwie, który przyjmując rolę przemytnika, przedziera się przez granicę do kraju, głód, strajki i szubienice. Niespodziewanie trafia w sam środek walki wywiadów. Czy uda mu się wyminąć sowieckich pograniczników i polski Korpus Ochrony Pogranicza? Co zastanie po drugiej stronie granicy?

Piotr Kościński

PRZEZ CZERWONY STEP

Akcja powieści rozpoczyna się na Ukrainie, niedaleko od sowiecko-polskiej granicy. Bohater książki, młody Polak żyjący w sowieckim państwie, odwiedza rodzinną miejscowość, którą właśnie wtedy otaczają żołnierze NKWD. Mieszkańcy dowiadują się, że muszą natychmiast opuścić ziemie, zamieszkałe przez ich przodków od setek lat. Czy nasz bohater będzie wywieziony wraz z innymi? Czy uda mu się przechytrzyć NKWD? Co stanie się z jego rodziną?
Książka jest kontynuacją dziejącej się kilka lat wcześniej powieści *Przez czerwoną granicę*.